KB162850

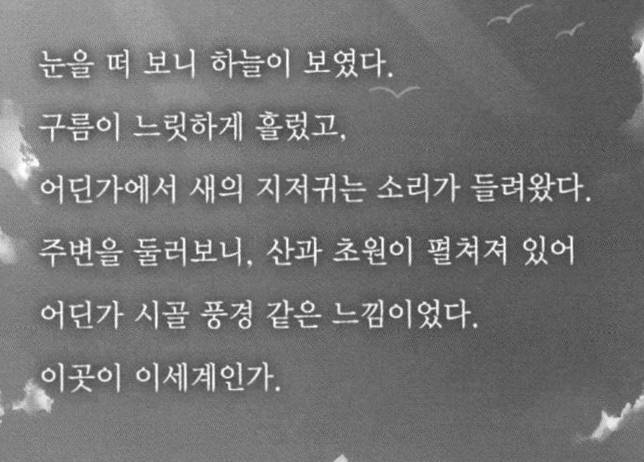
눈을 떠 보니 하늘이 보였다.
구름이 느릿하게 흘렀고,
어딘가에서 새의 지저귀는 소리가 들려왔다.
주변을 둘러보니, 산과 초원이 펼쳐져 있어
어딘가 시골 풍경 같은 느낌이었다.
이곳이 이세계인가.
이세계는 스마트폰과 함께. 1

린제 실레스카
마을에서 자매가 모두 속아
넘어갈 뻔한 순간에 토야가 구해
주었다. 소극적이지만 때때로
심지가 강한 면을 보여 준다.
쌍둥이 중 여동생.
코코노에 야에
동방의 나라 이셴에서
무사수행을 위해 떠돌고 있는
사무라이 아가씨.
진지하며 수행도 열심히 한다.
그리고 대식가.
에르제
실레스카
양손에 곤틀릿을
장비하고 싸우는 모험자.
말보다 행동. 말보다 손이
먼저 나가는 타입.
쌍둥이 중 언니.

모치즈키 토야
이세계에 오게 된 소년.
기본적으로 착하고 예의바르다.
하지만 소중한 사람에게
위험이 닥치면 주저하지
않는 면도 있다.
스우시 에르네아
오르트린데
오르트린데 공작가의 외동딸.
리자드맨에게 습격당하고
있을 때 토야가
구해 주었다.
유미나 에르네아
벨파스트
벨파스트 왕국의 왕녀.
공주님답게 정중하고
예의바르지만
행동은 대담하다.

"마법이 흡수당하다니?!"
아몬드형 본체,
그곳에서 뻗어 나온 가늘고 긴 다리 여섯 개.
태양 아래에서 수정 같은 몸이 빛났다.
반투명한 저 생물은
결정생명체라도 된단 말인가.

이세계는 스마트폰과 함께. ①

후유하라 파토라 illustration■우사츠카 에이지

영상출판 미디어(주)

표지 · 본문 일러스트

우사츠카 에이지

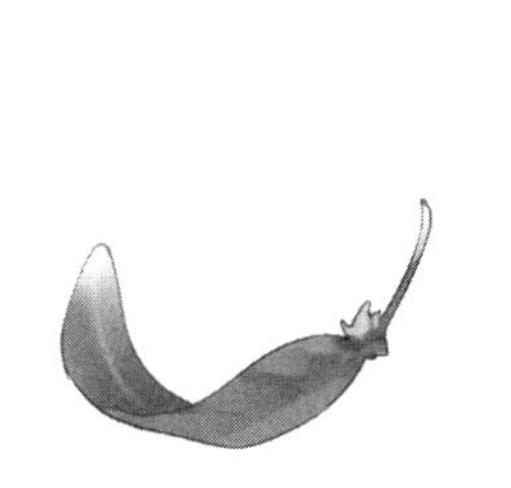

프롤로그

"그래서 자네는 죽었네. 정말 면목이 없구먼."

"네에."

고개를 깊이 숙이는 노인. 그 뒤쪽으로 펼쳐진 반짝이는 구름바다. 끝없이 구름 양탄자가 펼쳐져 있어 끝이 보이지 않았다. 하지만 나와 노인이 앉은 곳은 다다미 위. 다다미 넉 장 반짜리 소박한 방(방이라고는 해도 벽도 천장도 없지만)이 구름 위에 떠 있었다. 낮은 밥상에 찻장, 복고풍의 텔레비전과 검은 집 전화. 예스럽지만 나름의 정취가 있는 가구.

그리고 눈앞에 있는 사람은 하느님. 아무튼 간에 본인이 그렇게 주장하고 있다. 하느님이 말씀하시길, 실수로 날 죽게 만들었다는데 죽었다는 실감이 전혀 나지 않는다.

분명히 나는 하교 중에 갑자기 내린 비로 인해 집으로 가는 길을 서두르고 있었다. 근처 공원을 가로질러 지름길로 가려고 한 순간, 눈부신 빛과 굉음이 나를 덮쳤다.

"작은 착오로 신의 벼락을 땅으로 떨어뜨리고 말았네. 정말 면목이 없구먼. 설마 벼락이 떨어진 곳에 사람이 있을 줄이

야……. 정말로 생각을 못했구먼. 거듭거듭, 이렇게 용서를 비네.”

“저는 벼락에 직통으로 맞아 죽은 거군요……. 그렇구나. 그럼 여긴 천국인가요?”

“아니네. 천국보다 더 높은 곳, 신들이 사는 세계지……. 그래, 신계라고나 할까? 사실 인간은 이곳으로 올 수 없지. 자네는 내가 특별히 부른 것이네. 으음…… 모, 모치즈키…….”

“토야. 모치즈키 토야예요.”

“그래그래, 모치즈키 토야.”

하느님은 그렇게 말을 하면서 옆에 있던 놋쇠 주전자의 물을 찻주전자에 부은 다음, 찻잔에 차를 따랐다. 아, 찻줄기가 서다니, 좋은 일이 있으려나.

“그런데 자네는 너무 침착한 게 아닌가? 죽었으니, 더 당황하거나 나를 보고 마구 소리를 쳐야 정상이라고 생각하네만.”

“별로 현실 같지가 않아서 그럴까요? 마치 꿈을 꾸는 느낌이거든요. 그리고 이미 벌어진 일로 이러쿵저러쿵해 봐야 어떻게 되는 일도 아니잖아요.”

“달관한 젊은이구먼.”

물론 열다섯에 죽을 거라고는 생각도 못했지만. 스스습……하고 차를 마셨다. 맛있다.

“근데 저는 이제 어떻게 되나요? 천국이나 지옥에 가나요?”

“아니아니. 자네는 내 실수로 죽은 거니 금방 되살릴 수 있네. 다만…….”

말끝을 흐리는 하느님. 뭘까. 무슨 문제라도 있는 걸까.

“자네가 원래 살던 곳에다 부활시켜 줄 수가 없어서 말이야. 미안하네만, 규칙이 그러니 어쩔 수 없네. 이쪽의 사정일 뿐인데 이렇게 되어 미안허이. 그래서 말인데.”

“네.”

“자네는 다른 세계에서 되살아나야겠네. 그곳에서 제2의 인생을 시작하는 거지. 받아들이기 어려운 그 심정도 이해하네. 하나.”

“좋아요.”

“……정말인가?”

내가 말을 중간에 자르고 바로 대답하자, 하느님은 어처구니가 없다는 표정으로 이쪽을 바라보았다.

“하느님의 사정도 잘 알았으니, 억지를 부릴 생각은 없어요. 되살아나는 것만 해도 어디예요? 그거면 충분합니다.”

“……자네는 정말로 인격이 훌륭하구먼. 원래 세계에서 계속 살았다면 거물이 되었을 것을…… 정말 미안하네.”

어깨를 축 늘어뜨린 하느님. 나는 할아버지를 굉장히 잘 따랐던 아이였는데, 그래서 그런지 매우 측은한 감정이 들었다. 그렇게 신경 쓸 필요 없는데 말이야. 게다가 난 신앙심이 깊은 건 아니지만, 하느님에게 “나를 죽이다니! 책임져!” 라고 대들 정도로 바보는 아니다.

물론 가족이나 친한 친구들과 못 만난다는 생각을 하니 너무 아쉬웠다. 하지만 여기서 하느님을 몰아붙인다고 뭐 어떻게 되는 것도 아니니까. 할아버지가 이런 말을 해 준 적이 있다. 다른 사람의 실수를 용서할 수 있는 사람이 되어라, 라고. 사람이 아니라 하느님이긴 하지만.

"내가 잘못했으니 하다못해 뭔가를 해 주고 싶네만. 정도를 벗어난 게 아닌 이상은 내가 이루어 줌세."

"음~, 갑작스러워서 그런지 대체 뭐가 좋을지……."

가장 좋은 것은 원래 세계에서 부활하는 것이지만 그것은 불가능하다. 그렇다면 이제 가게 될 세계에서 살아가는 데 도움이 될 만한 게 좋을 텐데…….

"이제 제가 가게 될 세계는 어떤 곳이죠?"

"자네가 원래 있던 세계와 비교하면 아직 발전이 덜 된 곳이지. 흠, 자네가 있던 세계로 따지자면 중세 시대, 반 정도는 그 시대에 가깝네. 물론 전부 그 정도 수준은 아니지만 말이야."

으~음, 생활수준이 꽤 많이 떨어지는 듯하네. 그런 곳에서 잘 지낼 수 있을지 좀 불안해졌다. 아무런 지식도 없는데 그런 세계에서 과연 잘 살 수 있을까? 아!

"저어, 한 가지 부탁이 있는데요."

"오, 그래 뭔가? 뭐든 이뤄 줌세."

"이거, 제가 가게 될 세계에서도 사용할 수 있게 해 주실 수 없을까요?"

그렇게 말하며 내가 교복 안쪽 주머니에서 꺼낸 것. 작은 금속판 같이 생긴 만능 휴대전화. 이른바 스마트폰.

"이거 말인가? 그야 가능은 하네만……. 몇몇 제한이 생기네. 그래도 괜찮다면……."

"예를 들면요?"

"자네는 거의 모든 일에 직접 개입할 수 없네. 원래 있던 세계와 전화나 메시지를 주고받는다든가, 게시판에 글을 올리는 것 등이지. 보고 읽는 것이라면 문제없네만. 그래…… 나와 통화하는 것 정도라면 가능하게 해 두지."

"그거면 충분해요."

원래 있던 세계의 정보를 이용할 수 있다면, 꽤 큰 무기가 된다. 무엇을 하든 간에 도움이 될 게 틀림없다.

"배터리는 자네의 마력으로 충전할 수 있게 해 주지. 그럼 전원이 나갈 염려는 없을 테니."

"마력? 제가 가게 될 세계에는 그런 힘이 있나요? 그럼 마법도 쓸 수 있어요?"

"있지. 걱정 말게. 자네라면 금세 사용할 수 있게 될 테니."

마법을 사용할 수 있게 되다니. 꽤 재미있을 듯한 게, 이세계에 갔을 때의 낙이 하나 생겼다.

"자, 슬슬 되살려 줘야겠구먼."

"여러모로 감사합니다."

"아니네. 원래는 내 잘못이 아닌가. 그렇지. 마지막으로 한

가지 더 해 줄 게 있네.”

하느님이 가볍게 손을 들자 빛이 내 주변을 감쌌다.

“되살아났는데 바로 죽어서는 아무런 의미도 없지 않은가. 그러니 기초 능력, 신체 능력, 그 외의 여러 능력치를 올려 줌세. 이렇게 하면 어지간해선 죽을 일이 없을 게야. 노망이 든 신이 벼락이라도 떨어뜨리지 않는 한 말일세.”

하느님은 그렇게 말한 뒤 자학적으로 웃었다. 그 모습을 보고 나도 따라 웃었다.

“한 번 되살리면 나는 신으로서 아래 세계엔 거의 간섭을 할 수 없게 되지. 그러니 마지막으로 내가 주는 선물이네.”

“감사합니다.”

“간섭은 할 수 없지만 상의 정도라면 해 줄 수 있으니, 곤란한 일이 있으면 그걸로 연락을 하게.”

하느님은 내 손안에 있는 스마트폰을 가리키며 그렇게 말했다. 하느님에게 함부로 전화를 하기는 힘들겠지만, 정말로 곤란한 일이 생기면 힘을 빌려 보자.

“그럼 또 보지.”

하느님이 미소를 짓자마자, 내 의식은 순식간에 사라져 버렸다.

제1장 이세계에 서다

눈을 떠 보니 하늘이 보였다.

구름이 느릿하게 흘렀고, 어딘가에서 새가 지저귀는 소리가 들려왔다.

일어났다. 통증은 없다. 일어서서 주변을 둘러보니, 산과 초원이 펼쳐져 있어 어딘가 시골 풍경 같은 느낌이었다.

이곳이 이세계인가.

멀찍이 커다란 나무가 보였다. 근처에 보이는 저게 길인가?

"일단 길을 따라가면 사람을 만날 수 있겠지?"

나는 그런 생각을 하며 눈앞의 커다란 나무를 향해 걷기 시작했다. 이윽고 길이 보였다. 역시나 길이 맞았다.

"자, 어느 쪽으로 갈까가 문제인데……."

커다란 나무의 밑동에서 오른쪽으로 갈까 왼쪽으로 갈까 고민했다. 으으음, 오른쪽으로 가면 한 시간 만에, 왼쪽으로 가면 여덟 시간 만에 마을에 도착한다, 같은 일이 벌어지면 곤란한데…… 하고 고민하고 있는데, 갑자기 안쪽 주머니에 들어 있던 스마트폰이 울렸다.

스마트폰을 보니, 「전화 : 하느님」이라는 글씨가.

"여보세요?"

[오오, 연결되었구먼, 연결되었어. 무사히 도착한 듯하군.]

스피커에 귀를 대자 하느님의 목소리가 들려왔다. 조금 전에 막 헤어진 참인데, 어딘가 모르게 오랜만에 듣는 목소리 같다.

[깜빡하고 말을 안 했지만, 자네의 스마트폰은 지도나 위치 알림 등이 그쪽 세계에 맞게 변경되어 있네. 잘 활용해 주게.]

"그래요? 와, 정말 다행이에요. 안 그래도 어느 길로 가면 되나 고민하고 있었거든요."

[역시 그랬나? 자네를 마을 한가운데에 보내 줄 수도 있었네만, 소동이 일어나면 귀찮은 일이 벌어지리라 생각해서 말이지. 그래서 사람들 눈이 없는 곳을 골랐는데, 그런 곳은 그런 곳대로 어디로 가면 좋을지 고민하게 되는 법이지.]

"그렇죠, 뭐."

나는 쓴웃음을 지으며 대답했다. 확실히 나는 몸을 의탁할 곳이 없다. 고향도 없고, 지인도 없으니까.

[지도를 확인하며 걸으면 문제없이 마을에 도착할 걸세. 그럼 힘내게.]

"네. 그럼 이만."

전화를 끊고 스마트폰 화면을 조작해 지도 어플리케이션을 실행시켰다. 나를 중심으로 지도가 표시되었다. 옆쪽으로 뻗어 있는 길이, 아마 지금 서 있는 곳이겠지. 지도를 축소해 보니 길의 앞쪽, 즉, 서쪽에 마을이 있었다. 으음…… 리플렛? 리플렛 마을인가?

"좋아, 그럼 가 볼까?"

나는 나침반 어플리케이션으로 위치를 확인한 뒤, 서쪽 방향을 향해 걷기 시작했다.

잠시 걷다 보니, 상황이 꽤나 좋지 않다는 생각이 들기 시작했다.

일단 먹을 게 없다. 물도 없다. 마을에 도착한다 치고, 그럼 그다음엔 어떡하지? 돈이 없다. 지갑은 있지만 과연 이쪽에서도 사용할 수 있을까? 상식적으로 생각해서 사용할 수 없을 텐데. 대체 어떻게 하면 좋을까…….

그런 생각을 하며 멍하니 걷고 있는데, 뒤에서 뭔가 소리가 들려왔다. 뒤를 돌아보니, 멀리서 이쪽을 향해 오는 무언가가 보였다. 저건…… 마차인가? 마차라니, 처음 본다. 아마 누군가가 타고 있기야 할 텐데…….

이세계에 와서 처음으로 사람과 접촉하는 건데, 어떻게 하면 좋을까? 마차를 세울까? 태워 주세요? 그것도 괜찮을지 모르지만, 그냥 그만두기로 했다. 왜냐하면.

마차가 다가오는 모습을 보니, 굉장히 고급스러웠기 때문이다. 화려하고 세밀하며 중후한 만듦새. 틀림없이 귀족이나 부잣집 사람이 탄 마차다.

그런 마차를 멈춰 세웠다가 "무례하다! 벌을 좀 받아야겠군!"이라는 말을 듣기라도 하면 큰일이다. 뒤에서 다가오는 마차에 길을 내주기 위해 길가로 몸을 피했다.

먼지를 일으키며 마차가 달그락달그락 눈앞을 통과해 갔다. 귀찮은 일에 말려들지 않아 다행이라고 생각하면서 다시 길로 돌아와 걷기 시작하려는데, 마차가 멈춰 있었다.

"자네! 거기, 자네 말이네!"

덜컥 하고 마차의 문이 열리더니 흰머리에 멋진 수염을 기른 신사가 밖으로 나왔다. 멋들어진 스카프와 망토를 걸친 그 신사는 가슴에 반짝이는 장미 브로치도 달고 있었다.

"무슨 일이시죠……?"

흥분한 모습으로 이쪽을 향해 다가오는 신사를 본 나는, 마음속으로 '아, 말이 통하네.' 하고 생각하며 가슴을 쓸어내렸다.

어깨를 덥석 잡은 그는 빤히 내 몸을 구석구석 살펴보았다. 어? 뭐 하는 거지? 이거 큰일 나는 거 아냐?

"이, 이 옷은 어디에서 구했지?!"

"네?"

순간 무슨 소린지 이해가 안 되어 멍하니 서 있었지만, 그런 내 모습은 아랑곳없이 수염이 난 신사는 뒤로 돌았다가, 옆으로 돌았다가 하며 내가 입고 있는 교복을 요모조모 살펴보았다.

"처음 보는 디자인이군. 그리고 이 바느질…… 대체 어떻게 한 거지……? 흐으음……."

대충 무슨 얘긴지 알 듯했다. 한마디로 이 교복이 신기한 거다. 아마 이쪽 세계에는 이런 옷이 없을 테니까. 그렇다면.

"……필요하시면 드릴까요?"

"정말인가?!"

수염 난 신사가 내 제안에 곧장 반응을 보였다.

"이 옷은 여행하는 상인에게 산 건데, 원하시면 드릴게요. 단, 입을 옷을 다 팔아 버리면 곤란하니, 다음 마을에서 다른 옷을 마련해 주셨으면 하는데요……."

아무래도 이세계의 옷이라고 할 수는 없었기 때문에, 대충 떠오른 변명을 늘어놓았다. 이 옷을 팔아 어느 정도 돈이 생기면 꽤나 도움이 된다. 눈에 띄지도 않을 테니, 일석이조일지도 모른다.

"좋다! 마차에 타게. 다음 마을까지 태워 주지. 그리고 마을에 도착하면 자네에게 새 옷을 마련해 줄 테니, 그때 그 옷을 나에게 팔게나."

"그럼 거래 성립이군요."

수염 난 신사와 나는 굳게 악수를 나누었다. 그대로 마차에 올라타 리플렛 마을까지 약 세 시간 정도 몸을 실었다. 그사이에 수염이 난 신사(자낙 씨라고 한다)는 내가 벗어 준 교복 상의를 들고 촉감이나 바느질 등을 매우 흥미롭게 확인해 보았다.

자낙 씨는 의복 관련 일을 하는 사람으로, 오늘도 그 모임에 참가하고 오는 길이라 한다. 의복 관련 일을 하고 있다면 조금 전의 그 반응도 충분히 이해할 만하다.

나는 마차 창밖으로 흐르는 풍경을 바라보았다. 본 적 없는 세계. 이제부터는 이곳이 내가 살아갈 세계이다.

자낙 씨와 만난 지 세 시간. 계속 내달리던 마차가 드디어 리플렛 마을에 도착했다.

마을의 문지기인 듯이 보이는 병사가 인사와 함께 가벼운 질문을 하더니, 곧장 안으로 들여보내 주었다. 병사들의 태도를 보니 자낙 씨는 꽤나 유명인인 듯하다.

딸그락거리며 마차가 마을 안을 달렸다. 고풍스러운 돌바닥 위를 달릴 때마다 박스형 마차가 작게 흔들렸다. 이윽고 상점이 늘어서 있는 시끌벅적한 큰길에 접어들더니, 마차가 어떤 가게 앞에서 멈춰 섰다.

"자아, 내리게. 여기서 자네에게 옷을 주지."

자낙 씨의 말대로 나는 마차에서 내렸다. 가게에는 실과 바늘로 된 로고 마크가 붙은 간판이 있었지만, 그 아래의 글자를 읽고 자신이 난처한 상황에 처해 있다는 사실을 깨달았다.

"못 읽겠어……."

간판의 문자를 읽을 수가 없었다. 이건 꽤 큰 문제가 아닐까. 말은 통하는데 글은 읽지 못한다니……. 물론 대화는 통하니 누군가에게 물어볼 수야 있겠지만……. 공부해야겠다.

자낙 씨의 뒤를 따라 가게 안에 들어가 보니 몇몇 점원이 우리를 맞이해 주었다.

"어서 오십시오, 사장님."

점원들의 말을 듣고 나는 살짝 놀랐다.

"사장님?"

"여긴 내 가게네. 그보다 옷을 갈아입어 주지 않겠나? 이봐, 누가 이 사람에게 어울리는 옷을 골라 주게!"

자낙 씨는 재촉하듯이 나를 탈의실(커튼이 쳐져 있는 곳이 아니라 작지만 진짜 방)에 밀어 넣었다. 그러더니 몇 벌인가 옷을 가지고 왔다. 옷을 갈아입기 위해 블레이저를 벗고, 넥타이를 푼 다음 와이셔츠를 벗었다. 그 안에는 검은 T셔츠를 입고 있었는데, 자낙 씨가 그걸 보더니 눈빛이 변했다.

"?! 자, 자네. 그 아래의 옷도 팔아 주지 않겠나?!"

강도냐?

결국 자낙 씨에게 몸에 걸쳤던 모든 옷을 팔아 버리는 처지가 되었다. 양말에서 신발까지 전부. 트렁크 팬티까지 팔아 달라는 말을 들었을 때는 솔직히 어처구니가 없었다. 마음은 알겠지만 내 마음도 헤아려 줬으면 한다…….

대신 마련해 준 옷과 신발은 움직이기 편하고 질겨 보여, 개인적으로는 불만이 없었다. 검은 바지에 흰 셔츠, 그리고 검은 재킷. 화려하지는 않지만 세련된 느낌이라 꽤 괜찮다. 이 정도면 눈에 띄지도 않겠지.

"그래, 얼마에 자네의 옷을 팔아 줄 생각인가? 물론 돈을 아낄 생각은 없네. 희망하는 금액은 있나?"

"글쎄요……. 시세를 몰라서 뭐라고 말씀드릴 수가 없네요. 물론 비싸게 쳐 주시면 좋지만…… 실은 저, 한 푼도 없거든요."

"그런가……. 참 딱하군……. 좋아, 그럼 금화 열 닢은 어떤가."

금화 열 닢이 대체 어느 정도의 가치인지 모르기에 나는 고개를 끄덕일 수밖에 없었다.

"그럼 그렇게 해 주세요."

"그런가?! 자, 받게."

잘그락 하는 소리와 함께 금화 열 닢을 받았다. 크기는 500엔 동전 정도로 사자 같은 게 돋을새김 되어 있었다. 이게 내 전 재산이 된 것이다. 소중하게 사용하자.

"그런데 마을에 여관 같은 곳은 없나요? 해가 지기 전에 잘 곳을 찾고 싶은데요."

"여관이라면 이 앞에서 오른쪽으로 쭉 가면 하나가 나오네.

'은월(銀月)' 이라는 간판이 있으니 금방 발견할 수 있을 거야."

간판이 있어도 글을 못 읽거든요……. 음, 사람들에게 물으며 찾을 수밖에 없는 건가. 말은 통하니까.

"알겠습니다. 그럼 전 이만."

"그래. 또 신기한 옷을 손에 넣으면 가지고 와 주게."

자낙 씨에게 작별 인사를 하고 밖으로 나왔다. 해는 아직 중천이었다. 안쪽 주머니에서 스마트폰을 꺼내 전원을 넣어 보니 오후 2시가 조금 안 된 시간이었다.

"마차 안에서도 생각한 거지만…… 정말 이 시간이 맞는 걸까……?"

태양의 위치를 봤을 때 크게 차이가 날 것 같지는 않지만.

문뜩 생각이 떠올라 지도 어플리케이션을 실행시켰다. 그러자 마을 안의 지도는 물론 현재 위치나 가게 이름까지 표시되었다. 이게 있으면 헤매지 않는다. 여관 '은월' 도 제대로 표시되어 있다. 그건 그렇고…….

자낙 씨 가게의 간판을 돌아보았다.

"이 간판…… '패션 킹 자낙' 이라고 적혀 있었던 거구나……."

자낙 씨의 네이밍센스에 살짝 안타까움을 느끼면서 나는 여관을 향해 걷기 시작했다.

◇ ◇ ◇

잠시 걷자 여관 '은월' 이라는 간판이 보였다. 초승달 모양의 로고 마크도 보였다. 알기 쉽다. 겉보기에는 3층짜리 건물이다. 벽돌과 나무를 사용해 만들어 꽤나 튼실해 보였다.

양쪽으로 열리는 문을 통해 안으로 들어가 보니 1층은 술집이나 식당 같은 분위기로, 오른쪽에는 카운터가, 왼쪽에는 계단이 보였다.

"어서 오세요. 식사하시게요? 아니면 숙박?"

카운터에 있던 누나가 말을 걸어 왔다. 붉은 머리카락에 포니테일이 잘 어울리는 사람으로 꽤나 발랄해 보였다. 나이는 스무 살 전후일까.

"저어, 숙박하려고 하는데 하룻밤에 얼마죠?"

"우리는 아침 점심 저녁 식사를 포함해서 동화(銅貨) 두 닢이야. 아, 선불이고."

동화 두 닢……. 비싼 건지 싼 건지 잘 모르겠다. 그야 금화보다는 가치가 낮겠지만, 동화 몇 닢이면 금화 한 닢이 되는지 전혀 짐작조차 되지 않으니.

일단 지갑에서 금화 한 닢을 꺼내 카운터에 올려놓았다.

"이걸로 며칠 정도 잘 수 있죠?"

"며칠이냐니…… 50일이잖아?"

"50?!"

계산 못해? 라는 듯이 누나가 따갑게 쳐다봤다. 으음, 금화 한 닢에 동화 백 닢이라는 거구나. 금화가 열 닢 있으니 500일, 1년 반 가까이 아무것도 안 하고 살 수 있다니. 어쩌면 꽤나 큰돈이 아닐까.

"어떻게 할 거야?"

"저어~, 그럼 한 달분 계산할게요."

"알았어~. 한 달이지? 요즘 손님이 적었는데, 마침 잘됐어. 고마워. 지금 은화가 다 떨어져서 거스름돈은 동화로 줄게."

누나는 금화 한 닢을 받더니 거스름돈으로 동화 마흔 닢을 나에게 주었다. 동화 예순 닢을 빼고 거스름돈을 줬으니까, 아, 이쪽에서도 한 달은 30일이구나. 별로 다르지 않네?

누나는 카운터 안쪽에서 숙박 장부 같은 것을 꺼내 와 내 앞에서 펼치더니, 잉크가 묻은 깃털 펜을 내밀었다.

"자, 그럼 여기에 사인해 줘."

"아…… 죄송해요. 제가 글을 못 써서 그러는데 대필 부탁드려도 될까요?"

"그래? 알았어. 그럼, 이름은?"

"모치즈키요. 모치즈키 토야."

"모치즈키? 신기한 이름이네?"

"아뇨, 이름은 토야고요, 모치즈키가 성…… 패밀리 네임이에요."

"아, 이름이랑 패밀리 네임이 반대구나. 이셴 출신이야?"

"아, ……뭐, 그런 거죠."

이셴이 어디인지는 모르겠지만, 귀찮아서 그런 걸로 해 두었다. 나중에 지도로 확인해 두자.

"이게 방 열쇠야. 잃어버리지 않게 조심해. 장소는 3층 제일 안쪽. 제일 해가 잘 드는 방이야. 화장실과 욕실은 1층이고, 식사는 여기. 아, 지금 점심 먹을래?"

"아, 부탁합니다. 아침부터 아무것도 못 먹었거든요……."

"그럼 간단한 거라도 만들어 줄 테니까, 좀 기다려. 그사이에 방도 확인하고, 잠깐 쉬었다 와."

"알겠습니다."

열쇠를 들고 계단을 올라 3층 제일 안쪽 방의 문을 열었다. 다다미 여섯 장 정도(약 3평) 되는 방으로, 침대와 책상, 의자와 옷장이 놓여 있었다. 정면의 창문을 여니 숙소 앞의 거리가 보였다. 꽤나 전망이 좋다. 아이들이 신이 나서 거리를 달리는 모습이 보였다.

만족스러운 기분을 느끼며 방문을 잠그고 계단 아래로 내려오니, 좋은 냄새가 풍겨 왔다.

"자, 다 됐어."

식당에 앉자, 가게 누나가 샌드위치처럼 보이는 것과 수프, 그리고 샐러드를 내주었다. 빵이 좀 딱딱했지만 이세계에서 처음으로 먹는 음식의 맛은 충분히 만족할 만했고 맛있었다.

다 먹었다. 자, 이제부터 어떻게 할까?

당분간 이곳에서 살게 됐으니, 마을을 한번 둘러보고 싶은데.

"산책 좀 나갔다 올게요."

"그래~. 잘 다녀와."

여관의 누나(미카 씨라고 한다)에게 배웅을 받으며 마을을 산책하러 나갔다.

아무튼 이세계의 마을이다. 보는 모든 것이 신기했고, 흥미를 끌었다. 마구 두리번거리다 수상하게 생각한 사람들의 차가운 눈길을 받고 마음을 가다듬다가도, 또 두리번거리며 수상한 사람처럼 행동했다. 무한 루프였다. 안 되지, 안 돼.

마을을 걷다 알게 된 사실인데, 무기를 들고 다니는 사람이 많았다. 검이나 도끼, 나이프, 채찍 등 매우 다양하다. 위험해 보이지만 이게 이쪽 세계의 상식인지도 모른다. 나도 뭔가 무기를 사는 게 좋을까?

"일단은 돈을 벌 방법을 찾아야 해. 이쪽 세계에서 살아가려면 돈이 필요하니까."

설마 이렇게 어린 나이에 구직 활동을 하게 될 거라고는 생각하지 못했다. 그러니 뭔가 특기가 있었으면 좋았을 텐데……. 학교 수업 중에 가장 잘하는 과목은 역사였으니……. 다른 세계의 역사를 자세히 알고 있어 봐야 아무런 도움도 되지 않는다.

그 외에는 악기를 조금 다룰 수 있다는 정도일까. 이쪽 세계에도 피아노가 있으면 좋을 텐데. 물론 그다지 잘 치지는 못하지만.

"응?"

뭐지? 소란스럽다. 큰길에서 벗어난 뒷골목 쪽이다. 말다툼을 하는 듯한 목소리가 띄엄띄엄 들려왔다.

"……가 볼까."

그렇게 나는 뒷골목을 향해 걸었다.

뒷골목에 들어가 좁은 길을 계속 걸으니, 막다른 곳에서 남녀 네 명이 말다툼을 하고 있었다.

한쪽은 남자 두 명, 한쪽은 소녀 두 명. 남자들은 매우 험악해 보였고, 소녀들은 모두 예뻤다.

둘 다 나하고 비슷한 또래거나, 나보다 어린 듯이 보였다. 그건 그렇고 저 여자애들, 굉장히 닮았네……라기 보단 똑같다. 쌍둥이일까? 눈매도 다르고, 한쪽은 쇼트커트이고 다른 쪽은 긴 머리라는 차이점은 있지만, 머리카락의 색은 둘 다 똑같이 은발이니까.

상반신은 검은색을 중심으로 한 겉옷에 흰 블라우스 차림으로 둘 다 똑같았지만, 하반신은 긴 머리 여자아이가 퀼로트에 검은 니삭스, 쇼트커트 여자아이가 플레어스커트에 검은 타이츠를 입어 차이가 있었다. 활발한 아이와 청초한 아이. 그 성격의 차이가 잘 드러났다.

"약속이 다르잖아! 값은 금화 한 닢이었을 텐데?!"

긴 머리 여자아이가 남자들을 향해 거칠게 소리쳤다. 그에 반해 남자들은 히죽히죽하고 비웃듯이 옅은 웃음을 지었다. 남자 한 명이 반짝거리는 유리로 만들어진 사슴뿔 같은 걸 들고 있었다.

"무슨 소리냐? 그래, 수정 사슴뿔을 금화 한 닢에 사겠다고 말을 했지. 단, 그건 아무런 흠집도 없었을 때의 이야기다. 봐라. 이곳에 흠집이 있지? 그러니 이렇게 값을 매긴 거다. 자, 은화 한 닢이다."

짤랑, 하는 소리와 함께 은화 한 닢이 소녀들 발밑에 떨어져 굴렀다.

"그렇게 흠집이 작은데, 그걸 어떻게 흠이 있는 물건이라고 할 수 있지? 당신들, 처음부터 그럴 속셈으로……!"

긴 머리 여자아이가 억울하다는 듯한 눈으로 남자들을 노려보았다. 그 뒤에 숨은, 쇼트커트를 한 여자아이도 억울하다는 듯 입술을 깨물었다.

"……이제 됐어. 돈은 안 받을 테니까 그 뿔이나 돌려줘."

긴 머리 여자아이가 살짝 앞으로 나섰다. 꽉 쥔 양 주먹에는 어울리지 않게 커다란 곤틀릿이 장비되어 있었다.

"어이구, 그럼 안 되지. 이건 이제 우리 거다. 너희에게 넘겨줄 수는——."

"대화 중에 죄송합니다. 잠깐 괜찮을까요?"

갑작스럽게 말을 건 나에게 모든 사람의 시선이 쏟아졌다. 소녀들은 어리둥절한 표정을 지었지만, 남자들은 곧장 험악한 표정을 지으며 이쪽으로 다가왔다.

"앙? 넌 뭐야? 우리한테 볼일이라도 있나?"

"아, 아뇨. 볼일이 있는 건 저 여자아이예요."

"어? 나?"

위협을 하듯이 노려보는 남자들을 무시한 채, 나는 뒤에 있던 긴 머리 여자아이에게 말을 걸었다.

"너의 그 뿔을 금화 한 닢에 살 수 없을까 해서."

잠시 멍하니 이야기를 듣고만 있던 여자아이는 금세 무슨 말인지 이해했다는 듯이 미소를 지으며 대답해 주었다.

"팔게!"

"이 자식들이 지들 멋대로 난리군! 이건 이제 우리 거——."

남자가 수정 뿔을 머리 위로 들어 올린 순간, 그것은 커다란 소리를 내며 산산조각이 났다. 내가 던진 돌이 완벽하게 명중한 것이다.

"아니……?! 무슨 짓이냐!"

"그건 내 거니까 어떻게 하든 내 맘이야. 아, 돈은 낼 테니까 걱정 말고."

"이 자식이!"

남자 한 명이 품에서 나이프를 꺼내 나를 덮쳐 왔다. 나는 그 행동을 보면서 확실하게 몸을 피했다. 그렇게 몸을 피하고 나서야 비로소 처음으로 확신했다. 잘 보인다. 상대의 움직임이나 나이프의 궤도가.

이게 하느님이 부여해 준 신체 능력 강화의 효과인 걸까. 몸을 낮추고 남자의 다리를 발로 찼다. 대자로 쓰러진 남자의 몸에 틈을 주지 않고 주먹을 날렸다.

"크헉……!"

남자는 곧장 정신을 잃었다. 할아버지에게 배운 기술이 도움이 됐는걸?

뒤를 돌아보니 다른 남자는 긴 머리 소녀와 싸우고 있었다. 남자는 손도끼를 휘둘렀지만, 긴 머리 소녀의 곤틀릿에 막혀 결정타를 날리지 못했다. 그러다가 번개같이 몸 쪽으로 파고든 소녀의 오른손 스트레이트가 남자의 얼굴에 적중했다. 흰자위를 드러내며 남자가 철푸덕 쓰러졌다. 멋지다!

이렇게 쉽게 승부가 날 줄 알았으면 수정뿔을 부수지 않아도 좋았을 텐데……. 조금 후회했다.

하지만, 어쩔 수 없는 일이다. 분쟁의 씨앗을 없애면 되지 않을까 생각했지만, 아무래도 큰 도움은 되지 않은 듯하다. 나는 지갑에서 금화 한 닢을 꺼내 긴 머리 소녀에게 내밀었다.

"자, 금화 한 닢."

"……괜찮겠어? 우리야 좋지만……."

"산산조각을 낸 사람은 분명 나니까 괜찮아. 받아 둬."

"그럼…… 사양하지 않을게."

긴 머리 소녀는 그렇게 말하면서 곤틀릿을 낀 손으로 금화를 받았다.

"도와줘서 고마워. 나는 에르제 실레스카. 이쪽은 쌍둥이 여동생인 린제 실레스카야."

"……감사합니다."

뒤에 있던 쇼트커트 여자아이가 꾸벅 하고 고개를 숙이고는 작게 미소 지었다.

역시 쌍둥이였구나. 긴 머리 여자아이가 에르제, 쇼트커트 여자아이가 린제. 응, 외웠어. 머리 모양과 옷으로 구별할 수밖에 없지만.

"난 모치즈키 토야. 아, 토야가 이름이야."

"와. 이름과 패밀리 네임이 반대구나. 이셴 출신?"

"아…… 그렇지 뭐."

여관의 미카 누나와 똑같은 반응에, 나는 똑같은 대답을 했다. 아~, 이셴은 어떤 나라지? 신경 쓰이네, 정말로.

"아~, 토야도 이제 막 이 마을에 온 참이구나?"

과일즙을 마시면서 린제가 말했다. 이 마을에, 가 아니라 이쪽 세계에, 라고 해야 맞지만.

그리고 우리는 여관 '은월'로 되돌아왔다. 두 소녀도 여관을 찾고 있다고 해서 같이 데리고 온 것이다. 새 손님을 데리고 오자 미카 누나는 싱글벙글한 표정을 지었다. 정말 알기 쉬운 사람이다.

그대로 셋이서 같이 저녁을 먹기로 했다. 이런저런 이야기를 하면서 미카 누나가 내어 준 저녁을 다 먹고 지금은 차를 마시는 중이다.

"우리도 그 녀석들의 의뢰를 받고 수정 사슴뿔을 전해 주러 온 건데, 정말 험한 꼴을 당했어. 뭔가 의심스럽다고는 생각했었지만 말이야."

"그러니까 내가 그만두자고 반대했던 건데……. 언니가 내 말을 안 들어서……."

언니 에르제를 여동생 린제가 비난하듯이 노려보았다. 쉽게 폭주하는 언니에 건실한 여동생이라고 보면 될까. 에르제는 두려움을 모르는 타입이고, 린제는 어딘가 낯을 가리는 타입처럼 보인다.

"너희는 왜 그 녀석들의 의뢰를 받은 거야?"

의문스럽게 생각했던 점을 두 사람에게 물어보았다. 딱 봐도 굉장히 수상해 보이는 녀석들과 거래라니, 좀 그렇지 않나?

"어쩌다 보니 연이 닿았거든. 전에 우리가 수정 사슴을 쓰러뜨리고 뿔을 손에 넣었는데, 우연히 필요하다는 이야기를 들어서 마침 잘됐다고 생각한 거지, 뭐. 근데 확실히 경솔했어. 역시 길드라든가, 신뢰할 수 있는 곳에서 의뢰를 받지 않으면 문제에 휘말리는구나."

한숨을 내쉬면서 에르제가 고개를 숙였다.

"린제, 이번 기회에 길드에 등록할까?"

"그게 좋을 것 같아……. 안전이 최고야. 내일이라도 당장 등록하러 가자."

길드. 게임에서는 직업소개소처럼 일을 알선해 주는 곳이었지? 다양한 의뢰가 있는데, 그것을 해결하면 돈을 받는 구조. 흐음.

"괜찮으면 내일 따라가도 괜찮을까? 나도 길드에 등록하고 싶거든."

"좋아. 그럼 같이 가자."

"네……. 같이 가요."

둘 다 흔쾌히 승낙해 주었다. 길드라는 곳에 등록하고 일을 하면 어느 정도는 돈을 벌 수 있다. 이쪽 세계에서 살아가기 위한 기반을 닦을 수 있을지도 모른다.

그날은 그것을 마지막으로 두 사람과 헤어져 자신의 방으로 돌아갔다. 겨우 하루가 끝났다. 많은 일들이 있었어.

일단 오늘 있었던 일들을 일기 대신에 스마트폰에 메모해 두

자. 그러는 김에 정보 사이트를 돌아다니며 원래 있던 세계의 사건들을 쭉 훑어보았다. 오, 자이언츠가 이겼어. 와~, 그 밴드가 해산하는구나……. 아쉽다.

그 정도에서 전원을 끄고 침대에 파고들었다. 내일은 길드에 가서 등록을 한다. 과연 어떤 곳일까……. 그런 일들을 생각하고 있는데, 수마가 금방 나를 덮쳐 왔다. 쿠울.

스마트폰에 내장되어 있는 알람 어플리케이션 전자음을 듣고 나는 느릿하게 이불에서 기어 나왔다.

세수를 하고 옷을 입은 뒤 식당으로 내려가 보니, 에르제와 린제는 벌써 일어나 아침을 먹고 있었다. 나도 마찬가지로 자리에 앉자, 미카 누나가 식사를 가지고 와 주었다. 아침은 빵과 햄에그, 그리고 야채수프와 토마토 샐러드였다. 아침부터 맛있는 음식이다.

다 먹고 바로 셋이서 같이 길드를 향해 갔다. 길드는 마을 중앙에 있었는데, 나름 북적이는 곳이었다.

길드의 1층은 음식점으로, 생각보다 분위기가 밝았다. 거친 술집이 아닐까 하는 고정관념이 있었는데, 아무래도 쓸데없는 걱정이었던 듯하다. 카운터에 가니 접수를 하는 누나가 생긋 미소를 지어 주었다.

"저어, 길드 등록을 하고 싶은데요."

"네. 알겠습니다. 이쪽 분을 포함해 세 명이신가요?"

"네, 세 명이요."

"세 분 모두 길드 등록은 처음이신가요? 그렇다면 등록에 관해 간단한 설명을 해 드리겠습니다."

"부탁드립니다."

기본적으로 의뢰인의 일을 소개해 주고 중개료를 받는 곳. 그곳이 길드다.

일은 난이도에 따라 랭크가 매겨져 있는데, 하급 랭크인 사람은 상급 랭크의 일을 맡을 수 없다. 하지만 일행의 반이 상위 랭크일 경우에는 하위 랭크인 사람도 상위 랭크의 일을 맡아서 할 수가 있다.

의뢰를 완료하면 보수를 받게 되지만, 만약 의뢰에 실패할 경우에는 위약금이 발생할 수 있다. 음, 일은 신중하게 골라야겠다.

또한 몇 번씩 의뢰에 실패해 악질적이라는 판단이 들면 길드 등록이 취소되는 패널티가 부과될 수 있다고 한다. 그렇게 되면 더 이상 그 어떤 마을에서도 길드 등록을 다시 할 수 없는 모양이다.

그 외에도, 5년간 의뢰를 하나도 맡지 않을 경우 등록이 실효된다는 것, 여러 의뢰를 동시에 맡을 수 없다는 것, 토벌 의뢰는 의뢰서에 지정된 지역 이외에서 사냥을 해 봐야 무효라는 것, 기본적으로 길드는 모험자끼리의 개인적인 분쟁엔 개입하지 않는다는 것, 단, 길드에 손해가 생길 가능성이 있다면 개입한다는 것…… 등, 다양한 설명을 들었다.

"이상으로 설명을 마칩니다. 모르는 게 있으면 그때마다 담당자에게 문의해 주세요."

"알겠습니다."

"그럼 이쪽 용지에 필요 사항을 기입해 주십시오."

접수 누나가 용지를 세 장 꺼내 우리에게 건네주었지만 나는 뭐라고 써 있는지 하나도 알 수 없었다. 읽고 쓰지 못한다는 사실을 알려주며 린제에게 대필을 부탁했다. 으음…… 역시 읽고 쓰지를 못하니 불편하네.

누나는 등록 용지를 받아 들더니, 검은 카드를 그 위에 대고 주문을 외듯이 중얼거렸다. 그리고 작은 핀을 꺼내더니, 각각 자신의 피를 카드에 스며들게 하라고 했다.

하라는 대로 핀으로 손가락을 찌른 다음 손가락을 카드에 대니, 흰 글자가 화악 하고 떠올랐는데…… 역시 뭐라고 적혀 있는지 알 수가 없다…….

"이 길드 카드는 본인 이외의 사람에게 닿으면 몇 초 만에 회색으로 변하도록 마법이 걸려 있습니다. 위조 방지를 위해서이죠. 또 분실하신 경우에는 신속히 길드에 알려 주십시오.

돈이 들기는 하지만, 재발행해 드리고 있습니다."

누나가 내 카드를 들자, 잠시 뒤 검은 카드가 회색으로 변했다. 다시 내가 들자 순식간에 검은색으로 돌아왔다. 엄청난 장치야. 대체 어떻게 해 놓은 거지?

"이상으로 등록이 종료되었습니다. 일에 관한 의뢰는 저쪽 보드에 붙어 있으니, 확인을 하신 뒤, 의뢰 접수처에 신청해 주십시오."

셋이서 의뢰가 붙어 있는 보드 앞에 섰다. 우리의 길드 카드는 검은색. 초심자용이었다. 랭크가 올라가면 카드의 색이 변한다고 하는데, 지금은 아직 초심자의 검은 의뢰서밖에 받을 수 없다는 말이다.

에르제와 린제는 한 장 한 장 집중해 읽으며 검토를 하고 있는 듯했다. 나는…….

"이런……. 본격적으로 읽고 쓰기를 배우든지 해야겠어……."

일의 내용을 몰라서는 아무것도 할 수 없다. 밤에는 읽고 쓰는 공부를 하자.

"저기, 있잖아, 린제. 이건 어떨까? 보수도 꽤 괜찮고, 처음으로 하기엔 딱 좋지 않아?"

"……응. 나쁘지 않아 보여. 토야 씨는 어떤가요?"

"……미안. 뭐라고 적혀 있는지 하나도 모르겠어."

잔뜩 들떠서 보드에 붙은 종이를 가리키고 있던 에르제의 손가락이 힘없이 구부러졌다. 크.

"……어~, 동쪽 숲에서 마수를 토벌. 일각늑대라는 마수 다섯 마리. 그다지 강하지 않으니…… 우리만으로도 어떻게든 해치울 수 있을 거라 생각해요. 아, 보수는 동화 열여덟 닢이에요."

글을 못 읽는 나를 위해 린제가 더듬거리며 의뢰서를 읽어 주었다. 동화 열여덟 닢……. 셋이 나누면 한 사람당 여섯 닢인가. 3일치 숙박비구나. 나쁘지 않다.

"그럼 그걸로 할까."

"오케이. 그럼 접수처에 신청하고 올게."

에르제가 의뢰 벽보를 떼어 내, 의뢰 접수처에 신청하러 갔다. 일각늑대라. 이름 그대로 머리에 뿔이 돋아나 있는 늑대인 모양이다. 과연 내가 쓰러뜨릴 수 있을지 조금 불안해졌다.

……어?

"아차……. 중요한 걸 깜빡하고 있었어……."

"……왜 그러세요?"

린제가 어리둥절한 표정으로 나에게 무슨 일인가 하고 물었다.

"나…… 아직 무기가 없어."

까맣게 잊고 있었다.

토벌 의뢰를 맡아도 무기도 없는 맨몸으로는 해결할 수 없다. 그래서 길드를 나온 우리는 무기 가게를 향해 갔다.

북쪽으로 길을 걸어가자, 검과 방패라는 여전히 알기 쉬운 로고 마크가 붙은 간판이 보였다. 그리고 나는 여전히 그 아래에 적힌 가게 이름을 읽을 수 없었다.

입구의 문을 열자, 딸랑딸랑 하고 문에 달린 작은 방울이 울렸다. 그 소리를 듣고 가게 안쪽에서 몸집이 크고 수염이 난 중년 남자가 느릿하게 나타났다. 크다. 마치 곰 같다.

"어서 옵쇼. 뭘 찾으시는지?"

아무래도 곰 같은 아저씨는 가게 주인인 듯했다. 근데 정말 크다. 키가 2미터는 넘지 않을까. 프로레슬러 같은 몸이다.

"이분에게 맞는 무기를 사려고 하는데, 잠깐 가게를 둘러봐도 될까?"

"그러시죠. 한 번씩 들어 보십시오."

곰 아저씨가 에르제의 말에 미소를 지으며 대답해 주었다. 착한 곰…… 같은 착한 사람이다. 꿀을 좋아할까?

가게를 둘러보니 여기저기에 무기가 전시되어 있었다. 종류도 풍부해서 검, 창, 활, 도끼, 채찍 등 많은 무기가 빽빽하게 늘어서 있었다.

"토야는 뭔가 잘 다루는 무기라도 있어?"

"음, ……딱히 그런 건 없는데……. 굳이 말하자면 검을 조금 배운 적이 있긴 해."

에르제의 질문에 조금 생각을 한 뒤 대답했다. 학교에서 검도 수업 때 배운 것인데. 그것도 제대로 배운 게 아니라, 칼싸움의 연장선 같은 거라 사실상 초짜다.

"……그럼 역시 검이 좋겠어요. 토야 씨는 힘으로 밀어붙이는 것보다 속도를 이용해 여러 번 공격하며 싸우는 게 더 잘 어울려 보이, 니, 한 손 검이라든가 어떠세요?"

린제가 한 손으로 다루는 검이 늘어서 있는 코너를 가리켰다. 나는 그곳에서 칼집에 든 검을 하나 들어 칼자루를 한 손으로 쥐어 보았다. 가볍네. 조금 더 무거워도 괜찮을 듯했다.

문득 벽에 걸려 있던 검 하나가 눈에 들어왔다. 아, 검은 검인데…… 저건 날이 한쪽에만 있는 검이다. 가늘게 휜 도신(刀身)에, 멋지게 세공된 둥근 날밑. 허리띠 같은 끈이 둘러진 칼자루와 검게 칠해진 칼집. 자세히 보면 내가 알고 있는 일본도와 조금 다른 부분도 있었지만, 이건 일본도라 불러도 손색이 없는 것이었다.

"……왜 그러시죠?"

"아~, 이건 이셴의 검이네. 역시 고향의 검이 마음에 들어?"

내가 일본도와 비슷한 검을 가만히 바라보자, 린제와 에르제가 말을 걸어 왔다. 아, 이게 이셴의 검이구나. 더욱 더 마음에 들었다, 이셴.

벽에 걸려 있던 그 검을 들고, 천천히 칼집에서 빼 보았다. 아름답게 반짝이는 도신의 무늬가 눈길을 사로잡았다. 생각보다 도신이 두꺼웠고, 꽤나 무거웠다. 하지만 내가 휘두르는 데는 아무런 문제가 없는 무게다.

"이거, 얼마죠?"

내 목소리를 듣고 안에 있던 곰 아저씨가 빼꼼 고개를 내밀었다.

"아, 그거 말입니까? 금화 두 닢입니다. 하지만 그건 제대로 사용하기가 힘들 겁니다. 초보에게는 추천하지 않는 상품이죠."

"금화 두 닢?! 비싸지 않아?"

"좀처럼 들어오지 않는 데다, 사용하는 사람도 별로 많지 않으니, 원래 그 정도는 합니다."

에르제는 불만스러운지 입을 삐죽였지만, 곰 아저씨는 태연하게 받아 넘겼다. 아마 적정 가격이겠지. 나도 그만큼의 가치는 있다고 생각했다.

"이걸로 살게요. 금화 두 닢이죠?"

검을 칼집에 넣고 지갑에서 금화 두 닢을 꺼내 카운터에 올려놓았다.

"감사합니다. 근데 방어구는 안 사십니까?"

"이번엔 그냥 갈게요. 돈을 벌면 또 사러 오겠습니다."

"그런가요? 그 검으로 돈을 잔뜩 벌어 주십시오."

곰 아저씨는 그렇게 말하며 호쾌하게 웃었다.

나는 이걸로 끝이었지만, 나 외에도 에르제가 정강이받이

(脚甲)인 그리브(정강이에서 발등까지 뒤덮는 갑옷)를, 린제가 완드를 구입했다. 두 사람의 전투는 에르제가 앞에서 타격 공격을, 린제가 뒤에서 마법 공격을 하는 스타일인 듯했다.

무기 가게를 나와 다음으로 도구점을 향했다. 길을 가는 도중에 나는 살짝 신경이 쓰여 지도를 확인해 조금 전의 무기점 이름을 확인해 보았다.

'무기점 웅팔(熊八)'.

……이 마을의 네이밍센스는 아무래도 좀 이상하다.

도구점에서 작은 파우치와 물통, 휴대용 음식, 낚싯바늘과 줄, 가위, 나이프, 성냥 등이 편리하게 세트로 묶여 있는 툴박스와 약초, 해독초 등을 샀다. 에르제와 린제는 이미 가지고 있다고 해서, 이곳에서는 나만 물건을 구입했다.

좋아, 준비 완료다. 일각늑대를 쓰러뜨리러 동쪽 숲으로 출발!

동쪽 숲은 리플렛 마을에서 두 시간 정도 걸어야 하는 거리였다. 지나가는 마차에 부탁하면 타고 갈 수도 있지 않을까 기대를 해 보았지만, 아쉽게도 한 대도 지나가지 않아 우리는 두 시간 내내 걸어서 동쪽 숲에 도착했다.

우리는 울창한 숲 안으로 주변을 경계하며 걸어갔다. 갑자기 들려오는 새의 울음소리나 숲의 나무들을 흔드는 작은 동물들의 기척에 하나하나 움찔거리는 등, 처음에는 내심 마음을 졸였지만 이윽고 나는 신비한 감각이 든다는 사실을 깨달았다.

뭐라고 할까…… 내 주변의 기척이 느껴졌다. 어디에 어떤 동물이 있고, 자신들에게 어떤 감정을 품고 있는가……. 그걸 느낄 수 있었다. 이 감각은 뭐지? 육감……이라고 하는 것일까. 이것도 하느님이 부여해 준 선물 중 하나일지도 모른다.

그런 생각을 하고 있을 때, 오른쪽 앞에서 공격적인 감정 두 가지가 느껴졌다. 명백한 적대감.

"조심해. 뭔가가 있어."

내 말을 들은 두 사람은 바로 멈춰 섰다. 내가 눈으로 숲 속을 가리키자, 두 사람은 바로 전투 준비에 들어갔다. 그 움직임을 봤는지, 숲 속에서 검은 그림자 두 개가 뛰쳐나와 우리를 덮쳤다.

"으앗!"

곧장 몸을 비틀어 피했다. 괜찮다. 움직임이 보인다. 회색 털에 덮인 이마에서 뻗어 나온 검은 뿔. 커다란 대형견 정도이지만, 그 사나운 모습은 개와 비교하는 게 미안할 정도였다. 이 녀석이 일각늑대인가.

내가 뛰쳐나온 늑대 한 마리와 대치하고 있는데, 다른 방향에서 에르제를 향해 달려드는 늑대 두 마리가 보였다.

에르제는 덮쳐 오는 그 녀석에게 정면으로 맞서더니, 혼신의 힘을 다해 늑대의 얼굴에 일격을 날렸다. 곤틀릿 주먹을 정면으로 맞은 일각늑대는 그대로 땅에 쓰러지더니, 이윽고 꼼짝도 하지 않았다. 그야말로 일격필살.

내가 에르제의 모습에 감탄을 하고 있자, 그 틈을 노리고 눈앞의 늑대가 다시 이빨을 드러내며 달려들었다.

나는 침착하게 늑대의 움직임을 읽은 뒤, 그에 맞춰 허리에 찬 검을 빼냈다. 스쳐 지나가는 사이에 일격. 그 순간, 늑대의 머리가 공중에 뜨더니 세차게 지면을 굴렀다.

처음으로 살아 있는 생명을 죽인 감각 때문에, 약간의 죄책감과 혐오감이 머리를 스쳤다. 하지만 그런 생각에 빠질 새도 없이 새로운 늑대가 네 마리나 무리 지어 나타나더니, 그중 두 마리가 이쪽을 향해 달려왔다.

"【불꽃이여 오너라, 붉은 돌멩이, 이그니스파이어】."

그 목소리가 들린 순간, 나에게 달려들었던 늑대 한 마리가 갑자기 불꽃에 휩싸여 불덩어리가 되었다. 뒤에 물러서 있던 린제가 불꽃 마법으로 엄호를 해 준 듯하다. 아차! 이쪽 세계에 와서 처음으로 마법을 볼 수 있는 찬스를 눈앞에서 놓치고 말았다! 크으으.

남은 늑대 한 마리를 조금 전과 마찬가지로 피하면서 검으로 베었다. 쓰러진 늑대는 전혀 움직이지 않았다.

에르제 쪽을 돌아보니 달려드는 늑대의 배에 돌려차기를 날려 저 멀리 날려 버렸다. 그 옆에는 마지막 한 마리가 또 불타고 있었다. 우와, 또 마법을 놓치고 말았어…….

“해치웠어. 의뢰는 다섯 마리 토벌이었는데 한 마리 더 제압하고 말았네?”

에르제가 그렇게 말하면서 곤틀릿을 캉캉 서로 맞부딪쳤다. 모두 여섯 마리, 각각 두 마리씩 쓰러뜨렸다. 첫 전투치고는 아주 훌륭하다고 생각한다. 앗, 첫 전투는 나 혼자뿐인가?

이제 토벌한 증거로서 늑대들의 뿔을 가지고 가야 한다. 여섯 마리의 뿔을 잘라 파우치에 넣었다. 이젠 이걸 길드에 전해주면 의뢰가 완료, 미션 컴플리트다.

숲을 나오자 몸에 가득했던 긴장감이 순식간에 빠져나가는 듯했다. 뭔가 숨이 막히던 공간에서 해방된 기분이다. 이제는 이런 것에도 익숙해져야만 하는 거겠지?

돌아가는 길에는 운 좋게도 마차가 지나가 신세를 질 수 있었다. 럭키~.

걷는 것보다 훨씬 빨리 마을에 도착한 우리는 바로 길드에 들러 의뢰 완료 수속을 위해 일각늑대의 뿔 다섯 개를 접수처의 누나에게 건네주었다. 남은 한 개는 오늘의 기념으로 남겨두기로 했다.

“네, 일각늑대의 뿔 다섯 개, 확실히 받았습니다. 그럼 길드 카드를 제출해 주세요.”

우리가 카드를 내밀자 접수처 누나는 그 위에 도장 같은 걸 찍었다. 아주 잠시 마법진 같은 마크가 떠올랐지만 금방 사라졌다. 나중에 들은 이야기인데 의뢰 랭크에 따라 찍어 주는 도장도 다르다고 한다. 카드에 찍힌 도장의 정보가 계속 쌓여 나가다, 일정 이상이 되면 랭크가 올라가 카드의 색이 변한다는 듯하다.

우리는 초심자 랭크인 검은색. 위로 올라갈 수록 검은색, 보라색, 녹색, 파란색, 빨간색, 은색, 금색 순으로 색이 변한다고 한다.

"이번 의뢰의 보수, 동화 열여덟 닢입니다. 이걸로 의뢰가 완료되었습니다. 수고하셨어요."

접수처 누나에게 보수를 받아 바로 세 명이서 여섯 닢씩 나눠 가졌다. 이걸로 3일치 숙박비를 번 셈이다. 이쪽 세계에서 어떻게든 살아갈 수 있을 것 같단 생각이 들었다.

"있잖아, 첫 의뢰 성공을 기념해 잠깐 어디 들러 가볍게 밥이라도 먹지 않을래?"

에르제가 길드 밖으로 나가자 그렇게 말을 꺼냈다. 아직 저녁을 먹기에는 조금 이르지만, 잘 생각해 보니 점심을 먹지 않았다. 괜찮을 듯하다. 게다가 마침 부탁하고 싶었던 것도 있으니, 딱 좋다.

우리는 마을 안에 있는 카페에 들어가기로 했다.

나는 핫샌드위치와 밀크, 에르제는 미트 파이와 오렌지 주스 같은 것, 린제는 팬케이크와 홍차를 각각 주문했다. 나는 점원이 주문을 받고 물러간 뒤에 이야기를 꺼냈다.

"저어, 두 사람한테 부탁할 게 있는데."

"부탁?"

"응. 나한테 읽고 쓰는 법 좀 가르쳐 줘. 아무래도 글자를 못 읽으니 불편해서. 앞으로 일을 하는 데 지장이 있을 것 같아."

"아~, 그야 그렇지. 의뢰 내용을 알아야 일을 할 수 있을 테니까."

응응, 하고 에르제가 고개를 끄덕였다. 동시에 린제도 고개를 끄덕였다. 이런 점을 보면 역시 쌍둥이구나.

"그런 거라면 린제한테 가르쳐 달라고 하는 게 좋아. 이 아인 머리가 좋아서 가르쳐 주는 것도 잘하거든."

"별로 그런 건…… 아니지만……. 내가 가르쳐 줘도 된다면……."

"고마워. 많은 도움이 될 거야."

좋아. 이걸로 어떻게든 읽고 쓸 수 있을 것 같다. 이젠 공부만 하면 되는구나. 좋은 선생님을 찾을 수 있어서 다행이야.

……아.

"아, 그렇지. 린제, 기왕에 부탁하는 건데, 마법도 가르쳐 주면 안 될까? 나도 써 보고 싶어."

""뭐?""

얘네들? 둘이 동시에 반응하다니. 왜지? 그렇게 이상한 부탁인가?

◇ ◇ ◇

"마법을 배우고 싶다니……. 토야, 혹시 적성이 있어?"

"적성?"

"마법은 선천적인 적성에 의해 크게 좌우, 돼요……. 적성이 없는 사람은 아무리 노력해도 마법을 사용할 수 없어요……."

그렇구나. 아무나 쓸 수 있는 능력이 아니라는 건가? 음, 그야 그렇겠지. 아무나 쓸 수 있었으면 마법 문명이 더 발달했을 테니까.

"적성이라……. 응, 있을 것 같아. 그 사람이 너라면 마법을 쓸 수 있게 될 거라고 큰소리를 뻥뻥 쳤으니까."

"그 사람이 누군데?"

"아~, ……굉장히 높은 사람."

하느님입니다, 라고 말했다간 제정신이냐고 의심하려나? 그냥 말하지 말자.

"적성이 있나 없나 확인할 수 있는 방법 없어?"

내 질문을 들은 린제가 허리의 파우치에서 투명한 돌을 몇 개인가 꺼냈다. 빨간색과 파란색, 노란색과 무색. 마치 유리처럼 빛났다. 크기는 1센티미터 전후 정도일까. 그러고 보니 린제가 가지고 있는 은색 완드에도 비슷한 게 붙어 있었지?

그건 이것보다 더 컸지만.

"이게 뭐야?"

"이건 마석, 이에요. 마력을 증폭, 축적, 방출할 수 있는 거죠. 이걸 사용해서 적성을 확인해 볼 수 있어요. 대략적으로, 이지만요."

'물' 이 알기 쉬우려나…… 하고 중얼거리자, 린제가 푸른빛이 도는 투명한 돌을 집어 올렸다. 그리고 돌을 다 마신 홍차 컵 위로 가져갔다.

"【물이여 오너라】."

린제가 그렇게 말하자 마석에서 주륵~ 하고 소량의 물이 흘러 홍차 컵에 떨어졌다.

"오오!"

"이게 마법이 발동된 상태, 예요. 마석이 제 마법에 반응해서 물을 생성한 거죠."

"참고로."

옆에 있던 에르제가 여동생의 마석을 받아 들고 똑같이 주문을 외웠다.

"【물이여 오너라】."

하지만 마석에서는 아무런 반응도 없었고, 한 방울의 물도 나오지 않았다.

"물 적성이 없으면 이렇게 돼. 그래서 나는 물 마법을 쓸 수 없는 거야."

"쌍둥이인데 에르제는 못 쓰는구나?"

"안 그래도 신경 쓰이는 점인데 아픈 델 찌르지 말아 줄래……? 뭐, 신경 안 써."

아차. 입을 잘못 놀렸다. 하지만 에르제도 진심으로 화나 있는 것처럼은 보이지 않았고, 살짝 삐친 느낌이었기 때문에 조금 안심이 되었다.

"언니는 물 마법을 쓰지 못하는 대신에 마력으로 신체를 강화하는 마법을 쓸 수 있어요……. 반대로 저는 신체 강화를 못하고요. 신체 강화 마법을 쓰는 데에도 적성이 필요, 하거든요."

그렇구나. 그 무시무시한 파괴력은 그것 때문인가? 몸은 굉장히 날씬한데 대체 어디에서 그런 힘이 솟아나나 신기했었는데, 수수께끼가 풀렸다.

"마력은 누구나 지니고 있지만 적성이 없으면 해당하는 마법을 쓸 수가 없어요."

모든 건 적성이 있나 없나에 달린 건가. 재능이 없어서 안 된다고 한다면 물론 어쩔 수 없는 일이지만 세상은 참 불공평하다.

"그럼 나도 그렇게 해 보면 적성이 있는지 알 수 있는 거야?"

"네. ……손에 들고 돌에 의식을 집중한 다음 【물이여 오너라】라고 외쳐 주세요……. 적성이 있다면 물이 흐를 거, 예요."

에르제에게서 푸른 마석을 받아 든 다음, 발동했을 때 테이블이 젖는 것을 방지하기 위해 마석을 든 손을 접시 위로 가져갔다.

의식을 마석에 집중하고 하라는 대로 주문을 외쳤다.

"【물이여 오너라】."

다음 순간, 부서진 수도꼭지에서 물이 흘러나오듯이 마석에서 물이 흘러넘쳤다.

"으아악?!"

깜짝 놀라 마석에서 손을 떼자, 물은 금방 멈췄다. 하지만 테이블은 물이 흥건해져, 테이블클로스가 질척하게 젖고 말았다.

"……왜 이런 거야?"

아무리 봐도 이상한 사태여서 눈앞의 두 사람에게 설명을 부탁했다. 하지만 쌍둥이 자매는 눈을 휘둥그렇게 뜨고 어안이 벙벙한 표정을 지을 뿐이었다. 그 표정이 너무나도 똑같아 그만 웃음을 터뜨릴 뻔했다.

"토야 씨의 마력량이 차원이 다를 만큼 컸기 때문, 이라고 생각해요……. 이렇게 작은 마석과 주문의 단편으로 설마 이렇게까지……, 처음, 인데. 그리고 마력의 질이 상상할 수 없을 만큼 깨끗해요. 믿을 수가 없어요……."

"……넌 분명히 마법사로서의 재능이 더 클 거야. 이런 건 처음 봐."

역시 적성이 있었던 건가. 그야 하느님이 보증을 해 줬으니까. 이렇게 마력량이 큰 건 역시 하느님 효과……겠지? 아마도. 적은 것보다야 좋지만. 아무튼, 나는 마법을 쓸 수 있다는 얘기다.

테이블을 흠뻑 적셔 미안하다고 사과한 뒤, 우리는 재빨리 카페를 빠져나왔다.

숙소에 도착해 보니 이미 저녁이었기 때문에, 마법은 내일 배우기로 했다.

저녁을 먹은 뒤 곧장 식당에서 린제에게 읽고 쓰는 법을 배웠다. 일단 미카 누나에게 식당을 사용해도 좋다는 허락을 받아 두었다.

먼저 린제가 간단한 단어를 써 주면, 내가 그 옆에 일본어로 의미를 적었다.

"……처음 보는 문자예요. 이건 어디 문자인가요?"

"음~, 고향에서만 전해지고 사용되던 문자야. 아마 이 근처에서는 나 외엔 사용하는 사람이 없을걸?"

이 근처는커녕 이 세계에는 사용하는 사람이 없겠지. 비밀 암호문 같은 거다.

린제는 신기해하면서도 일단은 그렇다고 넘어가 줄 모양이었다.

그 뒤에도 단어를 착실히 배워, 그것을 모조리 일본어로 변환했다. 린제가 워낙 잘 가르쳐 줘서인지 머릿속에 단어가 쏙쏙 들어왔다. 어? 내가 이렇게 암기력이 좋았었나? 이것도 하느님 효과인가?

처음부터 읽고 쓰기가 가능하게 해 줬으면 좋았을 텐데. 그런 생각이 들기도 했지만 하느님에게도 나름의 사정이라는 게 있었겠지. 배부른 소리를 하면 안 된다.

적절한 시점에 공부를 끝내고 린제와 헤어져 내 방으로 돌아갔다.

스마트폰으로 오늘 있었던 일을 메모하고 저쪽 세계의 정보를 들여다보았다. 흐~응. 그 사람이 *국민영예상을 탔구나. 앗, 이 영화 보고 싶었는데.

앗, 그렇지. 신경이 쓰였던 이셴을 지도로 확인해 보았다. 이셴은 이곳에서 아주 먼 동쪽, 대륙의 끝을 넘어선 곳의 섬나라였다. 그런 점까지 일본을 닮았구나. 언젠가 기회가 있으면 가 보고 싶다.

오늘은 마수 토벌을 하느라 지쳤는지 금방 졸음이 쏟아졌다. 나는 쓸데없이 저항하지 않고 바로 침대로 파고들었다. 잘 자. 쿠울.

"저어…… 그럼 시작할게요."

조금 긴장했는지 린제가 더듬거리며 그렇게 선언했다. 린

* 국민영예상: 일본의 총리가 수여하는 상으로 '널리 국민에게 경애를 받고 사회에 밝은 희망을 주는 일에 현저한 업적이 있는 사람의 영예를 칭송하기 위해' 제정되었다.

제는 너무 낯을 가린다고 할까, 너무 얌전하단 인상이란 말이야. 언니를 본받는다……는 것도 좀 생각해 볼 문제인가? 만났을 때 이후로 꽤나 친해졌다고 생각하는데, 아직도 어딘가 모르게 서먹서먹하다.

오늘은 길드에 가서 의뢰를 맡지 않고, 나를 위한 마법 강좌를 열기로 했다. 여관의 뒤뜰, 아마도 더 이상 가게에서 쓰지 않을 낡은 테이블을 사이에 두고 의자에 앉아 린제와 마주 보았다.

아, 에르제는 할 일이 없어서 혼자서도 할 수 있는 채집 일을 하고 온다며 아침부터 길드에 갔다.

"그럼 린제 선생님, 잘 부탁드립니다."

"서, 선생님이라니……! 으으……."

새빨개져서는 고개를 숙여 버린 선생님. 으악, 진짜 예쁘다.

"먼저 뭘 해야 해?"

"앗, 예! 먼저 기본적인 것부터 해야 하는데……. 마법에는 몇몇 '속성' 이 있어요."

"속성?"

"불이라든가 물 같은 걸 말해요. 어~, 불, 물, 흙, 바람, 빛, 어둠, 무. 이렇게 모두 일곱 가지 속성이 있어요. 토야 씨는 이 중에 적어도 물의 속성이 있다는 사실은 어제 확인할 수 있었고요."

아, 어제 그 마석 말이구나. 물을 생성할 수 있었으니, 물 속성은 확실히 있는 거겠지.

"어제는 처음 시도한 물로 적성이 있다는 사실을 알았기 때문에 아무 문제 없었지만, 만약 확인이 안 되었다면 다른 속성의 마석으로도 시험해 볼 예정이었어요."

"마법을 사용할 수 있다 해도, 개인에 따라 사용할 수 있는 속성의 종류가 있다……는 얘기야?"

"네. 참고로 저는 불, 물, 빛. 이렇게 세 가지를 사용할 수 있는데, 다른 네 가지는 초급 마법도 사용하지 못해요. 사용할 수 있는 세 가지 속성도, 불 속성은 특기이지만 빛 속성은 잘 못 쓰고요."

이것도 선천적인 재능이라는 건가. 자신이 고를 수는 없다. 하늘에 맡기는 수밖에 없다는 말이다. 하느님도 참 큰일이네.

"그런데 불이나 물은 대충 알겠는데, 빛, 어둠, 무는 대체 어떤 거야?"

"빛은 다른 이름으로는 신성 마법이라고 하는데, 빛을 매개로 한 마법이에요. 치유 마법도 여기에 속하고요. 어둠은 주로 소환 마법을 말하는 것으로…… 계약한 마수나 마물을 다룰 수가 있어요. 그리고 무는 다른 여섯 가지에 해당하지 않는 특수한 마법으로 개인의 고유 마법이 대부분이에요. 언니의 신체 강화가 그 속성에 속하죠."

아~. 그 능력은 도움이 될 듯하다.

"무속성 마법 이외에는 마력과 적성, 그리고 주문이 갖추어져야 비로소 마법이 발동돼요. 적성이 있는 속성을 모르면 뭘 시작할 수 없으니 일단은 그것부터 알아봐요."

그렇게 말한 린제가 파우치에서 마석을 꺼내 테이블에 늘어놓았다. 모두 일곱 개. 빨간색, 파란색, 갈색, 녹색, 노란색, 보라색, 그리고 무색투명.

"각각 불, 물, 흙, 바람, 빛, 어둠, 무에 속하는 마석이에요. 하나씩 확인해 볼까요?"

일단은 붉은 마석을 들고 의식을 모았다. 그리고 린제에게 배운 대로 외쳤다.

"【불꽃이여 오너라】."

화르륵 하고 마석이 기세 좋게 불탔다. 당황해 손에서 마석을 놓자 바로 사라졌다. 위험해!

"괜찮아요. 마력으로 생성한 불은 본인에겐 영향이 없으니까요. 하지만 옷에 옮겨붙으면 열이 느껴지니 조심하세요."

"그래?"

다시 한 번 마석을 손에 들고 주문을 외워 보았다. 다시 불이 붙었지만 확실히 뜨겁지 않다. 이게 무언가에 옮겨붙으면 주문을 외운 사람도 화상을 입는 거구나? 옮겨붙은 불은 더 이상 마법의 불이 아니라는 걸까……? 그건 그렇고 불꽃이 너무 큰 거 아냐?

"마력이 굉장히 강하네요……. 익숙해지면 컨트롤할 수 있겠지만, 지금은 너무 집중하지 말고 오히려 정신을 산만하게 하면 조금 억제할 수 있을지도 몰라요…….”

집중을 하지 않고 마음을 가볍~게 하면 적당히 힘이 빠져 그다지 크게 변화하지 않는 건가? 뭔가 이상한 이야기지만, 하라는 대로 해 보자.

파란 마석은 이미 확인을 해 봤기 때문에, 다음으로 갈색 마석을 손에 들었다. 이번엔 완벽하게 마석에 집중하지 않고 가벼운 마음으로 린제가 가르쳐 준 주문을 외워 보았다.

“【흙이여 오너라】.”

마석에서 고운 모래가 사삭 하고 테이블 위에 떨어졌다. 아아아, 모래투성이다. 나중에 청소해야겠네…….

다음은 녹색 마석.

“【바람이여 오너라】.”

이번엔 갑자기 돌풍이 불어 테이블 위의 모래를 모두 날려 버렸다. 청소할 필요는 없어졌지만 마석까지 굴러떨어졌다. 아~, 뭐야 정말.

“【빛이여 오너라】.”

눈부셔! 마석이 눈앞에서 카메라 플래시를 터뜨린 것처럼 빛을 발했다.

“【어둠이여 오너라】.”

이게 제일 이해가 안 된단 말이지. 뭔가 검은 안개 같은 게 마석 주변에 떠돌기 시작했다. 기분 나빠!

여섯 개의 속성을 모두 확인하고 보니, 린제의 상태가 뭔가 이상했다. 조금 전까지는 같이 기뻐해 줬었는데, 점점 말수가 줄어들더니, 아리송한 표정까지 짓고 있다.

"……왜 그래?"

"아, 아무것도 아니에요. 여섯 개의 속성을 다 쓸 수 있는 사람은 처음 봐서……. 저는 세 개를 사용할 수 있는데, 그것도 드문 편이거든요. 그런데…… 정말 굉장, 해요."

그래서 그런 건가. 음~, 이것도 하느님 효과이겠지만, 좀 치사한 짓을 한 것 같은 느낌이 드네. 마법을 쓰고 싶어도 못 쓰는 사람도 있을 텐데. 어딘가 모르게 미안하다.

물론 내가 신경 쓴다고 어떻게 되는 건 아니지만. 마지막 하나, 무색의 마석을 손에 들었다.

"……어? 이건 어떻게 발동시키는 거야?"

지금까지 '~여 오너라.'로 발동시켰으니, '무여 오너라.'라고 하면 되는 건가? 뭔가 느낌이 이상한데.

"무의 마법은 특수해서 딱히 정해진 주문이 없어요. 마력에 정신을 집중한 다음 마법명만 말하면 발동되니까요."

호오, 그런 거야? 편리하네. 무색 마법.

"예를 들면 언니의 신체 강화의 경우 【부스트】라고 외치면 발동돼요. 그 외에도 근력을 늘리는 【파워라이즈】 같은 게 있고, 희귀한 것으로는 멀리 이동할 수 있는 【게이트】 같은 것도 있지만, 언니는 사용하지 못해요."

여섯 가지 속성에 속하지 않는 편리한 마법이 무속성인 건가.

"……하지만 자신이 어떤 무속성의 마법을 사용할 수 있는지는 어떻게 알아?"

"언니 말로는 어느 순간 문득 마법명이 머리에 떠올랐대요. 무속성은 개인 마법이라고도 할 만큼, 완전히 똑같은 마법을 사용할 수 있는 사람은 거의 없어요. 여러 무속성 마법을 쓸 수 있는 사람도 있지만, 아주 드물고요."

호오~, 그래? 불편하네. 무색 마법.

"그럼 당장 무속성 적성이 있는지는 알 수 없겠구나……."

"아니요. 마석을 손에 들고 무속성 마법을 사용해 보려고 하면 알 수 있어요. 마법이 발동되지는 않더라도 마석이 살짝 빛난다든가, 조금 떨린다든가, 하는 변화가 생길 테니까요."

"변화가 없으면?"

"……아쉽지만 무속성 적성은 없는 거죠."

음, 일단 뭔가 시도해 볼까……?

멀리 이동할 수 있는 마법을 사용할 수 있으면 편리할 것 같은데. 어제처럼 걸어서 숲까지 가지 않아도 되니까.

좋아. 무색 마석을 손에 쥐고 중얼거렸다.

"【게이트】."

갑자기 마석에서 빛이 나더니, 우리 옆에 흐린 빛을 내는 반투명한 벽이 나타났다. 크기는 문 하나 정도. 벽이라고 생각했는데 두께는 1센티미터도 안 된다. 판자라고 하는 게 더 어울리려나?

"……생겼네."

"……생겼네요."

내 말을 들은 린제가 멍하니 대답했다.

조심조심 판자를 만져 보았다. 손끝이 닿자 그곳에서 파문이 퍼져 나갔다. 마치 물로 된 막이라도 펼쳐져 있는 듯했다. 그 막에 팔을 넣고 빼면서 문제가 없다는 걸 확인한 뒤, 과감하게 얼굴을 넣어 보았다.

문 너머에서 넓은 숲과, 엉덩방아를 찧으며 눈을 휘둥그렇게 뜬 에르제의 모습이 보였다.

"……에르제, 뭐 해?"

"뭐, 뭐, 뭐 하냐니……. 토야?! 이게 대체 어떻게 된 거야?!"

일단 얼굴을 뒤로 뺀 뒤, 린제의 손을 잡고 같이 숲으로 이동했다.

"린제까지?! 이, 이, 이게 뭐야. 어디에서 나온 거야?!"

황당해 하는 에르제에게 린제가 간단히 설명했다. 아무래도 이곳은 어제 갔었던 동쪽 숲인 듯했다. 에르제는 이곳에서 병에 잘 듣는 약초를 채집하고 있었는데, 갑자기 빛의 벽이 나타나더니 그곳에서 팔이 나왔다가 들어갔다가 해서 그 자리에 주저앉았다는 듯하다. 당연한 반응이다.

"【게이트】 마법은 주문을 외운 사람이 한 번 가 본 곳이라면 어디든 갈 수 있다고 해요. 아마 토야 씨가 마법을 사용했을 때 이곳을 떠올린 게 아닌가 생각해요……."

아, 맞아. 어제처럼 걷지 않고 갈 수 있으면 좋겠다고 생각했었어.
"하~, 근데 모든 속성을 사용할 수 있다니……. 너, 아무래도 좀 이상해."
에르제가 어처구니없다는 듯이 중얼거렸다. 뭐, 그 마음을 모르는 건 아니다.
"모든 속성을 쓸 수 있는 사람이 있다니, 들어 본 적도 없어요. 정말 대단해요, 토야 씨!"
에르제와는 달리 감탄을 연발하는 린제. 그 모습을 보고 나는 쓴웃음을 지을 수밖에 없었다.
에르제는 약초 채취가 끝났는지 마침 잘됐다는 듯, 함께 【게이트】를 통해 여관의 뒤뜰로 되돌아왔다.
그리고 에르제는 의뢰를 마치기 위해서 곧장 길드로 가 버렸다.
일단 오늘 마법 강좌는 여기까지 하기로 하고, 우리는 여관 안으로 되돌아갔다. 슬슬 점심시간이기도 하고. 오늘 메뉴는 뭘까? 아~, 배고파.

우리가 식당에 돌아가 보니, 미카 누나와 처음 보는 여자가 있었다. 나이는 미카 누나와 비슷한 또래. 검은 머리에 살짝 웨이브가 진 사람이다. 흰 앞치마를 걸치고 있는 걸 보면 요리를 하는 사람일까.

두 사람은 각각 자신 앞에 놓인 요리를 나이프로 잘라 포크로 찍어 먹으면서, 복잡한 표정을 짓고 있었다. 미카 누나가 고개를 들어 우리가 왔다는 사실을 알고는 말을 걸어 왔다.

"아, 마침 잘됐어."

"무슨 일인데요?"

미카 누나가 옆에 있던 여자를 데리고 우리 앞으로 다가왔다.

"이 아이는 아에루인데, 마을에서 '파렌트' 라는 카페를 하고 있어……."

"아, 어제 갔었어요. 분위기 좋던데요?"

테이블을 물투성이로 만든 일은 굳이 말하지 않았다. 아에루 씨는 그 장소에 없었으니, 아마 주방에 있었겠지. 혹시라도 그걸 봤다면 차마 얼굴을 들지 못할 상황이다.

"그 가게에서 신 메뉴를 내놓으려고 하는데, 너희에게도 의견을 물어보고 싶어서. 다른 나라 사람이라면 뭔가 희귀한 메뉴를 알고 있을지도 모르잖아."

"뭔가 좋은 요리가 있으면 가르쳐 주세요."

아에루 씨는 그렇게 말하며 고개를 숙였다. 나와 린제는 얼굴을 마주 보며 작게 고개를 끄덕였다.

"저희가 힘이 될 수 있다면야."

"……감사합니다."

정말 힘이 될 수 있을지 어떨지는 알 수 없지만.

"어떤 걸 내놓으실 생각이세요?"

"으음…… 역시 가볍게 먹을 수 있는 거예요. 디저트라고 할까, 여성들이 좋아할 만한 거라면 더 좋고요……."

"여자분들이 좋아할 만한 거라. 크레이프라든가 아이스크림밖에 안 떠오르는데요……."

내가 생각해도 참 빈약한 발상이다. 애당초 나는 요리를 거의 하지 않는 편이니.

"아이스? 얼음 말인가요?"

"아뇨, 그거 말고 아이스크림이요."

"아이스크림?"

어? 모두 어리둥절한 표정이네? 혹시 이쪽 세계에는 없는 건가?

"어떤 요리죠?"

"어~, 달고 차갑고, 하얀…… 바닐라아이스크림 모르세요?"

"네. 들어 본 적도 없어요."

아무래도 진짜인가 보다. 냉장고도 없는 세계니 당연하다면 당연한 건가. 아니지, 마법으로 만든 얼음을 이용한 간이 냉장고라면 있을 것 같은데. 냉장고라고 하긴 어렵고, 아이스박스 정도 되려나?

"혹시 어떻게 만드는지 아세요?"

"아니요, 만드는 방법까지는…… 기껏해야 우유를 사용해 만든다는 것 정도밖에……."

아에루 씨의 질문에 그만 말문이 막혔다. 만드는 방법까지는 좀…….

……잠깐. 나는 분명히 바닐라 아이스크림을 어떻게 만드는지 모르지만, 그걸 조사해 볼 수는 있다!

"잠깐만요. 어쩌면 알 수 있을지도 몰라요. 어~, 린제. 좀 도와줄래?"

"앗? 그, 그럴게요……."

나는 린제를 데리고 방으로 돌아갔다. 그리고 스마트폰을 꺼내 「아이스크림 만드는 법」을 인터넷으로 검색해 보았다. 오~ 나온다 , 나와.

"……그게 뭔가요?"

스마트폰을 조작하는 나를 보고 린제가 신기하다는 듯이 물었다.

"아~, 편리한 마법 도구 같은 거야. 나밖에 못 쓰지만. 너무 깊이 따져 묻지 않았으면 좋겠어."

린제는 의아한 표정을 지으면서도 더 이상은 자세히 묻지 않았다. 말을 잘 들어 주는 착한 아이이다.

"이제 지금부터 읽는 내용을 종이에 적어 줄래?"

"네."

"달걀 세 개, 생크림 200밀리리터, 설탕 60~80그램…… 혹시 지금까지 중에 모르는 단어 있었어?"

재료를 불러 준 뒤, 린제에게 물었다.

"밀리리터하고 그램이 뭔가요?"

……그게 문젠가.

"밀리리터는 우리 나라에서 양을 재는 단위야. 그램은 무게. 이건 내 눈대중으로 확인할 수밖에 없는 건가……. 아, 그리고 린제는 얼음 마법 쓸 줄 알아?"

"네, 쓸 줄 알아요. 물 속성 마법이니까요."

좋아, 그럼 문제없다. 다음은 바닐라 아이스크림 만드는 법을 불러 주자.

린제가 받아 적은 레시피를 보면서 아에루 씨가 요리를 하기 시작했다. 완전 초보인 내가 만드는 것보다는 낫겠지. 재료에 거품을 내는 건 도와줬지만. 부드러워질 때까지 젓는 건 굉장히 힘들었다.

마지막으로 뚜껑을 덮은 용기에 린제가 마법을 걸어 주변을 얼음으로 감쌌다. 그리고 잠시 놔두었다가 적당한 시점에 얼음을 깬 다음 안의 용기를 꺼냈다. 응, 딱 적당하게 언 것 같다.

스푼으로 한입 먹어 보았다. 아주 약간 다르기는 하지만, 바닐라 아이스크림이라고 해도 문제가 없을 듯했다.

접시에 담아 아에루 씨에게 내밀었다. 아에루 씨는 한입 먹더니 눈을 크게 뜨며 미소 지었다.

"맛있어……!"

아무래도 마음에 든 듯했다. 조금 안심이 된다.

"이거 뭐야?! 차갑고 굉장히 맛있어!"

"맛있어요……!"

미카 누나와 린제도 마음에 든 듯했다. 솔직히 나에게는 그저 그랬지만. 그야 유명 아이스크림 체인점 같은 맛은 안 나오겠지.

문제는 아에루 씨의 가게에 얼음 마법을 사용할 수 있는 사람이 있는가 없는가였는데, 아무래도 같이 일하는 아에루 씨의 여동생이 쓸 수 있다는 듯하다. 그럼 문제없으려나?

"이거라면 여자분들도 좋아할 테니, 신 메뉴로서 충분하지 않을까요?"

"네! 정말 감사합니다! 바닐라 아이스크림, 신 메뉴에 추가할게요!"

사실 바닐라 에센스를 사용하지 않았기 때문에 바닐라 아이스크림은 아니지만…… 뭐, 그런 세세한 거야 상관없겠지.

아에루 씨가 얼른 혼자 만들어 보고 싶다며 인사도 하는 둥 마는 둥 가게로 돌아가 버렸다.

나중에 길드에서 돌아온 에르제가 이 이야기를 듣고, 자기만 못 먹어 봤다며 마구 불평을 해대서 미카 누나가 만들어 주기로 했다. 그때 나는 또 재료를 젓는 역할을 하고 말아, 핸드 믹서기라는 문명의 이기가 있었으면 좋겠다고 진심으로 기원했다. 팔이 아프다…….

아무래도 이쪽 세계는 여러 면에서 뒤죽박죽인 듯하다. 발전한 것도 있고, 전혀 발전되어 있지 않은 것도 있으니까.

예를 들면 내 방에 있는 베개. 저반발 베개니 뭐니 하는 것도 도저히 당해 낼 수 없을 만큼 품질이 좋다. 게다가 그게 싸구려라고 한다. 소재는 어디에서나 잡을 수 있는 마수의 두꺼운 피부를 가공해 만든 거라고. 이게 아주 일반적인 베개인 듯했다. 그럼 최고급 베개는 대체 얼마나 편안하다는 건지 상상도 안 간다.

세계가 변하면 가치도 변한다. 조금씩 익숙해져 가야 한다. 이제부터 나는 이쪽 세계에서 살아가야 하니까.

제2장 여행은 길동무, 세상은 인정

길드의 의뢰는 여러 가지다. 마수 토벌에서부터 채취, 조사, 때로는 아이를 돌보는 것까지.

몇 번인가 길드의 의뢰를 처리한 우리는 어제 길드 랭크가 올라갔다. 카드가 보라색이 된 것이다. 초심자에서 탈출했다.

이걸로 보드에 붙어 있는 검은색과 보라색 의뢰서 중 어느 쪽을 골라도 된다고 보증을 받은 셈이다.

물론 그렇다고 하더라도 방심하면 실패도 할 테고, 자칫하면 목숨의 위기가 찾아올 수도 있다. 더욱 마음을 다잡아야 한다.

"북쪽, 폐허…… 토, 벌…… 메가…… 슬라임?"

보라색 의뢰서를 하나 읽어 보았다. 나는 린제 덕분에 간단한 단어라면 간신히 읽을 수 있게 되었다. 보수는…… 은화 여덟 닢인가. 나쁘지 않은데?

"저기, 있잖아……."

""안 돼.""

동시에 거부라니. 왜 그래? 둘 다 엄청나게 불쾌한 표정을 짓고 있는데, 그렇게 싫은 건가?

아무래도 두 사람은 모두 말랑말랑 끈적끈적한 물체에 생리적인 거부감을 느끼는 듯하다.

"게다가 그 녀석들은 옷을 녹인단 말이야. 진짜 싫어."

그럴 수가…… 좀 아쉬운 기분이 드네…….

"이건? 왕도에 편지 배달. 교통비 지급. 보수는 은화 일곱 닢. 어때?"

"은화 일곱 닢…… 셋으로 딱 나눠떨어지지 않네."

"남은 건 다 같이 공동으로 쓰면 되잖아."

그것도 그런가.

에르제가 가리킨 의뢰서를 확인해 보았다. 의뢰인은 자낙 젠필드…… 어? 이 사람은 그 자낙 씨?

주소를 확인해 보니 역시나 '패션 킹 자낙' 의 자낙 씨다. 틀림없다.

"왕도는 여기서 얼마나 걸려?"

"음~, 마차로 5일 정도?"

꽤 머네. 처음으로 경험하는 긴 여행이 될 듯하다. 하지만 일을 끝낸 다음엔【게이트】를 사용해 순식간에 돌아올 수 있으니 편한가. 게다가 일단 왕도에 도착하면, 다음부터도【게이트】를 통해 순식간에 갈 수 있으니 나중엔 더 편해진다.

"응, 그럼 이걸로 하자. 이 의뢰인은 내가 아는 사람이야."

"그래? 그럼 결정이네."

에르제가 의뢰서를 뜯어 접수처에 가져갔다. 접수를 끝낸 에르제가 말하길, 자세한 의뢰 내용은 직접 의뢰인에게 들으라고 했다 한다.
그럼 만나러 가 볼까.

"여어, 오랜만이군. 잘 있었나?"
"저번엔 정말 감사했습니다."
가게에 들어가자 자낙 씨는 바로 나를 알아보고 말을 걸었다. 길드 의뢰로 왔다고 말하자, 우리를 안쪽 방으로 안내해 주었다.
"일의 내용은 이 편지를 왕도에 있는 소드레크 자작에게 전하는 것. 내 이름을 대면 바로 알겠지. 자작에게서 답변도 받아와 줬으면 하네."
"급한 편지인가요?"
"급한 건 아니지만, 너무 여유를 부려도 곤란하지."
자낙 씨는 웃으면서 짧은 통에 든 편지를 테이블 위에 올려놓았다. 납(蠟)인가 뭔가로 봉인한 뒤 인장을 찍어 놓았다.
"그리고 이게 교통비네. 조금 넉넉하게 넣어 뒀지. 남아도 돌려줄 건 없네. 왕도 구경이라도 하고 오게."
"감사합니다."
편지와 교통비를 받아 가게를 나온 뒤 곧장 여행 준비를 시작했다. 나는 마차를 구하러, 린제는 여행을 하는 사이에 먹을 식량을 사러, 에르제는 숙소에 필요한 도구를 가지러 갔다.
한 시간 후, 모든 준비를 마치고 우리는 왕도를 향해 출발했다.

마차는 임대했다. 지붕도 없이 짐칸을 이어 붙였을 뿐인 허술한 마차였지만 터덜터덜 걸어가는 것보다는 훨씬 낫다.
나는 말을 잘 다루지 못했지만 두 사람은 완벽하게 다뤘다. 친척이 농장을 경영하기 때문에 어렸을 때부터 말에 익숙하다고 한다.
결국 마부석에는 두 사람이 교대로 앉게 되었고, 나는 짐칸에 계속 몸을 싣고 있을 수밖에 없었다. 조금 미안하다.
마차는 때때로 스쳐 지나가는 다른 마차에 인사도 하면서 순조롭게 큰길을 달려 북쪽으로, 북쪽으로 향해 갔다.
리플렛 마을을 출발해 다음 마을인 놀란 마을을 그냥 지나친 뒤 아마네스크 마을에 도착하니 마침 해가 저물어 갔다.
오늘은 이 마을에서 잠을 자자. ……어? 잠깐만.
잘 생각해 보니 【게이트】를 사용해 일단 리플렛 마을로 돌아가 '은월' 에서 잠을 자고 다시 내일 이곳으로 와서 출발하면 되는 거 아닌가?
마침 떠오른 생각을 두 사람에게 이야기했지만, 곧장 반박당했다. 왜~?!
두 사람이 말하길 여행의 즐거움을 버리는 짓이라고.

“처음 보는 마을에서, 처음 보는 가게를 찾아가, 처음 보는 곳에서 잠을 자는 게 여행의 즐거움이야. 정말 뭘 모르네.”

에르제가 그렇게 말하며 어이없어했다. 돈이 없으면 몰라도 교통비가 지급되었으니 풍류를 모르는 짓은 하지 말란 이야기다. 그런가?

완전히 해가 저물기 전에 숙소를 찾기로 했다. ‘은월’ 보다 조금 더 고급스러운 여관에 방을 잡았다. 방은 나와 여자 두 사람이 잘 수 있게 두 개를 잡았다. 나는 평범한 크기의 방이지만, 두 사람은 조금 더 큰 2인실이다.

잘 곳을 정했으니, 마차를 맡긴 다음 다 같이 밥을 먹으러 나갔다. 숙소의 아저씨가 말하길 이곳은 면 종류가 유명한 곳이라 한다. 라멘이 있었으면 좋을 텐데.

적당한 가게를 찾기 위해 마을을 산책하고 있는데, 길가에서 다투는 소리가 들렸다. 사람들이 몰려 있는 게, 뭔가 소동이 일어난 듯했다.

“뭐지?”

흥미가 발동한 우리는 사람들 틈을 가르고 소동이 일어난 곳 중심으로 가 보았다. 그곳에는 이국적인 소녀가 몇몇 남자들에게 둘러싸여 있었다.

“저 아이…… 복장이 색다르네요…….”

“……사무라이야.”

린제의 의문에 내가 짧게 대답했다.

분홍색 기모노에 남색 *하카마. 흰 버선에 검은 끈이 달린 조리. 그리고 허리에는 크고 작은 칼. 반듯하게 눈썹 위로 정리된 물 흐르는 듯한 검은 머리카락. 포니테일로 묶은 뒷머리와, 어깨 위로 반듯하게 잘린 옆머리. 그 모습에 잘 어울리는 수수한 비녀.

사무라이라고 했지만 굉장히 현대적이라고 할까, 그런 인상이 든다. 하지만 그 모습은 확실히 사무라이다.

열 명에 가까운 남자들이 그 사무라이 소녀를 감싸며 험악한 표정을 지었다. 이미 검이나 나이프를 들고 있는 사람도 있었다.

"낮에 아가씨한테 신세를 져서 말이야. 우린 인사를 하러 온 거야."

"……무슨 말씀이신지? 소인은 도움을 드린 기억이 없소만."

우와, 소인이라니! 없소만이라니! 이런 말을 직접 듣기는 처음이다.

"시치미 떼지 마라……! 우리 동료를 때려눕히고도 무사히 돌아갈 수 있을 거라 생각했나?"

"……아, 낮에 경비대에게 넘긴 녀석들의 동료인가? 그거야 당신들의 잘못이라 생각하오만. 대낮부터 술에 취해 난동을 피워 그리된 것이오."

"시끄럽다! 해치워라!"

* 하카마 : 일본의 전통 의상으로 하반신에 착용하는 하의. 허리에서 발목까지 덮으며 주름이 잡혀 있다. 바지 형태와 치마 형태가 있다.

남자들이 일제히 달려들었다. 사무라이 소녀는 하늘하늘 가볍게 피한 뒤, 남자 한 명의 팔을 잡아 가볍게 빙글 돌리며 내던졌다. 등부터 땅에 떨어진 남자는 몸부림을 치더니 더 이상 움직이지 않았다.

상대의 힘을 이용해 균형을 무너뜨리고 집어 던진다. 합기도…… 유도일까. 사무라이 소녀는 잇달아 두세 명을 날려 버렸지만, 갑자기 비틀거리더니 움직임이 둔해졌다.

그사이를 노리고 등 뒤의 녀석이 검을 휘둘렀다. 위험해!

"【모래여 오너라, 맹목의 모래 먼지, 블라인드샌드】."

내가 순간적으로 주문을 외우고 마법을 발동시켰다.

"크악, 눈이……!"

배운 지 얼마 되지 않은 것으로, 모래를 이용해 눈에 타격을 주는 주문이다. 효과가 크진 않지만 위기를 넘기는 데에는 충분했다.

나는 그사이에 검을 든 남자에게 달려들어 발차기를 날렸다. 갑작스럽게 사람이 난입하자 사무라이 소녀는 깜짝 놀란 듯했지만, 적이 아니라는 것을 눈치챘는지 눈앞의 상대에게 주의를 돌렸다.

"아, 진짜. 귀찮게 왜 참견이야!"

에르제는 그렇게 불평을 하면서도 싸움에 뛰어들어 묵직한 곤틀릿으로 일격을 날렸다. 투덜거리는 것치고는 굉장히 기뻐 보입니다만?

잠시 뒤, 남자들은 모두 물러갔다. 반 정도는 에르제가 희희낙락하며 때려 눕혔다.

마을 경비대가 달려와서, 우리는 그 사람들에게 뒤를 맡기고 현장을 떠났다.

"도와주셔서 정말 감사합니다. 소인은 코코노에 야에라 하옵니다. 아, 야에가 이름이고 코코노에가 패밀리 네임입니다."

그렇게 말하며 사무라이 소녀 코코노에 야에가 고개를 숙였다. 어디서 본 듯한 자기소개다.

"혹시 너, 이셴 출신?"

"그렇습니다. 이셴의 오에도에서 왔습니다."

오에도라니. 그런 것까지 비슷할 줄이야.

"나는 모치즈키 토야. 토야가 이름이고 모치즈키가 패밀리 네임이야."

"오오, 토야 님도 이셴 출신이십니까?!"

"아니. 비슷하긴 한데 다른 나라에서 왔어."

""뭐?""

내 대답을 들은 뒤쪽의 쌍둥이 자매가 그렇게 말하며 크게 놀랐다. 아~, 그러고 보니 귀찮아서 이셴 출신이라고 말했었지.

"그보다…… 조금 전에 한창 싸우다가 비틀거렸는데, 어디 안 좋은 데라도 있어?"

"아니, 몸에는 아무런 문제도 없습니다만, 저어…… 소인, 이곳에 오는 동안 부끄럽게도 노잣돈이 떨어져서……."

꼬르르르르르르륵.

야에의 배가 크게 울렸다. 그녀는 얼굴을 새빨갛게 물들이며 어깨를 움츠렸다.

배고픈 사무라이 소녀 등장이다.

마침 우리도 식사를 하러 가려던 참이었기 때문에 야에를 데리고 식당으로 들어갔다. 하지만 야에는 처음 보는 사람에게 신세를 질 수 없다며 식사를 하려고 하지 않았다.

"우린 여행의 추억도 쌓을 겸 이셴에 대한 이야기를 듣고 싶어. 그 대신 우리는 너한테 식사를 대접하는 거고. 이건 우리가 베푸는 게 아니라 대등한 거래야."

그렇게 말해 주었더니 그럼 그렇게 하겠다며 주문을 하기 시작했다. 이렇게 쉽게 넘어오다니.

"……와, 야에 씨는 무사 수행을 위해 여행을 하고 계셨던 건가, 요?"

"우물우물…… 그렇습니다. 저희 집은 대대로 무사 집안입니다. 집안은 오라버니가 이었고, 소인은 실력을 닦기 위해 여행 중이지요. 우움."

"그렇구나~. 고생이 많네. 훌륭해."

소고기 꼬치를 먹는 야에를 에르제가 감탄하며 칭찬했다. 그거야 어쨌든 간에 야에는 먹든지 말하든지 둘 중의 하나만 했으면 했다.

"야에는 이제 어떻게 할 거야? 어디 가고 싶은 데라도 있어?"

"……옛날, 아버지께서 신세를 진 분이 계시니 그분을 찾아 왕도에 가 볼까 합니다."

내 질문에 스스습~ 하고 키츠네 우동(처럼 보이는 것)의 면발을 빨아들이면서 야에가 대답했다. 제발 좀 먹으면서 대답하지 말라니까.

"이런 인연도 다 있네. 우리도 일 때문에 왕도에 가는 길이야. 있잖아, 괜찮으면 우리 같이 가지 않을래? 마차에 한 사람 정도는 더 탈 수 있는 데다 야에도 그편이 더 편하잖아?"

"정말입니까? 그야말로 더 바랄 나위가 없는 일입니다만…… 하흐, 소인 따위가, 우우, 같이 가도 괜찮을까요?"

에르제의 제안에 눈을 휘둥그렇게 뜨며 타코야키(처럼 보이는 것)를 입에 넣은 야에. 근데 진짜 잘 먹네?! 대체 몇 번째 주문이야, 이거?!

"상관없죠, 토야 씨?"

"응? 그럼, 그거야 별 상관없는데……."

이 아이를 데려가면 식비가 꽤 많이 들지 않을까 하고, 나는 다른 걱정을 하고 말았다.

일단 야에도 만족한 듯 싶어(야에는 혼자서 빵 일곱 개, 소고기 꼬치, 닭 꼬치, 키츠네 우동, 타코야키, 생선구이, 샌드위치, 소고기 스테이크를 먹었다) 계산을 끝낸 뒤 가게 밖으로 나갔다. 오오…… 예상외의 지출…….

가게 밖으로 나와 내일 다시 모이기로 하고 숙소로 돌아가려고 했을 때, 나는 살짝 의문스러웠던 점을 야에에게 물어보았다.

"야에는 어디서 자?"

"아~, 저어, 노숙을 할 예정입니다……."

바로 이거야. 이 아이는 무일푼이었잖아…….

"노숙이라니……. 우리가 묵는 숙소로 와. 돈은 대신 내줄 테니까."

"혼자서 노숙을 하다니, 위험해요!"

"아닙니다. 그렇게까지 신세를 지다니, 너무 죄송스러워서……."

사양을 하다니, 그런 점도 일본 사람 같네. 음, 그냥 돈을 줘봐야 받지 않을 텐데, 어떻게 하면 좋을까……. 좋아.

"야에, 나한테 그 비녀를 팔지 않을래?"

"비녀…… 말씀입니까?"

야에는 머리카락에 꽂은 비녀에 손을 대었다. 노란색과 갈색 반점 모양.

"그거 대모갑으로 만든 비녀지? 전부터 가지고 싶었거든. 신세를 진 사람에게 그냥 준다고 생각하고 팔아."

"대모갑?"

익숙지 않은 단어가 들리자 에르제가 중간에 끼어들었다.

"거북이 껍데기로 만든 공예품이야. 우리 나라에선 고급품이었어."

솔직히 잘은 모르지만 분명히 옛날에는 고급품이었다.

물론 전부터 가지고 싶었다는 건 거짓말이다. 야에에게 돈을 주기 위한 구실이다. 에르제와 린제도 내 진심을 눈치챘는지, 계속해서 그러는 편이 좋다고 거들어 주었다.

"정말 가지고 싶으시다면 소인은 팔아도 괜찮습니다만……."

"교섭 성립이네. 이건 물건값."

대모갑 비녀를 받은 뒤, 나는 지갑에서 금화 한 닢을 꺼내 야에의 손에 쥐어 주었다.

"이, 이렇게 많이?! 이건 받을 수 없습니다!"

"괜찮으니까 사양하지 마. 받아 둬. 토야는 이 비녀를 계~속 가지고 싶어 했었거든. 자자, 어서 숙소로 가자."

"앗, 아무리 그래도…… 에르제 님?!"

에르제가 억지로 팔을 잡아당기며 야에를 끌고 갔다. 멀어져 가는 두 사람을 바라보면서 린제가 물었다.

"……그 비녀는 정말로 비싼 건가요?"

"글쎄? 진짜라면 적어도 우리 나라에서는 귀중품일 테지만, 시세가 어떤지는 몰라."

"시세도 모르는데 금화 한 닢을 준 건가요?"

"음, 귀한 거라니, 나름 비싸지 않을까? 난 손해라곤 생각하지 않아."

나는 웃으면서 비녀를 품에 넣은 다음, 린제와 함께 숙소를 향해 걷기 시작했다.

그렇게 야에는 무사히 우리와 같은 숙소에 방을 잡고 하룻밤 동안 푹 잔 뒤, 같이 마차를 타고 여행을 하는 동료가 되었다.

아마네스크 마을을 떠나 더욱 북쪽을 향해 갔다.

이 나라, 벨파스트 왕국은 대륙 서쪽에 위치해 있는 나라로 서방에서도 두 번째로 크다.

그 때문인지 일단 마을에서 벗어나면 인가가 급격하게 드물어지고, 금세 산과 숲 이외에는 아무것도 보이지 않게 된다. 나라의 인구밀도가 그다지 높지 않은 것일까.

오가는 마차나 사람도 두 시간에 한 대, 한 명을 만날까 말까 하는 수준이었지만, 왕도 근처에 가면 더 많은 사람을 만날 수 있다고 한다.

나는 여전히 마차에 올라탄 채, 힐끔 마부석에 앉아 있는 야에를 바라보았다. 야에도 말을 잘 다루어 오늘부터는 셋이서 교대하기로 하였다. 전보다 더 주눅이 들었다. 뭔가, 굉장히 쓸모없는 인간이 된 느낌이 든다…….

그런 감정을 불식하기 위해서, 라고는 할 수 없지만, 나는 마법서로 마법을 공부 중이다.

린제에게 마법을 배우다가 나는 무속성의 마법을 여러 개 동시에 사용할 수 있다는 사실을 알게 되었다.

계기는 에르제의 무속성 마법 【부스트】가 편리해 보여 따라 해 봤더니 어려움 없이 사용할 수 있었던 것이었다.

그 외에 길드의 모험자 중에 무속성 마법 【파워라이즈】를 사용할 줄 아는 사람이 있어, 효과에 대한 설명을 듣고 따라해 봤더니 그것도 사용할 수 있었다.

즉, 무속성 마법의 경우 마법명과 자세한 효과만 알면 거의 100% 발동시킬 수 있다는 사실이 밝혀진 것이다. 쌍둥이 자매는 놀라워하기보다 어이없어했다. 음, 편리한 건 사실이니 좋은 게 좋은 거라고 생각하며 그냥 넘어가자. 고맙습니다, 하느님.

하지만 조금 문제가 있었다. 무속성 마법은 사실상 개인 마법이다. 즉, 세상에 그다지 널리 퍼져 있지 않다.

자신만이 사용할 수 있는 비장의 마법 같은 거다. 그래서 일부러 숨기는 사람도 있다. 사람들이 대책을 강구하기 때문이다.

【파워라이즈】를 가르쳐 준 모험자처럼, 어차피 들어도 흉내 낼 수 없다며 가르쳐 주는 사람도 있지만. 흉내 내서 미안합니다.

그래도 알려진 무속성 마법도 꽤 많다. 그래서 과거의 무속성 마법을 많이 기록해 놓은 책을 사서 사용할 수 있는 마법을 늘려가 보자는 생각을 하게 된 것이다.

하지만 이것에도 문제가 있었다. 수가 너무 많다. 거의 종이로 나온 전화번호부 수준이다.

혼자만 사용할 수 있는 것들이 실려 있었기 때문에, 향에서 오랫동안 연기가 피어오르게 하는 마법, 녹차의 색을 선명하게 만드는 마법, 갈라진 목재를 매끄럽게 하는 마법 등, 사용할 수 있는 분야가 한정되어 있는 마법도 있었다. 아니, 거의 다 그런 것들이었다.

또 비슷비슷한 마법도 많았다. 실제로 【파워라이즈】와 【부스트】도 살짝 겹치는 부분이 있다. 둘 다 신체 능력을 강화하는 마법이다. 도약력이나 순발력도 강화해 주기 때문에 【부스트】가 더 유용하긴 하지만.

어디서 어떤 마법을 사용해야 할지 알 수 없으니, 무조건 하나하나 외우는 게 좋지 않을까도 생각했다. 하지만 아무리 하느님이 기억력을 좋게 만들어 주었다고는 하지만, 전화번호부를 외울 자신은 없었다.

전화번호부 안에서 사용할 만한 마법을 찾기란, 솔직히 말해 귀찮다. 사막에서 바늘 찾기나 마찬가지다. 게다가 지루하다. 그렇다고 따로 할 만한 일이 있는 게 아니라 이렇게 책을 보고 있는 것인데……. 어?

"멀리 있는 작은 물건을 근처로 끌어당기는 마법……이라. 사용할 수 있으려나?"

"시험해 보면 어떤가요?"

린제가 책을 들여다보며 말했다. 그래, 일단 시험해 보자.

"【어포트】."

하지만 아무 일도 일어나지 않았다. 어? 뭔가를 끌어당기는 느낌은 났었는데…….

같이 짐칸에 타고 있던 에르제가 마법 발동에 실패한 나에게 말을 걸었다.

"뭘 끌어오려고 했는데?"

"야에의 칼. 갑자기 사라지게 해서 놀라게 해 주려고. 음…… 아, 너무 컸나? 작은 물건이라고 적혀 있으니까."

다시 한 번. 이번엔 뚜렷한 이미지를 떠올린 뒤 발동시켰다.

"【어포트】."

"흐악?!"

마부석에 앉은 야에의 당황한 목소리가 들렸다.

내 손에는 야에의 머리카락을 묶었던 머리끈이 쥐어져 있다.

"성공이에요. 어떻게 사용하느냐에 따라서는 굉장히 편리하겠지만, 좀 무섭기도 하네요."

"무서워?"

"자기도 모르는 새에 물건이 없어지는 거니까. 이거, 소매치기 같은 범죄를 마구 저지를 수 있다는 말이잖아?"

"아……. 그렇게 생각해 보니 좀 무서운걸. 돈이나 보석 같은 것도 빼앗을 수 있다는 말이구나……."

"……하지 마?!"

“……하지 마세요?!”

에르제와 린제가 눈으로 그렇게 호소했다. 사람을 뭘로 보고.

“당연히 그런 짓은 안 해. 근데 이걸로 속옷 같은 것도 빼올 수 있는 건가……?”

에르제와 린제가 깜짝 놀라며 나와의 거리를 벌렸다. 농담이라니까~.

“저어~, 머리카락이 바람에 마구 날려 불편합니다만…….”

얼른 머리끈을 돌려 달라는 듯이 야에가 뒤를 돌아보았다. 아, 그렇지.

그렇게 출발한 지 3일이 될 때까지 마을을 몇 개인가 지나쳐 갔다.

지도를 확인해 보니, 절반은 넘게 온 듯했다. 오가는 사람들도 늘어난 것 같다.

나는 한동안 책과 씨름하며 두 가지 마법을 새로 사용할 수 있게 되었다. 짧은 시간 동안 접지면의 마찰 계수를 급격히 줄여 주는 마법과, 감각을 광범위하게 확장시켜 주는 마법이다.

감각 확장 마법의 좋은 점은 의식을 모으면 1킬로미터 앞의 일도 손에 잡힐 듯이 확인할 수 있다는 것이었다.
위험한 곳에 가기 전에 보고 들으며 조사할 수 있었으면 하는 마음에 익힌 것인데, 여자 동료들은 절대 엿보기에는 사용하지 말라며 경고를 했다. 얘들이 정말…….
지금은 그 마법, 【롱센스】를 사용해 실험적으로 1킬로미터 앞의 상황을 확인해 보고 있는 중인데……. 응?
이건…… 피 냄새? 확장된 후각이 피 냄새를 맡았다. 눈을 피 냄새가 나는 방향으로 돌려 보았다. 그러자 고급스럽고 화려한 마차, 갑옷을 두른 병사로 보이는 남자들, 그리고 가죽 갑옷을 입고 그들을 가득 둘러싼 리자드맨이 보였다. 딱 한 사람, 검은 로브를 걸친 남자의 모습도 보였다.
병사의 대부분은 땅에 쓰러져 있었고, 남은 사람들은 굽은 칼과 창을 든 리자드맨들과 싸우며 마차를 지켰다.
"야에! 앞에서 사람이 마물에 습격당하고 있어! 최대한 빨리 가자!"
"……! 알겠습니다!"
마부석에 있던 야에가 말에 채찍질을 하자, 속도가 빨라졌다. 그사이에도 계속 시야를 유지하면서 상황을 파악했다. 병사들이 잇달아 리자드맨의 공격을 받고 쓰러져 갔다. 마차 안에는 부상을 입은 노인과 어린아이가 있는 듯했다. 이런, 과연 늦지 않게 도착할 수 있을까……?!
……보인다!

"【불꽃이여 오너라, 소용돌이치는 나선, 파이어스톰】."
짐칸에 있던 린제가 불꽃 주문을 외웠다. 수십 미터 앞에 있는 리자드맨들의 중심에서 불꽃이 용오름처럼 솟구쳤다.
그 순간에 에르제가 먼저 마차에서 뛰어내렸고, 다음으로 리자드맨의 옆을 빠져나가는 마차에서 나와 야에가 잇달아 뛰어내렸다. 말의 고삐를 당기는 역할은 린제에게 맡겼다.
"캬아아아아아아아!!"
스쳐 지나가는 마차에서 뛰어내린 우리를 향해 리자드맨 한 마리가 달려왔다. 그 모습을 보고 나는 배운 지 얼마 되지 않은 마법을 사용하기 위해 마력을 모아 발동시켰다.
"【슬립】."
발밑의 마찰 저항이 없어지자 리자드맨은 몸개그를 하는 것처럼 다리를 높이 쳐들더니 화려하게 넘어졌다.
"쿠갹!!"
넘어진 리자드맨A에게 결정타를 날리면서, 달려온 리자드맨B를 옆으로 베어 버렸다.
그 옆에서는 에르제가 리자드맨C의 굽은 칼을 곤틀릿으로 받아 내자마자 그 틈을 노리고 야에가 칼로 상대의 옆구리를 갈라 버렸다. 나이스 콤비네이션!
그렇게 한눈을 파는 사이에 눈앞으로 얼음 창이 날아가더니, 미처 확인할 수 없는 사각에서 나에게 달려오던 리자드맨D를 꿰뚫었다. 린제가 마차를 세우고 싸움에 참가한 듯하다.

우리는 그 기세를 유지하며 잇달아 리자드맨을 쓰러뜨렸다.

근데 적이 굉장히 많네……. 꽤 많이 쓰러뜨린 것 같은데……. 리자드맨 자체는 그다지 강하지 않지만 이렇게 수가 많으니…….

"【어둠이여 오너라, 나는 원하노라. 도마뱀 전사, 리자드맨】."

리자드맨들 사이에 있던 검은 로브를 걸친 남자가 그렇게 중얼거리자, 그 녀석의 발밑 그림자에서 리자드맨 몇 마리가 기어 나왔다. 저게 뭐야?!

"토야 씨, 소환 마법이에요! 저 로브를 걸친 남자가 리자드맨을 불러들이고 있어요!"

린제가 외쳤다. 소환…… 어둠 속성의 마법인가. 어쩐지 수가 줄지 않더라니. 마력에는 한계가 있으니 무한하게 불러낼 순 없겠지만, 귀찮다. 좋아.

"【슬립】!"

"크헉?!"

꽈다~앙! 로브를 걸친 남자가 기세 좋게 넘어졌다. 바로 일어서려고 했지만 또 미끌! 하고 넘어졌다.

"크으……!"

"각오해라!"

엄청난 속도로 날아온 야에가 남자의 목을 날렸다. 으악…… 좀 그로테스크하네……. 남자의 목은 그대로 땅에 떨어져 굴렀다. 나무아미타불.

소환을 하던 사람이 죽어서 그런지 남은 리자드맨은 금세 전부 사라졌다. 아마 원래 있던 장소로 되돌아간 것이겠지.

"이제 끝난 건가……. 다들 괜찮아?"

"응, 아무렇지도 않아."

"저, 저도 괜찮아요."

"소인도 괜찮습니다."

우리는 무사했지만, 습격을 받은 쪽은 피해가 매우 컸다. 병사 한 명이 다리를 끌면서 우리에게 말을 걸었다.

"고맙다, 덕분에 살았다……."

"그보다 피해는?"

"호위 열 명 중 일곱 명이 당했다……. 젠장, 좀 더 빨리 눈치챘으면……!"

병사는 분하다는 듯이 꽉 쥔 주먹을 부르르 떨었다. 우리가 좀 더 빨리 왔다면……. 그런 마음도 들지만…… 뒤늦은 후회일 뿐이다.

"누구 없는가? 사람 살려! 할아범이…… 할아범이!"

갑작스러운 소녀의 외침에 우리는 일제히 고개를 돌렸다. 마차의 문이 열리더니 열 살 정도의 금발을 길게 기른 여자아이가 울면서 소리쳤다.

마차에 다가가 보니 흰 옷을 입은 여자아이 외에, 검은 예복을 입은 백발노인이 누워 있었다. 가슴에 피를 흘리며 고통스럽게 헐떡이는 모습이다.

"제발 할아범 좀 살려 줘! 가슴에…… 가슴에 화살이 꽂혀서……!"

눈물을 펑펑 쏟으며 애원하는 여자아이. 이 아이에게 있어 이 노인은 매우 소중한 사람이겠지. 병사들이 노인을 마차에서 내려 풀숲에 눕혔다.

"린제! 회복 마법을 써 줘!"

"아, 안 돼요. 넘어질 때 꽂힌 화살이 부러져 몸 안에 들어가 버렸어요. 이 상태로 회복 마법을 쓰면 이물질이 몸 안에 남게 돼요……. 게다가 상처가 너무 깊어서…… 제 마법으로는……."

면목 없다는 듯이 린제가 작게 중얼거렸다. 그 말을 들은 여자아이의 얼굴이 점차 절망에 물들어 갔다. 눈물을 더욱 많이 쏟아 내며 떨리는 손으로 노인의 손을 꼭 잡았다.

"……아가씨……."

"할아범……, 할아범……!"

"이제 작별……입니다……. 아가씨와 함께 보낸 나날들…… 정말로 소중한…… 제 눈의…… 커헉……!"

"할아범! 이제 아무 말도 하지 마……!"

크…… 아무 방법도 없는 건가? 대회복 마법을 시도해 본 적은 없지만, 린제한테 빌린 마법서에서 읽은 적이 있다. 주문도 안다. 아마 사용하지 못하지는 않을 거라…… 생각한다.

되든 안 되든 시도해 볼까?

하지만 몸 안에 화살이 남아 있는데 마법을 사용하면, 나중에 어떤 이상이 생기게 될지 알 수 없다. 상처가 나으면서 함몰되어 버린 화살이 심장에 꽂힐 우려도…….

……꽂힌 화살만 빼……내면……. 그렇지!

"잠깐만 기다려 줘!"

나는 병사들을 비키게 하고 노인 옆에 무릎을 꿇었다. 그리고 마차에 꽂혀 있던 다른 활을 빼내 화살촉의 형태를 기억했다. 이어서 이미지를 증폭시켜 정신을 집중했다.

"【어포트】."

다음 순간, 내 손안에 부러진 채 피투성이가 된 화살촉이 들어왔다.

"앗! 몸 안에서 화살촉을 끌어당긴 거구나!"

에르제가 내 손을 보고 외쳤다. 하지만 아직이다. 이걸로 끝이 아니다.

"【빛이여 오너라, 평안한 치유, 큐어힐】."

내가 그렇게 중얼거리자, 노인의 가슴에 생겼던 상처가 천천히 아물어 갔다. 마치 녹화 영상을 되감는 것처럼. 이윽고 가슴의 상처는 완전히 아물었다.

"……아니? 통증이 사라져 가다니……? 이게 대체…… 나았어……. 나았습니다. 아프지 않습니다."

"할아범!!"

여자아이는 의아해하며 얼어난 노인을 와락 안았다. 그리고 난처한 표정을 짓는 노인을 계속 껴안은 채 엉엉 울었다. 그 모습을 보면서 나는 안도의 한숨을 내쉰 뒤, 그 자리에 주저앉았다.

"후우~……."

잘돼서 정말 다행이다.

우리는 죽은 병사 일곱 명의 시체를 근처 숲에 묻는 일을 도왔다. 방치해 둘 수도 데려갈 수도 없다.

살아남은 병사 셋 중 가장 젊은 병사가 묵묵히 무덤을 만들었다. 죽은 병사 중에는 그의 형도 있다는 듯했다. 그는 무덤을 같이 만든 우리에게 깊게 고개를 숙였다.

그 옆에서 백발노인도 고개를 숙였다.

"정말 감사합니다. 뭐라 감사의 인사를 드려야 할지……."

"아니요, 신경 쓰지 마세요. 그보다 상처는 나았지만, 흘린 피가 다시 되돌아온 건 아니니 너무 무리하진 마시고요."

계속 고개를 숙이고 있는 노인에게 나는 당황해 그렇게 말했다. 하느님 때도 그랬지만 나는 아무래도 노인에게 약한 듯싶다.

"고맙다. 토야라고 했는가?! 너는 할아범, 아니, 할아범뿐만이 아니라 우리 생명의 은인이다!"

지체 높은 사람 같은 말투로 인사를 하는 금발의 소녀. 쓴웃음을 지으면서도 이 아이는 아마도 귀족의 딸일 거라는 생각을 했다.

자낙 씨가 가진 것보다도 훨씬 더 고급스러운 마차, 많은 호위 병사에 집사로 보이는 노인, 그리고 건방진 여자아이. 이 정도면 거의 틀림없겠지.

"인사가 늦었습니다. 저는 오르트린데 공작 가문의 관리를 맡고 있는 레임이라고 합니다. 그리고 이분이 공작 가문의 아가씨이신 스우시 에르네아 오르트린데 님이십니다."

"스우시 에르네아 오르트린데다! 잘 부탁해!"

공작? 역시 귀족의 따님이신가. 어쩐지.

그럼 그렇지 하고 고개를 끄덕이는 내 옆에서, 쌍둥이 자매와 사무라이 소녀가 얼어붙어 있었다.

"……왜 그래?"

"왜 그러냐니…… 너야말로 왜 아무렇지도 않은 표정이야?! 공작 가문이잖아, 공작!"

"……공작은 제일 높은 작위……. 다른 작위와는 달리 그 작위를 받을 수 있는 사람은 기본적으로 왕족뿐, 이에요……."

왕족……. 응?

"그래. 나의 아버지 알프레드 에르네스 오르트린데 공작은 국왕 폐하의 동생이다.”

“그렇다면 국왕의 조카라는 건가? 대단하네.”

“……토야는 그다지 놀라지 않는군. 거물이구먼.”

응? 뒤를 돌아보니 쌍둥이 자매와 사무라이 소녀가 양 무릎을 꿇고 고개를 숙이고 있었다. 어? 웬 절? 그렇게까지 해야 해?

“저~어, 스우시…… 님? 저도 저렇게 하는 게…… 좋을까요?”

“그냥 스우라 불러라. 공식적인 자리가 아니니까 그렇게까지 할 필요 없다. 경어도 쓰지 말고. 조금 전에도 말했지만 토야와 그 일행은 내 생명의 은인이니까. 사실 고개를 숙여야 할 사람은 이쪽이야. 너희도 고개를 들어라.”

스우가 그렇게 말하자 셋 다 고개를 들고 일어섰다. 약간 긴장이 풀린 듯했지만 아직도 표정은 딱딱했다.

“근데 왜 이런 곳에 공작 가문의 아가씨가 있는 거지?”

“할머니…… 외할머니를 찾아뵙고 오는 길이다. 좀 조사할 게 있어서. 한 달 정도 머물다 왕도로 돌아가는 길인 게지.”

“그때를 노리고 습격이라……. 역시 단순한 강도……는 아니지?”

강도가 그런 소환 마법까지 사용하며 습격하다니, 아무래도 이상하다. 게다가 리자드맨은 많았지만 사실상 습격한 사람은 검은 로브를 걸친 남자 한 명이다. 공작 가문의 아가씨를 노리고 습격했다고 생각하는 편이 자연스럽다. 목적은 암살

이나 유괴였겠지?

"습격한 사람이 죽어서 말이야. 어떤 사람인지, 누구의 명령으로 움직였는지 현재로선 알 방법이 없군."

"정말 면목이 없습니다……."

야에가 고개를 푹 떨군 채 사과했다. 아~, 목을 날린 사람이 야에였지. 확실히 잡아서 신문을 했다면 그 배경에 숨어 있을 음모 같은 것도 자세히 알 수 있었을지도 모른다.

"신경 쓸 거 없다. 너한테는 감사하고 있으니. 해치워 줘서 고맙다고 말이야."

"그렇게 말씀해 주셔서…… 정말 감사합니다."

야에가 또 깊이 고개를 숙였다.

"그래서? 이제부터 스우시…… 스우는 어떻게 할 거야?"

"그것 말씀입니다만……."

옆에 서 있던 레임 씨가 미안하다는 듯이 입을 열었다.

"호위 병사가 반 이상 쓰러졌으니, 또 같은 습격을 받으면 아가씨를 지켜 드릴 수가 없습니다. 그래서 토야 씨 일행에게 호위를 부탁드리고 싶습니다. 보수는 왕도에 도착하는 대로 드릴 생각이니, 부디 부탁드릴 수 없을까요?"

"호위라……."

음, 어차피 목적지도 같고, 이대로 못 본 척하는 것도 마음이 불편하다. 나는 괜찮은데, 다른 애들은 어떻게 생각할까.

"괜찮지 않아? 어차피 왕도에 가는 길이니까."

"저도 상관없어요."
"소인은 마차를 얻어 타고 가는 몸이니, 토야 님의 의사에 따르겠습니다."
아무래도 반대 의견은 없는 듯하다.
"알겠습니다. 받아들일게요. 왕도까지 잘 부탁드립니다."
"좋아! 이쪽이야말로 잘 부탁한다!"
스우는 그렇게 말하더니 얼굴 가득 미소를 지었다.

마차 두 대가 나란히 달렸다. 앞에는 공작 가문의 마차, 뒤에는 우리 마차다. 그리고 공작 가문의 마차 앞에서는 각각 말에 올라탄 병사 둘이 앞장서서 길을 안내했다.
남은 한 사람은 현재의 사정을 전달하기 위해 스우의 편지를 들고 공작 가문을 향해 말을 타고 내달려갔다.
나는 공작 가문의 마차에 올라타 스우를 직접 호위하게 되었다. 마법과 검을 모두 사용할 수 있기 때문에 이렇게 하는 편이 좋다는 결론이 나고 말았다.
익숙지 않은 고급 시트에 앉아 있는 나의 맞은편에는 스우가, 옆에는 레임 씨가 앉아 있었다.
"……이렇게 해서 기사 모모타로는 나쁜 오거를 멋지게 물리치고 많은 보물을 손에 넣어 마을로 돌아왔습니다."
"오! 잘됐네!"

스우는 손뼉을 치며 기뻐했다. 정말 이런 이야기로도 괜찮은 걸까. 뭔가 이야기를 해 달라는 말에, 나는 고향에 전해져 오는 영웅담이라고 하며 일본의 전래동화인 모모타로 이야기를 해 주었다. 좋아해 줄지 걱정했는데, 아무래도 마음에 든 모양이다.

스우는 어린아이면서도 말투가 뭔가 독특했다. 할머니의 말투를 흉내 내서 그렇다는데, 아마 할머니도 신분이 높은 사람이겠지?

"다른 얘기도 해 주지 않겠나?"

"흐음…… 이것도 옛날이야기이지만. 한 왕국의 성 아랫마을에 신데렐라라는……."

마법이 흔한 세계에서 마법사에 관한 이야기를 하게 될 줄은 몰랐다. 재미있어하는 것 같으니, 뭐, 상관없으려나?

그 후에도 알고 있는 모든 동화 이야기를 해 주었고, 결국엔 저쪽 세계에서 유명한 만화나 인기 애니메이션 영화의 줄거리까지 설정을 바꿔 이야기해 주는 처지가 되었다.

천공의 성을 찾으러 가자! 그런 말을 꺼냈을 땐 솔직히 당황스러웠지만 레임 씨가 잘 얼러 주었다.

아무래도 이 아가씨는 모험담을 좋아하는 듯하다. 참 별나다.

그런 우리를 태우고 마차는 왕도를 향해 북쪽으로 북쪽으로 계속 나아갔다.

◇ ◇ ◇

"오! 보인다! 저기가 왕도다!"

스우가 창문으로 몸을 내밀고 외쳤다. 나도 창밖으로 고개를 내밀고 바라보니, 커다란 폭포를 배경으로 솟아 있는 흰 성과 높은 성벽이 보였다.

왕도 아레피스. 폭포가 흘러 들어오는 팔레트 호숫가에 위치한 이 나라의 수도이다. '호수의 도시' 라고도 불린다.

대륙의 서쪽에 위치한 이곳 벨파스트 왕국은 살기 좋은 기후와 선정을 베푸는 국왕 덕분에 비교적 평화로운 나라다.

벨파스트 왕국의 키르아 지방에서 만들어지는 비단은 이 세계에서도 최고급품으로 대접받는다. 가볍고 부드러우며 튼튼하고 아름답다. 귀족 계급과, 다른 나라의 왕실에도 납품할 만큼 이 나라가 자랑하는 산업이자 큰 수입원인 듯하다.

그러고 보니 자낙 씨의 가게에서도 실크 같은 옷을 팔고 있었었지?

이 왕국의 왕도에 가까이 다가갈수록 기나긴 성벽에 새삼 놀랐다. 이 벽은 대체 어디까지 뻗어 있는 거지? 적의 침입을 절대 허용하지 않는 철벽의 방어 시설이라고 해야 할까. 철로 만든 건 아니지만.

안으로 들어가는 입구에서 여러 병사가 수도로 들어가는 사람들을 검문하는 중이었다. 하지만 병사들은 스우와 레임 씨의 얼굴을 보더니, 아무런 체크도 하지 않고 우리를 옆으로 통과시켜 주었다. 얼굴이 신분증인가. 그리고 마차에 그려진 공작가 문장(紋章)의 힘일지도 모른다.

마차는 성을 향해 마을 안을 똑바로 달리다가, 그 앞에 있던 커다란 강 위에 걸린 긴 돌다리를 건넜다. 다리 중앙에도 검문소가 있었지만 역시나 그대로 통과.

"이 다리를 건너면 귀족들이 거주하는 곳입니다."

레임 씨의 말을 듣고, 그렇군요, 하고 맞장구를 쳐 주었다. 서민 지역, 귀족 지역으로 나뉘어 있는 건가. 그렇다면 조금 전 지나온 곳이 서민 지역이구나.

크고 예쁜 저택이 늘어선 길을 빠져나간 마차 앞에 이윽고 커다란 저택이 하나 나타났다. 그 저택의 벽도 역시나 상당히 길었다. 겨우 문 앞에 도착하자 대여섯 정도 되는 문지기들이 무거운 문을 느릿하게 좌우로 열었다. 문에 그려진 문장이 마차와 같은 문장이라는 사실을 그제야 깨달았다. 여기가 공작가문의 저택인가.

크다. 정원은 물론이고 집까지, 아무튼 정말 크다. 굳이 이렇게 클 필요가 있을까 싶을 정도로 크다.

현관 앞에 마차가 멈춰 서자, 스우가 문을 힘차게 열어젖혔다.

"어서 오십시오, 아가씨!"

"그래!"

쭈욱 늘어선 메이드들이 일제히 고개를 숙였다. 마차 안에서 멍하니 있던 나는 레임 씨의 재촉을 받고서야 마차에서 내렸다. 뭔가…… 굉장히 나와는 어울리지 않는 곳에 온 게 아닐까.

현관의 아치를 빠져나가자, 붉은 양탄자가 깔린 정면의 커다란 계단에서 남자 한 명이 달려 내려왔다.

"스우!"

"아버지!"

스우는 남자에게 곧장 달려가더니 속도를 줄이지 않고 그 품에 뛰어들었다.

"다행이야, 정말 다행이야……!"

"괜찮아요. 저는 아무렇지도 않으니까요. 먼저 보낸 편지에 그렇게 적었지 않았사옵니까?"

"편지를 받았을 땐 숨을 쉬어도 쉬는 것 같지 않았단다……."

스우의 아버지. 이 사람이 오르트린데 공작, 왕의 동생인가.

밝은 금발, 튼실하고 강해 보이는 신체는 그의 건강함을 증명해 주었다. 반면에 얼굴은 온화한 느낌으로 매우 다정하게 느껴졌다.

공작은 이윽고 스우를 내려놓더니, 우리에게 다가왔다.

"……자네들이 내 딸을 도와준 모험자들인가. 인사를 해야겠군. 정말 고맙네."

깜짝 놀랐다. 공작이 인사를 하면서 우리 넷에게 고개를 숙였기 때문이다. 폐하의 동생이, 우리에게.

"이러지 마세요. 저희는 당연한 일을 했을 뿐이니까요."
"그런가. 고맙네. 자네는 참 겸허하군."
공작은 그렇게 말하면서 내 손을 잡고 악수를 했다.
"다시 내 소개를 하지. 알프레드 에르네스 오르트린데다."
"모치즈키 토야입니다. 아, 토야가 이름이고 모치즈키가 패밀리 네임이에요."
"호오, 이셴 출신인가?"
……이게 대체 몇 번째야.

"그렇군. 자네는 편지를 전해 주라는 길드의 의뢰를 맡아 왕도까지 온 것인가."
정원이 보이는 2층 테라스에서 우리는 공작 앞에 앉아 차를 즐겼다.
'즐겼다' 라고 할 수 있는 사람은 주로 나와 공작뿐으로, 나머지 세 사람은 몸이 잔뜩 굳어 있을 만큼 긴장하고 있었지만. 스우는 이곳에 없다. 어디 간 거지?
"자네들이 그 의뢰를 맡지 않았다면 스우는 유괴되거나 살해당했을지도 모르네. 의뢰인에게 감사를 해야겠군."
"습격한 자들이 누구인지 짚이는 데는 없으신가요?"
"없네……라고는 말하기 어렵겠군. 입장이 입장이니 나를 방해라고 생각하는 귀족도 있을 테니 말이야. 딸을 유괴해 협박하여 나를 자기들 뜻대로 조종한다……. 그런 생각을 지닌 자들이 있을지도 모르지."

공작은 씁쓸한 얼굴로 홍차를 마셨다. 귀족도 마냥 편한 건 아니구나.

"아버지. 오래 기다리셨습니다."

스우가 테라스에 나타났다. 분홍색 프릴이 달린 드레스를 입고 분홍색 장미가 붙은 카추샤로 금발 머리를 장식한 모습이다. 아주 잘 어울린다.

"에렌과는 이야기를 해 봤니?"

"네. 걱정을 끼치고 싶지 않아 습격당한 일은 말하지 않았습니다만."

"에렌?"

"그래, 내 아내이네. 미안하군. 딸의 은인인데도 나와서 인사도 하지 않아서……. 아내는 앞이 안 보이네."

"앞이 안 보이십니까?"

야에가 가슴 아프다는 듯이 물었다.

"5년 전에 병에 걸려서 말이야……. 목숨은 건졌으나 시력을 잃었지."

공작은 괴롭다는 듯이 시선을 떨궜다. 그 모습을 본 스우가 자신의 손을 그의 손 위에 포개었다. 아버지를 걱정하는 것이겠지. 착한 아이야.

"……마법으로 치료는 해 보셨나, 요?"

"온 나라의 치유 마법사를 불러 보았지만…… 역시 안 되더군. 상처를 입은 곳을 고칠 수는 있지만 병으로 인한 후유증까지는 고칠 수 없다는 모양이야."

린제의 질문에 공작은 힘없이 대답했다. 그렇구나…… 치유 마법으로도 안 되다니……. 【큐어힐】로 고칠 수 있지 않을까도 생각했지만……. 이럴 때면 새삼스럽게 무력감을 절절히 느끼게 된다.

"할아버지가 살아계셨다면 좋았을 것을……."

스우가 안타깝다는 듯이 그렇게 중얼거렸다. 의아해 하는 내 눈빛을 봤는지, 공작이 입을 열었다.

"스우의 외할아버지시지……. 장인어른은 특별한 마법을 사용하시는 분이셨네. 몸의 이상을 제거하실 수 있는 분이셨지. 이번에 스우가 여행을 떠난 것도 할아버지의 마법을 어떻게든 해명하여 배우고자 함이었네."

"할아버지의 마법이라면 어머니의 눈도 고칠 수 있기 때문인 게지. 설사 마법을 사용하지 못하더라도 자세한 내용을 알면 다른 계통의 마법을 통해 어떻게든 해 볼 수 있을 가능성이 있다고 궁정 마술사님께서 말씀하시기도 하셨고. 아니면 할아버지와 같은 마법을 사용할 수 있는 자를 발견하면……."

스우는 안타까운지 주먹을 꼭 쥐었다.

"스우, 그건 확률이 매우 낮다고 말하지 않았니. 무속성 마법은 대부분이 개인 마법이니 말이다. 같은 마법을 사용할 수 있는 자는 없다고 보면 된다. 하지만 비슷한 효과를 지닌 사람은 분명 있을 거야. 내가 반드시 찾아서…….”

“““아아아————————————앗!!!”””

갑자기 옆에 앉아 있던 세 사람이 벌떡 일어서더니 크게 소리쳤다. 우아악. 깜짝이야! 뭐야, 대체 뭐야?!

“토야야!”

“토야 씨예요!”

“토야 님이십니다!”

“뭐가?!”

잇달아 세 사람이 나를 가리켜 나는 이유도 모른 채 몸을 움츠렸다. 이게 뭐야, 무서워! 셋 다 너무 들뜨다 못해 흥분한 것처럼 보이는데?!

마찬가지로 깜작 놀란 공작 부녀도 조금 몸을 움츠렸다. 거 봐.

“너라면 그 마법을 쓸 수 있을지도 몰라!”

“무속성 마법은 개인 마법…… 다른 사람은 기본적으로 사용할 수 없어요. 하지만!”

“토야 님은 무속성이라도 모두 사용하실 수 있지 않습니까!”

“응? ……아~앗! 그런 얘기구나!”

겨우 무슨 얘기인지 알았다! 아아, 그렇구나. 무속성이라면!

“무슨…… 얘기인가? 설마…….”

“어머니를 고칠 수 있는 겐가! 토야?!”

공작이 믿을 수 없다는 표정을 지었고, 스우는 매달리듯이 내 팔을 붙잡았다.

"솔직히 사용해 본 적이 없는 마법이에요. 하지만 어쩌면 사용할 수 있을지도 모르니, 그 마법의 고유명과 효과를 자세히 알려 주세요."

"어머, 손님이 오셨니?"

침대에 걸터앉아 있는 귀부인은 스우와 매우 많이 닮은 얼굴이었다. 스우가 크면 저렇게 되지 않을까 하고 미래를 예상하게 만드는 모습이다. 머리카락의 색만은 엷은 갈색이라 딸과 조금 달랐지만.

흰 블라우스에 파스텔블루 스커트가 어딘가 모르게 덧없는 분위기를 연출했다. 꽃에 비유하자면 장미나 백합이라기보다는, 안개꽃 같은 여성이었다. 나이는 젊어 보이는데, 아마 20대가 아닐까.

하지만 그 젊음이 보이지 않는 눈을 오히려 두드러지게 하는 것 같았다. 눈을 뜨고는 있지만 초점이 맞지 않는다고 할까, 어디를 보고 있는지 모르는 그런 상태였다.

"모치즈키 토야라고 합니다. 처음 뵙겠습니다, 에렌 님."

"처음 뵙겠습니다. 여보, 이분은 누구죠?"

"이 사람은 스우가 큰 신세를 진 분인데…… 당신 이야기를 들으시더니 눈을 봐주시겠다고 해서 모시고 왔어."

"눈을……?"

"어머니, 긴장을 풀어 주시구려."

나는 조용히 에렌 님의 눈앞에 손을 대 보았다. 그리고 의식을 모아 조금 전에 배운 마법을 발동시켰다. 부탁해, 제발 성공해 줘!

"【리커버리】."

부드러운 빛이 내 손바닥에서 에렌 님의 눈으로 흘러들어 갔다. 빛이 천천히 사라진 뒤, 나는 손을 치웠다.

잠시 공중을 헤매던 시선이 점차 안정을 되찾아 갔다. 에렌 님이 눈을 몇 번 깜빡이더니 고개를 공작과 스우가 있는 곳을 향해 천천히 돌렸다.

"……보여요…… 앞이 보여요. 여보, 다 보여요!"

에렌 님의 눈에서 눈물이 주르륵 흘러내렸다.

"에렌……!"

"어머니!!"

세 사람은 서로 얼싸안고 울기 시작했다. 5년 만에 보는 딸과 남편을, 에렌 님은 웃는 얼굴로 눈물을 흘리면서 계속 바라보았다. 사랑하는 딸의 얼굴을, 남편의 얼굴을. 눈물이 흐르는 눈동자로 계속해서.

옆에서 지켜보던 레임 씨도 위를 바라보며 눈물을 흘렸다.

"정말 잘됐어…… 훌쩍."

"정말 잘됐어, 요……."

"정말 잘됐습니다~."

너희까지 울기야?! 어? 울지 않는 나만 매정한 사람처럼 보이는 거 아닌가?

나도 일단 감동을 하고 있긴 하거든? 단지, 만약 실패하면 어쩌나 압박감이 있어서인지 한시름 던 감정이 먼저 찾아와서……. ……뭐, 그게 무슨 상관이야.

우리는 계속 울면서 기뻐하는 부부와 딸을 따뜻하게 바라보았다.

"자네들에게는 정말 큰 은혜를 입었네. 아무리 감사해도 그 은혜를 다 갚을 수 없을 만큼 말이야. 딸뿐만이 아니라 아내까지…… 정말 고맙네."

응접실에서 공작이 아주 깊이 고개를 숙이며 인사했다. 아무래도 이런 건 좀 익숙하지 않다. 이 사람은 대체 몇 번이나 고개를 숙이는 건지.

스우는 에렌 님의 침실에 있었다. 그리고 우리는 이 방에서 고급스러운 의자에 앉아 공작과 마주 보고 있었다.

"정말로 그렇게까지 안 하셔도 돼요. 스우도 무사하고, 에렌 님도 나으셨으니, 그거면 충분한 게 아닐까요?"

"아니, 그럴 수는 없네. 자네들에겐 성심성의껏 예를 표하고 싶어. 레임, 그걸 가져오게."

"알겠습니다."

레임 씨가 뭔가 여러 가지가 올려져 있는 은쟁반을 들고 왔다.

"일단 이것을 받아 주게. 딸을 습격으로부터 구해 준 것과 여기까지 호위를 해 준 데에 대한 사례이네. 부디 받아 주게."

아마도 돈이 들었을 자루를 좌르륵 소리와 함께 내 앞으로 내밀었다.

"안에는 백금화 마흔 닢이 들어 있네."

"""?!"""

세 사람은 그게 뭔지 알고 있는 듯했지만, 나는 뭐가 뭔지 잘 몰랐다. 금화라면 잘 알지만, 백금화라는 게 뭐지?

옆에서 멍하니 있는 에르제에게 물어보았다.

"저어, 에르제. 백금화가 뭐야?"

"……금화보다 가치가 큰 돈이야……. 한 닢에 금화 열 닢의 가치가 있는 거……."

"열 닢?!"

지금까지 이세계에서 살면서, 금화 한 닢에 대충 10만 엔 정도 한다는 사실을 알게 되었다. 어, 그러면 백금화 한 닢에 100만 엔이니까…… 4000만 엔……. 흐어억?!

“저어, 이건 금액이 너무 커요! 받을 수 없습니다!”

겨우 얼마나 큰 금액인지 깨달은 내가 당황해서 받을 수 없다며 거부했다. 아무리 그래도 금액이 너무 커서 도저히 감당할 엄두가 나지 않는다!

“그런 말 말고 꼭 받아 주게. 자네들이 모험자로서 활동하려면 분명 그 돈이 필요하게 될 테니, 그 밑천으로 삼아 주었으면 하네.”

“네에…….”

분명히 어떻게든 도움이 되는 건 사실이다. 인정하고 싶진 않지만 돈으로 해결할 수밖에 없는 문제도 있다. 게다가 공작의 성격으로 봤을 때, 돌려준다 해도 절대 받지 않겠지.

“그리고 이걸 자네들에게 주지.”

공작은 테이블 위에 메달 네 개를 늘어놓았다. 크기는 직경 5센티미터 정도. 메달에는 방패를 중심으로 사자가 서로 마주 보는 돋을새김이 있었다. 어? 이 문장은…….

“우리 공작 가문의 메달이네. 이게 있으면 검문소를 그냥 통과할 수 있고, 귀족만 이용할 수 있는 시설도 사용할 수 있지. 무슨 일이 있으면 공작 가문이 뒤를 봐주겠다는 증거나 마찬가지야. 자네들의 신분증명서가 되어 줄 것이네.”

원래는 공작 가문에 물건을 납품하는 상인 등에게 주어지는 것인 듯했다. 메달 하나하나에 우리의 이름과 단어가 새겨져 있어, 똑같은 것은 하나도 없다고 한다. 분실했을 때 악용되는 걸 막기 위한 것인 듯하다.

내가 받은 메달에는 '평온', 에르제가 받은 메달에는 '정열', 린제가 받은 메달에는 '박애', 야에가 받은 메달에는 '성실'이라는 문자가 새겨져 있었다. '평온'이라니……. 물론 평온한 게 제일이긴 하지만.

확실히 이건 편리할 듯싶다. 또 스우와 만날 때도 도움이 되겠지. 수상한 녀석이라고 하며 검문소 사람들이 막아서면 귀찮을 테니까. 앗, 근데 여차하면【게이트】마법으로 그냥 여기에 오면 되는구나.

돈은 열 닢씩 네 등분을 했다. 그래도 이거 하나로 금화 열 닢, 100만 엔이라……. 잃어버리면 엄청 억울할 것 같다.

이대로 들고 걸어 다니긴 불안하니, 모두 한 닢씩만 남기고 나머지는 공작 가문을 경유해 길드에 맡겨 놓기로 했다. 이렇게 하면 어느 길드에 가서도 돈을 빼낼 수 있는 듯하다. 은행 같은 걸까.

일단 슬슬 나가 보기 위해 현관을 향해 가자, 스우와 에렌 님이 배웅을 나와 주셨다.

"또 놀러 와 줘! 꼭이야!!"

공작 가문의 가족들에게 열렬한 배웅을 받으면서 우리는 곧장 마차를 타고 자낙 씨의 편지를 전해줄 상대, 소드레크 자작의 저택을 향해 달려갔다.

“앗. 의뢰인의 편지를 전해줄 상대가 소드레크 자작입니까?”

어? 야에한테는 아직 설명해 주지 않았었나? 마차에 몸을 실은 나는 야에의 놀라는 얼굴을 의아한 표정으로 바라보았다.

“알아?”

“물론 알다마다입니다……. 전에 말씀드린 소인의 아버지가 신세를 졌다던 바로 그분이 자작님이십니다.”

그랬구나. 세상 참 좁네.

에르제가 모는 마차는 덜컹거리며 호화로운 마을을 가로질러 이윽고 공작이 알려 준 소드레크 자작 저택 앞에 멈춰 섰다.

이런 말을 하긴 뭐하지만, 앞서 공작 가문의 저택을 봐서 그런지 자작의 저택은 왠지 아담해 보였다. 물론 그래도 호화 저택이란 사실엔 변함이 없지만. 낡았다고 할까, 역사가 느껴져 정취가 있었다.

왕도에 사는 귀족은 여기 이외에도 자신의 영지와 저택을 소유하고 있다고 하니, 어쩌면 이쪽이 별장일지도 모른다.

문지기에게 자낙 씨의 이름을 대고 자작과 만나고 싶다는 취지의 이야기를 했다. 잠시 뒤, 저택 안으로 들어가자 집사로 보이는 사람이 응접실로 안내해 주었다.

이런 말을 하긴 뭐하지만, 이 응접실도 공작 가문과 비교하면…… 웅얼웅얼.

그곳에서 실례되는 생각을 하며 기다리고 있자, 잠시 뒤 머리카락이 붉은 장년의 덩치 큰 남자가 나타났다.

"내가 카를롯사 가른 소드레크다. 자네들이 자낙의 심부름꾼인가?"

"네. 이 편지를 전해 달라는 의뢰를 받았습니다. 자작에게 답장을 받아 오라는 지시도 받았습니다."

자낙 씨에게서 전달받은 통을 내밀었다. 자작은 통을 받아 들고 나이프로 봉랍을 뗀 다음, 안의 편지를 꺼내 쭈욱 읽어 보았다.

"잠시 기다리게. 답장을 쓰지."

자작은 그렇게 말한 뒤 응접실 밖으로 나갔다. 동시에 메이드가 들어와 차를 내주었지만, 이것도 공작 가문과 비교하면 좀…… 안 되지, 안 돼. 이건 상대에 대한 실례다. 공작 가문과 비교한다는 것 자체가 잘못된 것이다.

"기다리게 해서 미안하네."

자작이 봉인을 한 편지를 들고 돌아왔다.

"이걸 자낙에게 전해 주게. 부탁하네. 그리고……."

편지를 나에게 내밀면서 자작이 야에를 바라보았다.

"조금 전부터 신경이 쓰였는데 자네, 어디선가…… 아니, 만난 적은 없는 것 같군. 하지만…… 이름이 뭔가?"

고개를 갸웃하며 무언가를 떠올리려는 자작을 야에가 똑바로 바라보면서 자신의 이름을 밝혔다.
“소인의 이름은 코코노에 야에. 코코노에 주베에의 딸이옵니다.”
“……코코노에…… 야에인가! 네가 주베에 님의 딸이었구나!”
자작은 환하게 웃으며 무릎을 탁 치더니, 그 표정을 유지하며 야에의 얼굴을 빤히 바라보기 시작했다.
“틀림없어. 젊을 때의 나나에 님과 판박이군. 어머니를 닮아 정말 다행이야!”
유쾌하게 웃는 자작과는 달리 뭐라 형용할 수 없는 웃음을 짓는 야에.
“저어…… 야에와는 어떤 관계신지……?”
“응? 아, 이 아이의 아버지이신 주베에 님은 우리 소드레크 가문의 검술 지도사셨지. 내가 아직 코흘리개 철부지였을 때, 엄하게 훈련을 받았었네. 정말로 엄했었지. 벌써 20년 전의 이야기인가.”
“아버지는 항상 지금까지 가르친 검사 중, 자작님만큼 재능이 넘치고 실력이 뛰어난 분은 없다고 말씀하셨습니다.”
“호오? 스승님에게 칭찬을 받다니, 빈말이라도 정말 기쁜 일이군.”
그 칭찬이 딱히 싫지 않은 듯, 자작은 싱글벙글 미소를 지었다. 그 자작을 진지하게 바라보면서 야에가 말을 계속했다.

"아버지께서는 만약 자작님을 만난다면, 꼭 한 수 지도를 받으라고 말씀하셨습니다."

"호오……?"

야에의 말을 듣고 자작은 재미있겠다는 듯이 눈을 가늘게 떴다.

어? 갑자기 이 분위기는 뭐야……?!

◇ ◇ ◇

소드레크 자작 가문의 마당에는 도장이 있었다. 안내를 받아 그 도장에 도착한 나는 무심코 눈을 휘둥그렇게 뜨고 말았다. 그도 그럴게 이거, 아무리 봐도 일본의 검술 도장이잖아.

잘 닦인 마루에, 벽에 걸린 몇 자루의 목도. 잠깐만, 신을 모시는 제단도 있잖아?

"이곳은 주베에 님이 설계하시고 우리 아버지께서 세운 도장으로, 이셴풍으로 만들었지."

"저희 집의 도장과 매우 닮아, 마치 집에 온 듯합니다."

나도 원래 세계에 돌아온 것만 같았다. 이거 이셴에 꼭 가 봐야겠는걸.

"마음에 드는 목도를 고르게. 위에서부터 손잡이가 두꺼운 순서대로 걸려 있네."

도복으로 옷을 갈아입은 자작은 허리띠를 다시 매면서 목도를 손에 쥐었다. 그리고 야에는 목도를 몇 개인가 손에 들어 보고, 쥐어 보고, 수차례 휘둘러 본 뒤, 그중 하나를 골라 도장 한가운데에서 자작과 대치했다.

"너희 중에 회복 마법을 쓸 수 있는 녀석은 있나?"

"……저하고 이 아이가 쓸 수 있어요."

자작의 질문에 내가 손을 든 뒤, 린제를 바라보았다.

"그럼 사양할 필요는 없겠군. 온 힘을 다해 덤벼라!"

그렇게 말하는 자작과 야에의 방해가 되지 않도록 우리는 도장의 가장자리에 앉았다.

그때 문득 무언가가 떠올라 품에서 스마트폰을 꺼냈다. 음~, 분명히…….

"……뭐 하시는 거예, 요?"

린제가 신기하다는 듯이 그렇게 물었다.

"나중에 참고가 되지 않을까 해서."

그렇게 대답하는 사이에 심판을 맡은 에르제가 두 사람 사이에 섰다.

이어서 두 사람의 준비가 끝났다는 사실을 확인하고 외쳤다.

"그럼———시작!"

에르제의 목소리와 함께 야에가 총알처럼 빠르게 자작을 향해 달려들며 목도를 휘둘렀다. 자작은 그 일격을 정면에서 받아 낸 것은 물론, 잇달아 닥쳐오는 야에의 공격도 모두 자신의 목도로 받아넘겼다.

야에는 일단 뒤로 뛰어 물러선 뒤, 천천히 호흡을 가다듬었다. 그에 반해 자작은 스스로 공격을 하려고 하지 않았다. 그냥 야에의 움직임을 눈으로 좇을 뿐이었다.

둘 다 살금살금 원을 그리듯이 돌면서 대치했다. 그리고 조금씩, 조금씩 거리를 좁히더니, 일선을 넘자 다시 서로의 목도를 교차시켰다. 그렇게 다시 격렬한 칼싸움이 펼쳐졌다.

하지만 야에가 일방적으로 잇달아 공격을 할 뿐, 자작은 흘려 보내고, 피하고, 막아 내는 등 방어만 하고 공격을 하지 않았다.

"그렇구나. 이제 알겠어."

자작의 목도가 아래로 내려갔다. 야에는 목도를 눈높이로 든 채, 어깨를 들썩였다. 명백하게 체력이 소모된 모습이다.

"너의 검은 아주 정직해. 아주 모범적이고, 움직임에 낭비가 없지. 내가 주베에 님에게 배운 그대로의 검술이다."

"……그게 나쁘다는 것입니까?"

"나쁘지 않아. 단, 너는 그보다 더 뛰어나진 않다는 거지."

"아니……?!"

자작이 목도를 위로 들어 올리며, 지금까지 볼 수 없었던 투기를 내뿜었다. 저릿한 기백이 이쪽까지 전해져 왔다.

"간다."

자작이 크게 한 발을 내딛는가 싶더니, 순식간에 야에의 안쪽으로 파고들었다. 휘두른 검이 야에의 정면을 향해 내려왔다. 야에는 그것을 막기 위해 목도를 머리 위로 들어 올렸다.

그랬어야 했다.

다음 순간, 야에가 소리를 내며 도장에 쓰러졌다. 옆구리를 감싸며 고통스러워했다.

"시, 시합 종료!"

에르제가 시합의 끝을 선언했다. 진검승부였으면 야에의 몸은 두 동강이 났을 테지.

"으윽……."

"움직이지 않는 게 좋아. 아마 갈비뼈가 몇 개인가 부러졌을 테니까. 잘못 움직이면 폐에 구멍이 난다. 이봐, 거기. 고쳐 줘라."

"앗, 네."

나는 고통스러워하는 야에에게 다가가 옆구리에 손을 올리고 회복 마법을 걸었다. 잠시 뒤, 통증이 가셨는지 야에의 표정도 누그러졌다.

"……이제 괜찮습니다."

야에는 나에게 인사를 하고 벌떡 일어서더니, 자작 앞에서 고개를 깊숙이 숙였다.

"지도해 주셔서 참으로 감사합니다."

"네 검에는 그림자가 없다. 책략을 짜고, 물러섰다가도 나아가며, 느리다가도 격렬해야 한다. 정직한 검으로는 도장 검술의 영역을 벗어날 수 없지. 그게 나쁘다고는 할 수 없다. 강함이란 사람에 따라 다른 법이니 말이다."

자작의 날카로운 시선이 야에를 꿰뚫었다.

"너는 검으로 무엇을 하려 하지?"

야에는 아무 대답도 하지 못했다. 아무 말 없이 그저 목도를 바라볼 뿐이었다.

"일단은 그것부터 시작해야 하겠군. 그럼 길도 보일 것이야. 길이 보이면 또 이곳에 오거라."

자작이 그 말을 남기고 도장을 떠났다.

"어, 뭐냐. 너무 풀 죽지 마! 승부는 때에 따른 운이니까. 질 때는 무슨 짓을 해도 지게 돼 있어!"

"……에르제 님…… 별로 위로가 되지 않습니다만……."

야에가 빤히 노려보자, 에르제는 아하하하하 하고 메마른 목소리로 웃었다.

린제가 마차를 몰아 귀족들이 사는 지역 밖으로 나아가자 우리 앞에 검문소가 보이기 시작했다.

"야에는 지금부터 어떻게 할 거야? 우리는 리플렛 마을로 돌아갈 건데."

"어떻게 하면 좋을까요……."

앗, 맥이 빠진 것 같네……. 자회사로 내쫓긴 회사원 같은 분위기다. 짐칸 가장자리에 턱을 괴고 먼 하늘을 멍하니 바라보다니.

“갈 데가 없으면 야에도 리플렛으로 와! 길드에 등록한 다음 우리랑 같이 일을 하면서, 그러는 김에 수행도 하면 되잖아!”

그러는 김에라니. 물론 에르제가 무슨 말을 하려는지는 안다. 모처럼 친해졌으니 여기서 헤어지긴 아쉬운 거겠지.

“그래도 괜찮겠습니까……?”

“좋아! 그럼 결정된 거네?!”

“그렇게 억지로…….”

야에가 생각할 틈을 주지 않고 에르제가 결정하는 모습을 보고, 나는 그만 쓴웃음을 짓고 말았다. 야에가 마음이 약해졌을 때를 이용해서……. 아니, 에르제 나름대로 걱정해 주는 거겠지, 분명히.

그런 생각을 하는 사이에, 마차가 검문소에 도착했다. 검문을 하는 병사에게 린제가 공작에게 받은 메달을 머뭇거리며 보여주자, 그냥 바로 통과시켜 주었다. 오오, 역시 공작 가문은 대단해.

“그건 그렇고 세상은 참으로 넓습니다……. 그렇게 강한 분이 계실 줄이야. 소인은 아직도 한참 모자랍니다…….”

야에가 절절하게 중얼거렸다. 아직 회복되지 않은 건가……. 상당한 충격이었나 보네.

“특히 마지막 일격. 대체 무슨 일이 벌어졌는지 모르겠습니다. 소인은 분명히 머리를 내리고 검을 들었는데…… 검이 옆에서 날아오다니요…….”

“정말 대단하더라. 나는 옆에 있었는데도 하나도 안 보였는데, 갑자기 야에가 쓰러져 있는 거 있지.”

야에는 분석을 하듯이, 에르제는 흥분하면서 그때를 되돌아보았다.

“정말 아쉽습니다. 다시 한 번 그때의 대련을 볼 수 있으면 좋으련만…….”

“볼 수 있어.”

“……네?”

나의 태연한 대답에 야에는 얼빠진 표정으로 눈을 껌뻑거렸다.

나는 안주머니에서 스마트폰을 꺼내 조금 전에 녹화한 시합을 재생해 보여 주었다.

“이, 이건 무엇입니까?! 앗! 소, 소인, 이것은 소인 아닙니까?! 자작님도! 에르제 님까지!”

“우와아, 뭐야 이거?! 맘대로 움직이네? 난 여기에 있는데! 어? 이건 내가 아니라 린제인가?! 앗, 린제는 여기에도 있잖아?! 대체 어떻게 된 거야?!”

“진정해.”

““아얏!””

당황해 어쩔 줄 모르는 두 사람의 머리에 촙을 날렸다. 너무 호들갑스럽다. 조금 재미있긴 했지만.

"이건 그때의 시합을 기록해서 다시 한 번 볼 수 있도록 만든 나의 무속성 마법…… 같은 거야. 조금 전 시합을 기록해 뒀어."

"이런 마법이 있다니, 정말 대단합니다!"

"마법명이 뭐야?"

"아~, 스마트폰?"

"스마트폰…… 처음 듣는 마법이네. 뭐, 무속성이니 당연한 건가?"

에르제가 팔짱을 끼고 고개를 갸웃했다. 그러는 사이에도 야에는 스마트폰을 쥐고 빨려 들어갈 것처럼 화면을 바라보았다. 이윽고 야에가 쓰러진 장면이 흘러나왔다.

"이겁니다!"

야에의 정면을 향해 위에서 아래로 날아왔던 것으로 보였던 검은 무려 처음부터 몸통을 노리고 날아왔었다. 어? 분명히 야에의 머리를 노리고 내려쳤었는데.

"어떻게 된 거지?"

"글쎄……?"

내 옆에서 화면을 보던 에르제에게 물어봤지만, 그녀도 이유를 모르겠다는 듯이 고개를 가로저었다.

"토, 토야 님! 한 번 더 볼 수는 없는 것입니까?!"

"볼 수 있어. 몇 번이든. 처음부터 볼까? 아니면 쓰러지기 직전부터?"

"쓰러지기 직전부터 보겠습니다!"

스마트폰을 조작해 야에에게 건네주었다. 자작이 야에에게 다가와 곧장 몸통을 향해 목도를 휘둘렀다. 역시 위를 향해 치켜들지는 않았다. 하지만 그때는 분명히…….

"그림자 검……."

"그림자 검?"

야에가 가만히 중얼거렸다.

"높은 투기를 검처럼 보이게 만드는 기술입니다. 환상이기에 실체는 없지요. 하지만 기로 만들어진 것이기에 기척은 있습니다. 그렇기에 무심코 그 존재를 의식하게 되는 것입니다. 아마도 자작님은 그림자 검을 위에 두고, 실제 검을 옆으로 휘두른 거겠지요. 투기를 느끼고 몸이 움직이도록 그림자 검을 두고, 투기가 없는 실제 검은 옆에서 휘두른다. 소인은 그 작전에 완벽하게 걸려든 셈이군요……."

환상이 보이도록 만들었다……는 건가? 현실을 알고 다시 풀이 죽을 줄 알았는데, 야에는 오히려 엷은 미소를 지었다. 포기했기에 짓는 웃음……은 아니었다. 뭔가를 알게 된 건가. 혼자서 계속 중얼거려 조금 오싹한 느낌이 들긴 하지만.

"소인의 검에는 그림자가 없다……라. 이제야 이해가 가는군. 상대가 틈을 보이길 기다리는 것이 아니라, 상대의 틈을 만들어 내야 한다…… 그것도 또한……."

"저기~, 야에? 괜찮아?"

"……괜찮습니다. 정말 감사합니다, 토야 님. 많은 도움이 되었습니다."

야에가 밝은 웃음을 지으며 스마트폰을 건네주어, 나는 그것을 받아 안주머니에 넣었다. 응, 다시 기운을 회복할 수 있는 계기가 된 것 같아서 다행이야.

"소인, 더욱, 더욱 수행해서 강해지겠습니다. 여러분과 함께 말입니다."

"그래, 당연히 그렇게 나와야지!"

야에와 에르제가 하이터치를 하면서 마주 보고 웃었다. 좋네. 청춘이야.

"저도 끼워 주세요……."

마부석에서 들려오는 원망스러운 목소리. 아. 잊어버리고 있던 건 아니야. 미안해, 린제.

겨우 왕도에 왔으니 그냥 돌아가긴 아쉽다. 돈도 꽤 많으니, 쇼핑을 하고 돌아가기로 했다. 아니, 그렇게 결정되었다. 여자 세 명의 의견을 뒤집기란 불가능하다.

마차를 숙소에 일시적으로 맡기고(묵고 가지는 않을 예정이었기 때문에 보관료를 뜯겼다), 세 시간 후에 이곳으로 집합

하기로 했다.

세 사람은 같이 움직이는 듯했지만, 나는 따로 행동하기로 했다. 짐꾼이 되기는 싫으니까. 게다가 나도 사고 싶은 게 있었다.

일단 스마트폰을 꺼내 지도로 장소를 확인…… 꽤 넓네……. 역시 왕도인가. 과연 검색이 가능할까? 방어구 가게…….

검색을 하니 지도가 나오더니 방어구 가게가 있는 곳에 핀이 꽂혔다. 음~, 제일 가까운 곳은…… 바로 코앞?

고개를 들어 보니 방패처럼 생긴 간판이 있는 방어구 가게가 있었다. 검색할 필요도 없었잖아…….

"어서 오세요!"

안에 들어가 보니 다양한 방패와 갑옷, 팔 보호구, 투구 등이 놓여 있었다. 안쪽 카운터에는 사람 좋아 보이는 가게 주인이 생글생글 웃고 있다.

"저기요, 잠깐 구경해도 될까요?"

"그럼요. 직접 만져 보면서 구경하십시오."

가게 주인에게 양해를 구하고 가만히 갑옷을 둘러보았다. 무기는 길드의 첫 의뢰를 할 때 일본도를 샀었지만, 방어구 구입은 계속 뒤로 미루고 있었다. 마침 좋은 기회이니 사 두자. 멀리 왕도까지 왔으니, 될 수 있으면 좋은 물건을 사고 싶었다.

근데 어떤 걸 고르면 좋을까……? 나는 기동력을 중시하는 편이니 금속 갑옷은 어울리지 않을 것 같은데. 온몸을 갑옷으로 두르다니, 꽤나 움직이기 힘들 것 같다.

그렇다면 가죽 갑옷이나 저것처럼 가벼운 걸로 골라야 하는데…….

"사장님, 여기서 제일 좋은 갑옷은 어떤 거죠? 아, 금속 갑옷을 제외하고요."

"금속 갑옷을 제외하고 말입니까? 그렇다면 반점코뿔소 갑옷이 가장 좋습니다."

"반점코뿔소?"

"이름 그대로 반점 모양의 코뿔소입니다. 그 코뿔소의 가죽으로 만들었기 때문에 평범한 가죽 갑옷보다 더 단단하고 튼튼하지요."

톡톡 두드려 봤는데, 확실히 단단한 듯하다.

"그래도 금속 갑옷보다는 떨어지나요?"

"그야 뭐……. 마력 부여 효과가 적용되어 있지 않으면 보통은 그렇지요."

마력 부여. 분명 마력 효과가 추가된 도구를 말하는 거였지? 고대 유적에서 발견하여 가치가 높은 것도 있는 듯하지만, 멀리 떨어진 동쪽의 마법 왕국에서 만든 것도 많은 모양이었다.

"마력 부여가 적용된 방어구도 여기에 있나요?"

"저희는 취급하지 않습니다. 그런 건 꽤 고가라서 말입니다. 동쪽 거리의 '베르크트' 라는 방어구 가게라면 들여놨을지도 모릅니다만, 그곳은 귀족에게만 납품하는 곳이라서요."

가게 주인은 난처한 표정으로 그렇게 대답했다. 귀족에게만 납품이라. 역시 안 되려나? 잠깐만?

"그 가게에 이걸 보여 주면 들어갈 수 있을까요?"

"그게 뭔데 그러시죠……? 이, 이건 공작 가문의?! 손님은 공작 가문과 인연이 있으십니까?!"

내가 공작 가문에서 받은 그 메달을 보여 주자 가게 주인의 안색이 변했다.

"그게 있으면 괜찮을 거라 생각합니다. 공작 가문이 신분을 보증해 주신다면, 아무런 문제가 없겠지요."

신세를 졌다는 생각에 사과하는 의미로 은화를 팁으로 주고 가게를 나왔다. 그리고 바로 맵을 보면서 '베르크트' 라는 곳을 향해 갔다.

왕도를 걸어 보고 알게 된 것인데, 사람 이외에도 다양한 인종이 있어 새삼 깜짝 놀랐다. 아인(亞人)이라고 불리는 그들은 다양한 특징이 있는 종족인데, 그중에서도 수인(獸人)이 있다는 점이 특히 놀라웠다.

리플렛에서는 전혀 보지 못했지만, 이곳에서는 드문드문 수인이 눈에 띄었다. 수인이라고는 하지만 사람의 몸에 동물의 머리가 달린 미노타우르스 같은 모습은 아니었다.

예를 들면 눈앞에서 이쪽을 향해 걸어오는 여우 수인 여자아이. 귀와 꼬리 이외에는 평범한 사람과 다르지 않다. 긴 금발 머리 위로 뾰족하게 나온 같은 색의 귀는 끝만 검은색이었고, 반대로 불룩하고 커다란 꼬리의 끝은 하얗다.

머리 위의 귀 말고 우리와 똑같은 위치에도 귀가 있었다. 린제에게 메인과 서브로 나눠서 사용할 수 있다는 말을 들은 적이 있긴 하지만, 자세하게는 모른다.

응? 저 여우 소녀, 두리번거리면서 뭘 찾는 것 같은데…… 혹시 길을 잃은 건가? 굉장히 난처한 표정인데. 누가 좀 안 도와주려나. 이쪽 세계도 도시 사람들은 참 차갑네.

……좋아, 말을 걸어 보자.

"저기, 뭔가 문제가 있나요?"

"네, 네헤?! 뭐, 뭔가효?!"

아, 말이 헛 나왔다. 눈을 동그랗게 뜨고 여우 소녀가 이쪽을 바라보았다. 진정하세요, 수상한 사람이 아니니까요. ……수상하지 않겠지? 아마도. 이렇게까지 무서워하다니, 조금 자신감이 없어지는걸?

"별건 아니고요, 뭔가 난처해하시는 것 같아서 무슨 일인가 하고요."

"저, 저어, 제, 제가 같이 온 사람이랑 떨어져 버려서……."

역시 길을 잃은 거구나.

"마, 만약을 위해 만날 장소를 정해 두었는데, 그 장소가 어디인지 몰라서요……."

풀이 죽어 목소리가 작아지는 여우 소녀. 귀나 꼬리도 기분 탓인지 아래로 처져 있는 것처럼 보였다.

"만나기로 한 장소가 어디죠?"

"어…… 분명히 '루카' 라는 마법 상점이었어요."

마법 상점 '루카' 라. 스마트폰을 꺼내 지도를 검색. 아, 여기 있다. '베르크트' 에 가는 도중에 있는 가게네. 마침 잘됐다.

"그 가게라면 제가 안내해 드릴게요. 저도 같은 방향으로 가는 중이거든요."

"정말요?! 감사하뮤다!"

앗, 또 말이 헛 나왔다. 어딘가 모르게 훈훈한 아이네. 에르제보다도 연하이려나? 열두 살, 열세 살 정도?

우리는 같이 지도를 따라 길을 걸었다. 여우 소녀는 자신의 이름을 아루마라고 했다.

"토야 씨는 왕도에 관광을 오신 건가요?"

"아니, 일로. 이제 일은 끝났고. 아루마는?"

"저도 언니가 일하는 데 따라왔어요. 왕도를 구경하고 싶어서요."

생긋 웃는 아루마. 조금 전까지의 그 표정이 마치 거짓말 같았다.

이런저런 잡담을 하며 걷다 보니 어느새 마법 상점이 보였다. 그리고 그 가게 앞에는 수인 여자가 서 있었다. 그 여자는 이쪽을 보자마자 빠른 걸음으로 다가왔다.

"아루마!"

"아, 언니!"

아루마가 타다닥 달려가 언니로 보이는 사람의 가슴에 안겨 들었다. 여자도 아루마를 꼬옥 껴안았다. 당연하지만 언니도 여우 수인이구나. 아루마보다 연상이라 어른스럽지만. 늠름한 분위기라 그런지 어딘가 모르게 군인 같은 인상이다.

"얼마나 걱정했는 줄 알아! 갑자기 사라져서……!"

"미안해……. 근데 토야 씨가 여기까지 데려다 주셔서 살았어."

그제야 비로소 내가 있다는 사실을 눈치챈 그녀는 깊이 고개를 숙였다.

"여동생을 돌봐 주셔서 감사합니다."

"뭘요. 만나게 돼서 다행이에요."

꼭 답례를 하고 싶다고 말했지만, 일이 있다고 거절했다. 답례까지 받아야 할 만큼 대단한 일을 한 건 아니니까. 인사도 하는 둥 마는 둥 나는 그 자리를 떠났다. 아루마는 계속 손을 흔들어 주었다.

두 사람과 헤어져 '베르크트'에 가까이 다가갈수록 점점 주변의 건물이나 가게가 세련되어져 가는 듯했다. 잠시 걷자 그 가게가 보였다.

"우와, 비싸 보여……."

격식 높아 보이는 벽돌 건물을 보고 살짝 주눅이 들었다. 딱 고가 브랜드 가게 같은 느낌이다.

역시 나한텐 안 어울리는 가게려나? 문전박대당하는 건 아니겠지? 물론 문지기가 있는 건 아니지만. 어쩔 수 없다. 계속 여기에 있을 순 없으니 일단 들어가 보자.

사치스러워 보이는 문을 열고 안으로 들어가 보니, 바로 젊은 여성 점원이 말을 걸었다.

"안녕하세요. 베르크트에 어서 오세요. 손님은 저희 가게가 처음이신가요?"

"아, 예. 처음이에요."

"그럼 손님의 신분을 증명할 만한 것이나, 또는 다른 분의 소개장 등을 가지고 계신가요?"

아, 처음 온 손님은 거절하는구나. 다른 사람의 소개가 없으면 안 된다는 걸까. 나는 안주머니에서 공작 가문의 메달을 꺼내 점원에게 보여 주었다. 누나는 조금 전 방어구 가게의 사장님처럼 동요하지 않고, 깊이 고개를 숙이기만 했다.

"확인하였습니다. 감사합니다. 오늘은 어떤 일로 오셨는지요?"

"마력이 부여된 방어구를 좀 보고 싶어서요."

"알겠습니다. 이쪽으로 오시죠."

누나를 따라 가게의 안쪽 코너에 가 보니, 그곳에는 눈부시게 화려한 갑옷부터 얼핏 보기엔 평범하고 값싸 보이는 가죽 장갑까지 다양한 물건이 놓여 있었다.

"여기 있는 거는 전부 마력이 부여된 건가요?"

"네. 예를 들어 이 '은거울 방패'는 공격 마법을 반사하는 마법이 부여되어 있고, 이쪽 '강력(剛力) 팔 보호구'에는 근력이 증가되는 마법이 부여되어 있습니다."

……확실히 마력이 느껴진다. 어? 난 대체 언제부터 마력 같은 걸 느낄 수 있게 된 거지? 이것도 뭐, 하느님 효과이겠지. 깊게 생각하지 말자.

"손님께서는 어떤 걸 원하시는지요?"

"아, 금속이 아닌…… 아니, 무겁지 않으면서도 튼튼한 방어구가 필요해요."

"그러시군요……. 그럼 이 가죽 재킷은 어떠신가요? 칼날, 불꽃, 벼락을 막을 수 있는 마력이 부여되어 있답니다."

음~, 나쁘지는 않지만…… 디자인이 영……. 번쩍이는 실이 들어가 있는 게 너무 화려하다. 게다가 등에는 용이 수놓여 있어서 솔직히 말해 창피하다.

문득 가게 구석이 걸려 있는 흰 코트가 눈에 들어왔다. 옷깃과 소매에 퍼(fur)가 달린 롱코트다.

"이건요?"

"이쪽 상품은 칼날, 열, 추위, 충격 방어에 더해, 공격 마법에 대한 매우 높은 방어 능력이 부여되어 있지만, 조금 문제가 있어서요……."

"문제요?"

"마법 방어 효과는 이 코트를 입으신 분의 속성에 맞춰서만 발휘됩니다. 뿐만 아니라 반대로 지니고 있지 않은 속성으로 공격을 받을 경우 대미지가 두 배로 늘어나기도 하고요……."

……즉, 불 속성을 지닌 사람이 입을 경우에는 뛰어난 불꽃 방어 효과를 발휘하지만, 그 녀석이 바람 속성의 적성을 지니지 않았을 경우에는 벼락 방어 효과가 발휘되기는커녕, 반대로 큰 대미지를 입는다는…… 건가?

양날의 검이네. 예를 들어 불꽃 속성을 지닌 마물이나 한 가지 속성을 지닌 상대와 싸울 경우에는 유리하겠지만, 많은 속성을 지닌 상대와 싸울 경우에는 굉장히 리스크가 커진다.

뭐, 나하고는 관계없지만. 모든 속성에 적성을 지니고 있으니까.

"입어 봐도 될까요?"

"그럼요."

코트를 들고 촉감을 확인하면서 일단 입어 보았다. 응, 사이즈는 딱 맞다. 가볍게 움직여 봐도, 움직이는 게 불편하거나 어색하지도 않고. 마음에 들었어.

"이건, 얼마죠?"

"이쪽은 조금 가격이 싼 편으로, 금화 여덟 닢입니다."

대략 80만 엔 정도라는 말이구나. 싼 게 이 정도인가. 비싸! 하지만 효과를 생각하면 이 정도는 지불해도 되려나? 금전 감각이 좀 이상해진 것 같아…….

"그럼 이걸로 할게요. 돈은 이걸로 계산하겠습니다."

"백금화이군요. 잠시 기다려 주세요."

누나가 카운터로 돌아가더니, 금화 두 닢이 올려져 있는 은쟁반을 가지고 왔다. 나는 금화를 받아 들고 지갑에 넣은 다음, 가게의 출구를 향해 걸었다.

"감사합니다. 또 찾아 주시길 기다리고 있겠습니다."

고개를 푹 숙인 누나의 배웅을 받으며 나는 '베르크트' 밖으로 나왔다. 좋은 방어구를 손에 넣었다. 좀 비쌌지만…….

코트를 산 뒤, 근처에 있는 음식점에서 가볍게 식사를 하고 길을 되돌아가 마법 상점 '루카' 에 들렀다. 아쉽게도 아루마와 아루마의 언니는 이제 없었다.

가게 안을 둘러보다 눈에 띈 무속성 관련 책을 샀다. 여섯 가지 속성은 이렇게 마법 상점에서 마법서를 구입해 주문을 외우고 연습을 해 자신의 것으로 만들 수 있었지만, 무속성 마법은 개인 마법이기 때문인지 그런 종류의 마법서는 일단 없었다.

하지만 지금까지 세상에 알려진 신기한 마법을 망라해 재미있게 소개해 놓은 마법 사전 같은 책은 있었다. 이 책에 실려 있는 건 당연히 거의 대부분이 무속성 마법으로, 나에게는 보물섬이나 마찬가지다.

게다가 가격도 그다지 비싸지 않다. 당연하다면 당연하다. 마법을 배우기 위한 책이 아니니까. 어디까지나 오락용 책이다.

다음엔 여관의 미카 누나에게 줄 선물로 모둠 쿠키 세트를 산 뒤, 모두와 만나기로 한 장소로 돌아가기로 했다. 슬슬 해도 저물어 간다.

"아, 이제야 왔네. 왜 이렇게 늦~게~왔~어~?!"

"어? 다들 빨리 왔네? 아직 약속 시간까지는 좀 남았는데."

숙소의 마차 앞에서 세 사람은 짐칸에 상당히 많은 물건을 싣고 기다리고 있었다. 대체 얼마나 많이 산 거야?

"어? 토야. 그건 또 뭐야? 왜 코트를 입고 있어?"

에르제가 놀리는 듯한 말투로 그렇게 말하면서, 품평을 하려는 듯이 코트를 바라보았다.

"아, 이거 마력이 부여된 코트야. 모든 속성의 공격 마법에 대한 내성을 주는 거. 그 외에도 칼날, 열, 추위, 타격 방어 효과도 있고."

"모든 속성에 대한 내성을 준다니 굉장해요……. 얼마인가요?"

"금화 여덟 닢."

"헉! ……하지만 효과를 생각하면 비싸다고 할 수도 없으려나……?"

어쩐지 에르제도 금전 감각이 마구 헝클어진 듯했다.

모두 모였으니 마차를 타고 출발하기로 했다. 말고삐는 야에가 잡았다. 나는 여자 둘과 짐으로 가득한 짐칸이 좁아 보여 야에 옆의 마부석에 앉았다.

여기서 【게이트】를 사용해 바로 리플렛으로 돌아가고 싶었지만, 웬만하면 눈에 띄고 싶지 않았다. 일단은 왕도를 벗어난 뒤에 이동하기로 했다.

왕도 밖으로 나갈 때는 메달을 보여 줄 필요도 없이 그냥 빠져나갈 수 있었다. 그대로 잠시 마차를 타고 달리다가 왕도가 작게 보일 때 즈음, 나는 야에에게 마차를 멈춰 달라고 했다.

"이런 곳에서 뭘 할 생각이십니까?"

【게이트】에 대해서 모르는 야에가 이상하다는 듯이 물었다.

"마을 안보다는 마을에 들어가기 전의 가도로 가는 게 좋겠지?"

"맞아. 그편이 좋을 것 같아."

에르제의 그 말을 들은 나는 출현 장소의 이미지를 떠올리며 마력을 모았다.

"【게이트】."

눈앞에 빛의 문이 나타났다. 그것을 마차가 통과할 수 있을 만큼의 크기로 변형시켰다.

"이, 이게 무엇입니까?! 이게 대체?!"

"자, 앞으로 가자, 앞으로."

당황스러워하는 야에를 재촉해 마차를 앞으로 나아가게 했다. 빛의 문을 통과해 보니, 마침 석양이 리플렛 서쪽 산으로 지는 중이었다.

"역시 이 마법은 참 편리해."
"마차로 5일 걸리는 거리인데 그야말로 순식간이니까요."
"한 번 가 본 곳이 아니면 못 간다는 게 좀 아쉽지만 말이야~."
"그러니까, 대체, 어떻게 된 일입니까?!"
아직 상황을 파악하지 못한 야에와는 달리 우리는 돌아왔다는 안도감에 휩싸여 있었다.

일단은 어두워졌기 때문에 자낙 씨를 찾아가 보고하는 건 내일 하기로 했다.
'은월' 앞에다 마차를 세워 놓고, 우리는 미카 누나에게 돌아왔다고 보고하기 위해 가게 안으로 들어갔다. 당연하지만 '은월'을 출발했을 때와 아무것도 변한 게 없었다. 그야 그렇지. 기껏해야 5일, 6일이 지났을 뿐인데 무언가 변할 리가 없다. 그런데 숙소 안에는 평소와 다른 점이 하나 있었다.
"어서 오시오. 잠을 자고 갈 생각이신가?"
카운터 안쪽에서 다부진 몸에 붉은 수염을 기른 남자가 우리를 맞이한 것이다.
……어? 누구지?
"……저어, 저희는 이곳에 계속 묵었던 사람들인데…… 일을 하고 돌아온 참이거든요……."
"아, 원래 숙박하던 손님인가? 미안하오. 처음 봐서 말이지."

"저어, 미카 누나는요?"

"어? 다들 돌아온 거야? 굉장히 빨리 왔네?"

주방에서 미카 누나가 앞치마를 걸친 채 나타났다.

"미카 누나, 이 사람은 누구예요?"

"아, 처음 만나는 건가? 우리 아빠야. 멀리 물건을 사러 가셨었는데, 너희가 떠나자마자 돌아오셨어."

"난 도란이다. 잘 부탁하마."

"네에……."

손을 내밀길래 반사적으로 손을 잡았다. 응, 머리카락의 색은 확실히 닮았다. 성격도 비슷한 것 같고. 둘 다 사소한 일은 신경 쓰지 않을 성격 같다. 얼굴까지는 닮지 않아 다행이라는 생각이 들었다.

도란 씨는 남쪽에 조미료 등을 조달하러 갔었다고 한다. 이 근처에서는 소금이나 후추를 구할 수 없어 한 번씩 다른 가게 사람들 것까지 대량으로 사 오는 듯했다.

"아, 그럼 도란 씨. 이 아이에게 방을 하나 내주세요."

"알았다."

야에의 등을 밀어 카운터 앞에 서게 했다. 야에가 수속을 밟고 있는 사이에 우리는 짐을 방으로 옮겼다. 에르제는 마차를 돌려주고 온다며 밖으로 나갔다.

"아, 미카 누나. 이건 선물이요."

"어머나, 고마워. 왕도는 어땠어?"

"컸어요. 사람도 많았고요."

선물로 산 쿠키를 준 뒤, 미카 누나의 질문에 웃으며 짧게 대답했다.

솔직히 금방 돌아와 버렸으니. 하루도 머물지 않았다. 【게이트】를 사용하면 언제든 돌아올 수 있으니 다음에 가게 되면 이것저것 구경을 해 보자.

무사 귀환을 기념해 미카 누나가 저녁을 잔뜩 차려 주었다. 차려진 다양한 요리를 우리도 꽤 많이 먹었지만, 야에는 그 몇 배나 되는 음식을 먹었다. 연비가 나쁜 여자애다, 정말. 미카 누나도 도란 씨도 어처구니가 없어했을 정도로.

그 뒤 야에만은 숙박비에 식대를 추가로 내야 했다. 그야 당연하지.

제3장 수정 괴물

다음 날, 우리는 의뢰를 매듭짓기 위해 자낙 씨 가게를 찾아갔다. 너무나도 빠른 도착에 자낙 씨가 깜짝 놀라했지만, 내가 【게이트】 마법을 사용할 수 있다고 말하자 이해를 해 준 듯싶었다. 전이 마법을 사용하는 사람은 적지만, 존재 자체는 이미 알려져 있다.

"이게 소드레크 자작님이 써 주신 회신 편지입니다."

자낙 씨는 나에게서 받은 편지를 받아 봉인을 확인한 다음 편지지를 꺼내 가볍게 훑어보았다.

"그래. 수고했네."

"그리고 이걸 받아 주세요. 교통비의 반이 남았습니다. 사용하지 않았으니 돌려 드리겠습니다."

나는 자루에 든 돈을 내밀었다.

"자네는 아주 착하군. 【게이트】에 대해서 굳이 말을 하지 않았으면 돈을 돌려줄 필요도 없었을 텐데."

"이런 일은 신뢰가 가장 중요하니까요. 자낙 씨도 사업을 하시니 잘 아실 텐데요?"

"……그래. 신뢰야말로 사업을 할 때의 재산이지. 그게 없어선 사업을 할 수 없어. 신뢰를 짓밟으면 언젠가 자신에게 그 대가가 돌아오고 말지."

자낙 씨는 그렇게 말하며 돈이 들어간 자루를 받아 주었다.

그리고 의뢰를 완료했다는 증거로서 길드가 지정한 번호가 찍혀 있는 카드를 건네주었다. 이젠 이걸 길드에 제출하면 보수를 받을 수 있다.

자낙 씨에게 인사를 하고 가게 밖으로 나와 곧장 길드를 향해 갔다.

길드 안에 들어가 보니, 여전히 의뢰 보드와 눈싸움을 하는 사람이 매우 많았다. 길드에 처음 온 야에는 두리번거리면서도 우리와 함께 접수 카운터로 갔다.

그리고 자낙 씨에게 받은 카드를 직원에게 건네주고 의뢰를 완료했다는 보고를 했다.

"길드 카드를 제출해 주세요."

우리 세 사람이 카드를 내밀자 직원은 퐁퐁퐁 하고 마력 도장을 찍었다.

"이번 의뢰의 보수인 은화 일곱 닢입니다. 의뢰를 완료하시느라 수고하셨습니다."

카운터에 놓인 보수를 받으면서 뒤에 있던 야에를 접수처로 불렀다.

"저어, 그리고 이 아이를 길드에 등록해 주세요."

"등록 말씀이신가요? 알겠습니다."

야에가 등록에 관한 설명을 듣는 사이에 우리는 보수를 각각 두 닢씩 나눠 가졌다. 남은 한 닢은 나중에 다 같이 밥을 먹을 때 사용하기로 했다.

"근데 좀 그렇다……. 보수로 받은 은화 두 개가 작은 돈처럼 느껴지다니, 바람직한 경향은 아니야."

"맞아. 백금화 같은 걸 받으면 금전 감각이 마구 흐트러져."

나는 에르제가 가만히 중얼거린 소리를 듣고, 쓴웃음을 지으며 그렇게 대답했다.

공작에게 받았던 그 돈은 예상치 못한 수입이었다. 될 수 있으면 그것에 의지하지 말자.

"등록했습니다~."

야에가 기쁜 듯 카드를 흔들며 다가왔다. 우리와는 달리 검은 초심자 카드다.

우리와 색이 다르다는 사실을 알고 살짝 아쉬운 표정을 짓는 야에. 하지만 아직 우리도 랭크가 낮으니 의뢰를 하나씩 해 나가면 차이는 금방 줄어들 거라 생각한다.

야에가 바로 의뢰를 받아 해 보고 싶다고 해서, 우리도 같이 의뢰 보드 앞으로 갔다.

길드 카드의 색이 다른 사람끼리 움직일 때는, 랭크가 높은 색을 가지고 있는 사람이 과반수 이상일 경우 그 색에 맞춰 의뢰를 맡아서 할 수 있다. 그렇기 때문에 야에는 검은색이지만 보라색 의뢰서를 맡아서 하는 데 아무런 문제도 없다.
붙어 있는 의뢰서를 같이 살펴보았다.
"북쪽 폐허…… 토벌, 메가…… 슬라임? 아직도 이 의뢰가 남아 있네. 저기, 이거……."
"""안 돼."""
또 동시에 거부당했다. 게다가 한 사람 늘었잖아. 야에도 미끌미끌 끈적끈적은 싫은가 보다. 아까워…….
결국 타이거베어라는 호랑이인지 곰인지 모를 마수의 토벌을 하기로 했다. 서식하고 있는 장소가 【게이트】를 사용하면 조금 걷기만 해도 갈 수 있는 거리였으니까. 자, 그럼 가 볼까.

결론부터 말하면 타이거베어라는 것은 호랑이 무늬가 있는 커다란 곰이었다. 아, 그리고 이빨이 검치호 같았다.
바위산에 살고 있는데, 갑자기 습격했을 때는 깜짝 놀랐지만 거의 야에 혼자 해치웠다.
쓰러뜨린 증거로서 타이거베어의 이빨을 부러뜨린 뒤, 또 【게이트】를 사용해 길드로 돌아왔다. 그리고 이빨을 제출해 의뢰 완료. 의뢰를 맡은 뒤 완료하기까지 두 시간. 이걸로 은화 스무 닢을 획득했다. 정말 무지막지하게 빠르다.
정말 현지에 가서 제대로 토벌한 게 맞냐고 물길래, 내가 전이 마법을 사용할 수 있다고 살짝 가르쳐 주자 아무런 의심을 하지 않았다. 모험자 중에도 전이 마법을 사용할 수 있는 사람이 몇 명인가 있다고 한다. 각각 나름의 제약은 있는 듯했지만. 내【게이트】처럼 '한 번 가본 곳이 아니면 이동할 수 없다' 든가처럼.

아직 시간이 있으니 하나 더 하자는 야에를 진정시키고, 식사를 하러 가기로 했다. 아무래도 연속으로 의뢰를 맡기는 좀 그렇다.

카페 '파렌트' 에서 자낙 씨의 의뢰 완료 & 야에의 길드 등록 & 첫 토벌을 축하했다.

각자가 주문한 식사와 음료를 가볍게 먹은 다음, 모두 바닐라 아이스크림을 주문했다. 야에가 처음으로 먹는 아이스크림에 잠시 깜짝 놀랐지만, 금세 와구와구 먹기 시작했다.

돌아가는 길에 아에루 씨한테 또 좋은 메뉴 좀 생각해 달라는 부탁을 받았다. 다음엔 어떤 게 좋으려나~. 돌아가면 뭐가 있나 검색을 해 볼까.

왕도에서 돌아온 지 2주가 지났다. 밖엔 비가 온다. 3일 전부터 내리기 시작해 아직도 그칠 생각을 하지 않았다. 이쪽 세계에도 장마 같은 것이 있는 듯하지만, 아직 그런 계절은 아니라니 그냥 오래 내리는 비인 모양이다.

비가 그칠 때까지 길드 일은 쉬기로 했다. 그래서 나는 지금 마법 공부 중이다. 왕도에서 산 책을 보면서 쓸 만한 무속성 마법을 고르는 정도에 불과하지만.

500페이지 정도……. 전체의 3분의 1 정도를 읽었지만, 쓸 만한 마법은 겨우 네 개였다. 한 페이지에 대체로 50개 정도 마법이 실려 있으니, 전부 합치면 2만 5천 개……. 그중 쓸 만한 건 2만 5천 개 중의 네 개니까~ ……6250분의 1……인가.

내가 선택한 마법은

마법 효과를 물질에 부여하는【인챈트】
상대를 마비시켜 움직이지 못하게 하는【패럴라이즈】
광물이나 나무 제품의 형상을 바꿀 수 있는【모델링】
자신이 찾는 것을 수색할 수 있는【서치】

이렇게 네 개다.

그중【모델링】과【서치】는 꽤 도움이 되었다. 물론 여러모로 불편한 점도 있지만.

【모델링】은 물질을 떠올린 생각대로 변형할 수 있는 조형술인데, 익숙해지지 않으면 꽤 시간이 걸리는 데다(순식간에 변형되지는 않는다), 이미지가 제대로 된 게 아니면 이상한 모

양이 되어 버린다.

시험 삼아 일본식 장기 세트를 만들어 봤는데, 반상 쪽은 줄이 하나 더 많았고, 장기짝은 크기가 너무 커 판 위의 선과 제대로 일치하지가 않았다.

이미지를 꽤 자세하게 떠올려야 한다. 실물을 보면 비교적 잘됐기 때문에, 스마트폰으로 장기판을 검색해 사진을 보고서 간신히 완성시키긴 했지만.

【서치】는 길에 떨어뜨린 물건을 찾을 때 편리하지 않을까 생각해 배웠는데, 실은 이 마법, 대략적으로만 생각해도 검색이 가능하다는 사실을 발견했다.

나는 이 세계에 바닐라가 없다고 생각했는데, 시험 삼아 시장을 검색해 보니, 아주 쉽게 발견할 수 있었다.

그건 내가 알고 있는 바닐라가 아니라, 미니토마토하고 비슷하게 생긴 '코코'라는 열매였다. 하지만 맛과 향은 바닐라 그 자체여서 충분히 바닐라 대신 사용할 만했다.

이름이나 형태가 달라도 내가 '바닐라'라고 생각할 수 있을 법한 것을 찾아 주는 듯하다. 정말로 편하다.

단, 이것에도 단점이 있었는데, 유효 범위가 좁다는 것이었다. 대략 반경 50미터 정도. 사람을 찾는 데엔 딱히 도움이 안 될 듯하다.

"배고프네……."

시간을 확인해 보니 점심시간은 벌써 지나 있었다. 어쩐지.

책을 덮고 방을 잠근 뒤 숙소 아래로 내려갔다. 식당에는 도란 씨와 '무기점 웅팔'의 사장님, 바랄 씨가 마주 보고 앉아 있었다. 두 사람 사이에는 나무로 만든 판 위에 줄이 쳐진 것이 있었다.

"또 장기 두세요?"

"그래."

장기판에 눈을 고정한 채, 이쪽을 보지도 않고 대답하는 도란 씨를 보고 나는 어이가 없어 쓴웃음을 지었다.

【모델링】을 시험해 볼 겸 만든 장기판인데 이것에 가장 큰 흥미를 보인 사람이 여관의 주인인 도란 씨였다. 규칙을 알려줬더니, 그 재미에 푹 빠져 지인까지 데려와 열심히 장기를 둘 정도가 되었다. 마찬가지로 바랄 씨도 장기에 빠져 들어, 두 사람은 시간만 나면 딱딱 하고 장기를 두었다.

솔직히 말하면 바랄 씨가 장기의 재미를 알게 되어 다행이었다. 그때까지는 대전 상대가 나 혼자밖에 없어서 몇 번을 같이 상대해 줘야 했는지.

나는 장기의 규칙을 알긴 하지만 그다지 강하지 않다. 많이 해 보지도 않았다. 처음에는 내가 이겼지만, 지금은 도란 씨의 상대가 되지 않는다. 자신이 좋아하는 것일수록 실력이 빨리 는다던데, 그 말이 딱 맞다.

주방에 있던 미카 누나에게 점심을 부탁했다. 나는 두 사람의 방해가 되지 않도록 조금 떨어진 곳에 자리를 잡았다.

"바랄 씨, 가게는 괜찮으세요?"

"비가 이렇게 와서는 손님도 거의 안 오니까. 마누라한테 맡겨 뒀어. 그보다 토야, 장기판을 하나 더 만들어 주면 안 될까?"

"네? 바랄 씨한테도 하나 드렸던 걸로 기억하는데요?"

집에서도 연습하고 싶다는 바랄 씨에게 한 세트를 더 만들어 준 지 얼마 되지도 않았다.

"도구점의 시몬이 자기도 해 보고 싶다고 해서 말이야. 좀 부탁할게."

"그야 어렵지 않지만요……."

손재주가 좋은 사람에게 만들어 달라고 하는 게 가장 좋지 않을까…… 하고 생각했지만, 제대로 만들려면 꽤나 손이 많이 간다.

"앗, 고마워. 이건 어떠냐."

"장군."

"아니?!"

팔짱을 끼고 반상 위를 노려보던 도란 씨의 그 말에, 이번엔 바랄 씨가 팔짱을 끼고 반상을 노려보았다. 진짜 푹 빠졌네. 이렇게 빠져들 줄이야.

그런 생각을 하고 있는 사이에 미카 누나가 내 점심을 가지고 왔다.

"여기 있어~. 오래 기다렸지? 아빠도 그만 좀 해!"

"미안. 이번 한 판만 할게."

도란 씨는 두 손 모아 빌며 미카 누나를 바라보았다. 물론 비가 내리지 않으면 두 사람도 낮부터 이렇게 장기만 하고 있을 순 없겠지. 오랜 비를 핑계로 장기를 둔다고 생각할 수도 있지만.

미카 누나가 만들어 준 점심은 산나물 파스타와 토마토 수프, 그리고 사과 두 조각이었다.

"그러고 보니 미카 누나, 다른 애들은요?"

"린제는 방에 있는 것 같은데, 에르제와 야에는 밖에 나갔어."

"이렇게 비가 많이 오는데요?"

"파렌트에서 새로 나온 과자를 사러 갔어."

아, 그건가. 겨우 바닐라 비슷한 걸 찾아냈으니, 뭔가 다른 걸 할 수 없을까 하고 아에루 씨와 이야기를 한 끝에 바닐라 롤케이크를 만들어 보았다.

물론 나는 레시피와 만드는 법을 가르쳐 줬을 뿐, 거의 보고 있었을 뿐이지만. 하지만 정말 맛있었다. 우쭐해진 나는 딸기 케이크 만드는 법도 알려 주었다.

그 이야기를 에르제에게 했더니 왜 안 가지고 왔냐며 내 목을 졸랐다. 정말 어처구니가 없다.

그 신 메뉴가 오늘부터 판매를 시작한다. ……그렇다고 이렇게 비가 내리는데 갈 필요는 없지 않나.

간식거리에 대한 집착이 정말 무서울 정도다.

"다녀왔습니다. 우와~, 다 젖었어."

"다녀왔사옵니다."

앗, 호랑이도 제 말하면 온다더니. 두 사람이 돌아왔다. 쓰고 있던 우산을 접고 입구에 세워 두었다.

이쪽 세계에는 비닐우산이 없다. 우산이 없는 건 아니지만, 기본적으로 천과 나무를 사용한다. 그래도 천에 수지를 스며들게 해 방수 효과를 내는 등 꽤 많은 연구가 되어 있었다.

"어서 와. 샀어?"

"그럼. 비가 온 덕분에 사람이 별로 없어서 쉽게 샀어~."

에르제가 봉지를 들어 올려서 보여 주었다. 멋진 미소야, 정말.

"정말 맛있었습니다."

"그치~?"

거기서 먹기도 했단 말이야? 정말 놀랄 노 자다.

"자, 이건, 미카 언니 거예요."

"고마워. 돈은 나중에 줄게."

에르제가 봉지에서 흰 상자 네 개를 꺼내 그중 하나를 미카 누나에게 건네주었다. 미카 누나도 빈틈없이 하나를 부탁해 두었던 것이다.

"나머지는?"

"하나는 린제 거, 또 하나는 우리 거야. 나머지 하나는 공작님한테 전해 줘."

"응? 내가?"

그보다 너희, 또 먹게?!

"이렇게 비가 내리는데 너 외에 누가 왕도까지 갔다 올 수 있겠어? 신세를 진 사람에게는 약소한 거라도 나누는 게 상식

아니야?"

그럼 너희도 같이 가면 좋잖아. 그렇게 말했더니 황송해서 못 가겠다며 거절했다. 그게 뭐야~?!

어쩔 수 없네. 갔다 올까. 음식이 음식인 만큼 빨리 먹어야 하기도 하니까.

앗, 그렇지. 공작님께 드릴 선물로 장기 세트도 가지고 갈까.

도란 씨에게 양해를 구하고 뒤뜰에 쌓아 놓은 폐자재를 사용하기로 했다. 【모델링】을 발동시켜 장기판과 장기짝을 두 세트 만들었다. 벌써 몇 번이나 만들다 보니 익숙해졌다.

10분 정도 만에 다 만들었다. 일단은 체크해 보자. 응, 괜찮은 것 같다. 전에는 장기짝 비차(飛車)를 하나 더 많이 만든 적이 있다.

식당에 돌아가 바랄 씨에게 한 세트를 먼저 건네주었다. 롤케이크와 장기짝이 들어간 상자를 자루에 넣고 장기판을 옆구리에 끼었다.

"그럼 다녀오겠습니다."

우산을 들고 【게이트】로 이동하기 위해 다시 뒤뜰로 나갔다. 될 수 있는 한 눈에 띄지 않는 게 좋으니까.

출구는…… 저택 문 뒤쪽이면 되려나.

"【게이트】."

"우와아! 맛있어!"

"스우, 너무 예의가 없구나. 하지만 정말 맛있어요. 롤케이크라고 했나요?"

에렌 님과 스우는 매우 기뻐하며 롤케이크를 먹었다. 가져온 보람이 있다. 공작님도 감탄을 연발하며 롤케이크를 먹었다.

"이걸 언제든지 먹을 수 있다니, 리플렛 사람들이 부럽군. 자네처럼 【게이트】를 사용할 수 있다면 매일 사러 갔을 걸세."

"원하시면 레시피와 만드는 법을 저택의 요리사에게 알려 드릴게요. 딱히 비밀은 아니니까요."

"정말인가, 토야?! 어머니, 이제부터 매일 먹을 수 있을 듯하옵니다!"

내 말을 듣고 크게 반응을 보인 사람은 스우였다. 야, 침 흘리지 말고. 공작 가문의 아가씨잖아.

"스우도 참 못 말리는구나. 매일 먹으면 살이 찔 거야. 이틀에 한 번씩 먹으렴."

키득키득 웃으며 공작 부인이 말했다. 매일 먹는 거나 이틀에 한 번 먹는 거나 크게 다르지 않을 것 같은데. 다음에 찾아왔을 때 스우가 엄청나게 살이 쪄 있다면, 살짝 죄책감이 들 것 같다…….

"그리고 이게 장기라는 건가?"

"네. 둘이서 하는 게임…… 놀이인데, 해 보시겠나요?"

공작이 장기판과 장기짝을 바라보는 가운데 내가 장기짝을 내 진영에 늘어놓았다.

"아버지! 저도 해 보고 싶습니다!"

"일단 기다려 봐라. 내가 먼저다."

공작이 나를 따라 자기 진영에 장기짝을 늘어놓았다. 아, 비차와 각(角)의 위치가 반대야.

"일단 장기 말을 움직이는 방법이에요. 이건 '보(步)' 라고 해서 병사를 나타내는 거예요. 앞으로 한 칸씩밖에 못 가지만, 상대의 진지에 들어가면———."

"흐음……."

공작은 장기 말의 이동법을 하나하나 배워 갔다. 꽤나 이해가 빠르다. 이 정도라면 상당히 빨리 숙달될 듯하다.

하지만 내가 후회하기까지는 그리 오랜 시간이 걸리지 않았다.

"한 판만 더! 한 판만 더 하세! 다음 판이 정말 마지막이니까!"

이 말은 조금 전에도 들었습니다만……. 결국 공작도 도란 씨와 마찬가지로 장기에 푹 빠져서, 나는 계속 상대를 해 주어야만 했다. 벌써 밤이 다 됐거든요……. 기다리다 지쳐 스우는 소파에서 잠을 자고 있을 정도고.

새삼 생각하는 거지만 이쪽 세계에는 정말 오락거리가 적

다. 그래서 이렇게 되어 버리는 걸까.

"참 재미있군. 형님에게도 알려 드리고 싶어!"

한밤중이 되어서야 해방된 내 앞에서, 공작이 엄청난 말을 꺼내고 말았다. 설마 국왕 폐하까지 장기에 빠지진 않겠지? 장기를 두다가 국정을 소홀히 하면 안 되는데…….

아, 비가 그쳤다.

"야에, 그쪽으로 갔어!"

"알겠습니다!"

무너져 가는 성벽을 방패로 삼으며 그 녀석은 내 시야에서 사라졌다.

벽 너머로 울리는 금속음. 내가 성벽을 돌아가 보니, 그 녀석은 야에와 격렬하게 칼을 맞부딪치며 싸우는 중이었다.

칠흑 같은 기사 갑옷에 무시무시한 대검. 거대한 몸집은 그 힘이 얼마나 강한지 자연히 알 수 있게 해 주었다. 그 몸을 지탱하는 양다리는 대지를 밟은 채 떨어지지 않았고, 대검을 휘두르는 양팔에는 아무런 자비의 흔적도 보이지 않았다.

아니, 자비라는 감정은 이미 없을지도 모른다. 이 암흑 기사에게는 머리가 없으니까.

듀라한. 단두대에서 원통하게 죽은 기사가 자신에게 알맞은 목을 찾기 위해 헤매며 사람의 머리를 계속 사냥한다. 원래 있던 세계와는 전승이 다르지만, 그게 이번 의뢰의 토벌 상대였다.

야에와 협공을 하며 듀라한과 대치했다. 내가 검지와 중지에 빛의 마력을 모으며 야에에게 눈으로 신호를 보내자, 그녀는 재빨리 그 장소에서 멀어졌다.

"【빛이여 꿰뚫어라, 성스러운 빛의 창, 샤이닝 재블린】."

듀라한을 가리킨 손끝에서 눈부신 빛을 내뿜는 창이 똑바로 날아갔다. 그 창은 확실히 왼쪽 어깨를 꿰뚫어 듀라한의 검은 팔을 잘라 냈다.

하지만 그 상처에서는 사람처럼 피가 뿜어져 나오지 않았다. 듀라한은 피 대신 상처에서 독기를 뿜어내면서 남은 오른팔로 들고 있던 대검을 이쪽을 향해 내리쳤다.

그 타이밍에 옆에서 날아온 그림자가 목이 없는 기사의 옆구리를 주먹으로 때렸다. 그 그림자는 자세가 흐트러진 상대에게 곧장 날카롭게 돌려차기를 날렸다.

"에르제! 일각늑대 쪽은?!"

"겨우 다 해치웠어! 정말이지, 스물네 마리나 있었다니까!"

멀리서 린제도 달려왔다. 좋아, 이제부터가 시작이다.

생각지 못한 에르제의 공격에 듀라한은 순간 비틀거렸지만, 곧장 자신을 습격한 상대의 목을 향해 가로로 대검을 휘둘렀다. 에르제는 그걸 웅크려 피한 뒤, 그대로 계속 앞으로 굴러 내가 있는 쪽으로 다가왔다.

"【불꽃이여 오너라, 연옥의 불덩어리, 파이어볼】."

린제가 발한 불덩어리가 듀라한의 등에 명중했다. 그 틈을 노리고 야에가 검을 번뜩였지만, 듀라한이 머리 위로 든 대검에 막히고 말았다.

"끈질기네! 장기전으로 가면 우리가 불리해."

상대와는 달리 이쪽은 저 대검에 한 번이라도 당하면 아마도 즉사, 운 좋게 죽지 않는다 해도 팔 한쪽 정도는 잃게 될 가능성이 크다.

듀라한은 이미 죽어 생명이 없는 자로, 이른바 언데드(Undead)다. 언데드는 대부분 빛 속성의 마법에 극단적으로 약하다. 빛 속성은 린제도 사용할 수 있지만 그다지 특기는 아니었다. 내가 어떻게든 할 수밖에 없다. ……그걸로 갈까?

"린제! 얼음 마법으로 저 녀석의 발을 묶어 줘. 몇 초라도 좋아!"

"네? 아, 알겠어요!"

그 말을 듣고 야에와 에르제가 움직이기 시작했다. 듀라한의 주의를 끌어 나와 린제에게서 시선을 돌리기 위해서였다. 그래, 우리의 팀워크는 꽤나 환상적이다.

"【얼음이여 휘감아라, 결빙의 주박, 아이스바인드】."

린제의 마법이 발동되자 듀라한의 발밑이 순식간에 얼어붙었다. 그 주박에서 벗어나려고 목 없는 기사가 양발에 힘을 주자 얼음에 금이 가며 조금씩 깨지기 시작했다. 그렇게 놔둘 것 같냐!

"【멀티플】."

내 무속성 마법이 발동되었다. 주변에 있던 네 개의 마법진이 공중으로 떠올랐다. 이어서 나는 빛 속성 마법 주문을 외웠다.

"【빛이여 꿰뚫어라, 성스러운 빛의 창, 샤이닝 재블린】."

그 직후, 네 개의 마법진에서 빛의 창 네 개가 빠르게 튀어나왔다. 창은 모두 곧장 듀라한을 향해 날아갔다. 연속으로 주문을 외우는 것을 생략하고 동시에 발동할 수 있도록 하는 무속성 마법. 그것이 【멀티플】이다.

자신을 향해 오는 빛의 창을 목 없는 기사가 어떻게든 피해 보려고 했지만, 린제의 얼음 때문에 그럴 수가 없었다.

온몸에 빛을 받은 듀라한은 오른팔을 잃고, 옆구리를 잃고, 왼 다리를 잃고, 가슴을 잃어 천천히 쓰러졌다.

너덜너덜해진 갑옷 안에서 새카만 독기가 빠져나오더니 바람에 날려 갔다.

목 없는 기사는 더 이상 움직이지 않았다.

"해치웠어."

"정말 지쳤습니다~."

에르제가 안도했다는 듯이 중얼거리자, 야에가 땅에 털썩 주저앉았다. 무리도 아니다. 대부분의 공격을 피하면서 계속 듀라한의 상대를 한 사람은 다름 아닌 야에이니까.

"일각늑대가 그렇게 많이 같이 있을 줄은 몰랐는데, 그런 오산을 하다니, 정말 위험했어요……."

린제도 겨우 안심이 되는지 가슴을 쓸어내리고 있는 듯했다.

우리는 요 몇 개월 사이에 길드 랭크가 녹색이 되었다. 검은색, 보라색, 녹색, 파란색, 빨간색, 은색, 금색으로 변하는 길드 랭크. 아래에서 세 번째. 녹색이 되면 어엿한 모험자로서 인정을 받는다.

바로 녹색 의뢰를 맡아 볼까 했는데, 에르제가 가끔은 다른 마을의 길드에서 의뢰를 맡아 보자고 제안을 했다.

그래서 왕도의 모험자 길드까지 와서 그곳의 녹색 의뢰서를 선택했는데, 그게 이 폐허를 근거지로 삼고 있는 마물의 토벌이었다.

이 폐허는 원래 천 년 전의 왕도였다고 한다. 당시의 왕은 이 땅을 버리고 새로운 왕도를 만들기로 한 모양이었다. 천도를 한 것이다.

당시에는 어땠는지 모르겠지만, 지금은 담쟁이덩굴과 구멍이 가득한 성벽, 마을의 형태만 간신히 남긴 돌바닥과 건물, 그리고 완전히 붕괴된 왕성……으로 보이는 잔해뿐으로, 그야말로 폐허다.

그 폐허에는 어느새인가 마물이나 마수가 정착하였고, 우리처럼 의뢰를 받은 사람들이 토벌, 하지만 시간이 지나면 또 마물들이 정착, 그리고 또 토벌, 하는 식으로 다람쥐 쳇바퀴 돌기가 계속되고 있는 듯했다.

하지만 잇달아 마물이 정착하게 되면 결국 그 녀석들이 무리를 이룰 우려가 있으니, 정기적으로 토벌해 주는 게 좋다.

"근데 아무리 옛날 왕도라지만 정말 아무것도 없네……."

주변을 둘러봐도 무너진 벽, 벽, 벽뿐. 전망이 좋은 이곳, 언덕 위는 일찍이 왕성이 있던 곳이라 한다. 공작과 스우의 선조님들도 이곳에서 살았을까.

그건 그렇고 이렇게까지 폐허가 될 수 있다니. 삼국지의 동탁처럼 성과 민가에 불을 지르고 억지로 천도를 한 건가?

"왕가의 숨겨 놓은 보물 같은 게 있다면 재미있을 텐데."

"아마도 그런 건 없을 것입니다. 나라가 멸망했다면 모를까, 그저 천도를 했을 뿐이니, 보물은 모두 가지고 갔을 테지요."

"나도 알아, 그냥 해 본 말이야."

야에의 반론에 에르제가 입을 삐죽였다. 보물이라.

내가 살던 세계에도 토쿠가와 매장금이니 타케다 매장금이니 하는 게 있었는데, 이곳에도 역시 그런 게 있구나. 나도 싫지는 않다. 보물찾기는 남자의 로망이니까.

문득 생각이 떠올랐다. 그 마법을 써 먹을 수 있을지도 모른다.

"【서치 : 보물】."

검색 마법을 사용해 보았다. 내가 보물이라고 인식할 수 있을 만한 물건이 근처에 있으면 이걸로 발견할 수 있겠지. ……응, 없네. 뭐, 당연하다면 당연한 걸까.

"【서치】를 썼어?! 어, 어땠어?!"

"적어도 이 근처에는 없는가 봐."

약간 흥분하며 묻는 에르제를 보고 나는 쓴웃음을 지으면서 검색 결과를 알려 주었다.

"그렇구나……. 좀 아쉽다."

"하, 하지만 토야 씨가 보물이라고 인식하지 못했을 뿐, 귀중한 물건이 있을지도 몰라요."

어? 여동생 쪽도 보물찾기에서 로망을 느끼는 사람이었던 듯하다. 역시 쌍둥이.

확실히 린제의 말대로다. 예를 들어 엄청난 가치가 있는 화가의 그림이 있다고 하자. 하지만 내가 그걸 보고 '낙서로밖에 안 보인다' 라고 생각한다면, 그건 '가치가 있는 것' 이라고 검색을 해도 발견할 수 없겠지. 어디까지나 주문을 외우는 사람의 감각이 중요하다. 대략적인 생각이 통한다는 게 이 마법의 장점이자 단점이다. 그림의 가치를 알고 난 후라면 반응이 올지도 모르지만.

확실히 일리가 있다. '보물' 이라고 하면 보석이나 황금으로 된 면류관, 보검, 금은보화가 가득가득. 그런 이미지였으니까. 음~, 그렇다면…….

“【서치 : 역사적 유물】.”

‘역사적으로 가치가 있는 것’ 이라면 뭔가 걸리지 않을까? 아, 근데 이것도 나한테 지식이 없으면 아무 소용 없으려나……? 어?

“……걸렸다.”

“““뭐?!”””

있었다. 역사적으로 가치가 있는 것. 이 폐허 자체에도 반응을 했지만, 그보다 더 대단한 게 근처에 있다. 더욱 정신을 집중했다. 응, 확실히 느껴진다.

“어, 어느 쪽입니까?!”

“……이쪽. 이쪽에서 느껴져. 굉장히 큰데, 이게 뭐지?”

“““크다고?!”””

나를 선두로 감각에 의지해 폐허 안을 걸었다. 계속 길을 걸어 붕괴된 잔해가 있는 곳 근처에 도착했다. 어?

“아래에서? 이 잔해의 아래인가?”

몇 톤은 되어 보이는 건물 잔해를 어떻게 하면 좋을까. 내가 어쩌면 좋을까 생각하고 있는데, 린제가 앞으로 나섰다.

“【불꽃이여 폭발하라, 홍련의 폭발, 익스플로전】.”

엄청난 폭발음과 함께 잔해가 산산조각이 나 다 날아가 버렸다. 저기, 너무한 거 아냐, 린제 양?!

“……다 치웠어요.”

어안이 벙벙한 나는 제쳐 두고, 린제가 얼른 잔해가 있던 장소를 조사하기 시작했다. 이렇게 열의가 대단하다니, 대체 뭐지?
나도 잔해가 있었던 장소에 서니, 더욱 강한 무언가가 느껴졌다. 이 아래……인가?
잘 보니 흙에 묻혀 있는 무언가가 보였다.
세 사람을 불러 계속 흙을 파 보니, 그곳엔 다다미 두 장 정도 되는 크기의 철로 된 문이 있었다. 이런 곳에…….
모두 힘을 합쳐 그 철문을 열었다. 왜인지 녹도 안 슬어 있어 쉽게 열 수 있었다. 어쩌면 철이 아니었을지도 모른다.
그리고 그 아래에는 지하로 이어지는 돌계단이 불길하게 우리를 맞이해 주었다…….

"【빛이여 오너라, 작은 조명, 라이트】."
린제가 공중에 만들어 낸 밝은 빛을 의지하며, 우리는 돌계단을 밟고 지하로 내려갔다.
계단은 완만한 각도로 나선을 그리며 끝없이 지하로 이어져 있었다. 걷다 보니 마치 지옥으로라도 연결되어 있는 듯한, 그런 바보 같은 불안이 엄습해 왔다.
긴 계단을 끝까지 내려오니, 돌로 만들어진 넓은 통로가 나타났다.
똑바로 뻗은 그 앞은 어둠에 휩싸여 있어, 무엇이 있는지 전혀 보이지 않았다. 끈적한 습기가 떠돌아 뭐라고 형용할 수 없는 불길한 분위기가 뿜어져 나왔다.
"뭐, 뭔가…… 기분이 나쁘네…… 유령이라도 나올 것 같아……."
"무…… 무슨 소릴 하시는 겁니까, 에르제 님! 설마 유, 유령 같은 게 나올 리가 없지 않습니까! ……그렇지요?"
에르제가 중얼거린 말에 야에가 과잉 반응을 보였다. 그건 좋지만, 너희 내 코트 좀 잡아당기지 마……. 걷기 힘들잖아…….
그에 반해 린제는 아무렇지도 않게 돌로 만들어진 통로를 걸었다. 배짱이 두둑한걸.
린제가 제일 앞에 서서 마법 빛으로 통로를 비췄고, 우리는 그 뒤를 따랐다. 앞으로 나아갈 때마다 점점 통로의 천장이 높아지더니, 이윽고 커다란 공간이 나왔다.
"이게 뭐지……?"
정면에는 벽을 가득 채운 문자 같은 게 보였다. 높이 4미터, 길이 10미터에 걸쳐, 몇 단이나 되는 문자 같은 것이 가득 적혀 있었다. 한 글자, 한 글자가 30제곱센티미터 정도여서 문장의 양 자체는 그다지 많아 보이지 않았다.
잘 보니, 그냥 문자라기보다는 그림 문자에 가깝게 보였다. 마야나 아즈텍 등에서 볼 수 있는 고대 문자에 가까워 보인다.

"린제…… 뭐라고 적혀 있는지 읽을 수 있어?"

"아니요…… 하나도 모르겠어요. 고대 마법 언어……도 아닌 것 같고요……."

린제는 내 질문을 듣고도 이쪽을 돌아보지 않고 눈앞의 벽을 멍하니 바라보았다.

확실히 이건 역사적 유물인 듯하다. 전문가가 아닌 나도 그 정도는 안다. 단, 이게 보물인가 하면, 내 입장에서는 아니다. 【서치】의 반응이 이해가 된다.

앗, 그렇지. 일단 사진을 찍어 둘까. 스마트폰을 들고 카메라 어플리케이션의 촬영 버튼을 누르자, 눈부신 플래시가 터졌다.

"아니?! 그게 무엇입니까?!"

갑작스러운 번쩍임에 야에가 깜짝 놀랐다. 내가 괜찮다고 몸짓을 한 뒤, 손안의 스마트폰을 보여 주자 모두 안도의 한숨을 내쉬었다. 여자아이들도 점차 내 기행에 익숙해진 듯하다. 앗, 스스로 기행이라니, 그런 말을 하면 안 되지.

몇 장에 걸쳐 벽화를 모두 촬영했다. 그건 그렇고, 왜 이런 곳에 이런 게…….

"애들아, 이쪽! 잠깐 이쪽으로 와 봐!"

공간을 탐색하던 에르제가 갑자기 소리쳤다. 오른쪽 벽, 그 앞에 있던 에르제가 벽의 일부를 가리켰다.

"여기에 뭔가가 묻혀 있어."

벽의 일부, 딱 눈높이에 갈색처럼 보이는 투명한 마름모꼴

돌 하나가 묻혀 있었다. 크기는 3센티미터 정도. 보석……이라고 하기엔 지저분한 게 질이 나빠 보인다.

"이건…… 마석이네요. 흙 속성의 마석이에요. 아마 마력을 흘리면 어떤 장치가 기동되는 거겠죠."

"어떤 장치……라면 함정 같은 거?"

"그 가능성도 없다고는 할 수 없지만…… 이렇게 뻔히 보이는 함정이라니, 보통은 만들지 않을 거예요."

린제의 설명은 충분히 이해할 만하지만……. 불안이 엄습해 오는데, 대체 뭘까. 스위치가 있으면 눌러 보고 싶다. 그런 감정을 이용한 함정이 아닐까……. 내가 지나친 걱정을 하는 걸까.

"그럼 토야, 마력을 흘려 봐."

"내가?!"

에르제의 당연하다는 발언에 나는 무심코 휙 하고 뒤를 돌아보았다. 함정일지도 모르는데?!

"그치만 흙 속성을 지닌 사람은 토야밖에 없잖아."

우우, 생각해 보니 그러네. 린제는 불과 물, 그리고 빛, 에르제는 무, 야에는 적성을 지니고 있지 않다. 하지만 나는 모든 속성을 지니고 있으니, 뭐, 어쩔 수 없으……려나…….

"……왜 다들 물러서는 거야?"

"""그냥, 일단……."""

나에게서 거리를 벌린 뒤, 웃으며 얼버무리려는 세 사람을 내가 흘깃 노려보았다. 한숨을 한 번 내쉰 뒤, 마석에 마력을 흘렸다.

쿠구구구구구구…… 하고 땅울림이 시작되는가 싶더니, 눈앞의 벽이 모두 모래가 되어 흘러 떨어져 휑하니 구멍이 뚫렸다. 꽤나 화려한 문이다.

"이건…… 뭐지?"

사라진 벽 안쪽을 들여다보니 먼지와 모래투성이인 물체가 중앙에 놓여 있었다.

그걸 뭐라고 표현하면 좋을까……. 내가 가장 먼저 떠올린 것은 벌레다. 귀뚜라미. 그것과 닮았다. 럭비공 같은 아몬드형 물체에서 여섯 개의 가늘고 긴 다리 같은 게 뻗어 나와 있다. 몇 개 부러져 있긴 하지만.

크기는 경차 정도 될까. 팔다리를 뜯겨 죽은 귀뚜라미가 연상되었다.

하지만 날카로운 유선형의 심플한 형태는 생물이라기보다 기계 같은 느낌으로, 전위적인 조형 미술 같이도 보였다.

"이게 뭐지? 무슨 동상인 걸까?"

에르제가 여러 각도에서 바라보았다. 잘 보니, 몸체라고도 머리라고도 할 수 있는 부분 안쪽에서 희미하게 야구공 정도의 붉은 구체가 비쳐 보였다.

표면의 먼지나 모래를 털어 내 보니, 그 수수께끼의 물체는 반투명한 물질로 되어 있었다. ……유리인가? 어둑어둑해서 잘 안 보이네…… 응?

"린제…… 【라이트】 마법의 지속 시간이 이렇게 짧았었어?"

"어? 분명히 제가 빛 속성 마법을 잘 다루지는 못하지만…… 그래도 【라이트】 정도라면 두 시간은 지속되는데요."

섭섭하다는 듯이 린제가 뺨을 부풀렸지만, 바로 공중에 떠 있는 빛의 구슬을 보고 고개를 갸웃했다.

"응? 빛이 약해진 것 같아요……."

"같은 게 아냐. 확실히 약해졌어. 이건 대체……."

"토야 님!"

야에의 외침을 듣고 시선을 되돌려 보니, 귀뚜라미의 머리 안쪽에 보였던 붉은 공이 빛나기 시작하고 있었다. 귀뚜라미의 몸이 가늘게 진동했다.

"토야 씨! 【라이트】의 마력이 저것에 흡수당하고 있어요!"

빛이 약해진 건 그것 때문이었구나! 공의 빛이 점점 강해지더니, 귀뚜라미는 몸을 조금씩 움직이기 시작했다. 설마…… 살아 있는 건가?! 부러져 있던 다리가 어느새 재생되어 있었다. 마력을 흡수해 활동을 재개한 건가?!

키이이이이이이이이이이이이잉!

키이이이이이이이이이이이이잉!

키이이이이이이이이이이이이잉!

"으윽…… 이건……!"

귀울림이 발생한 듯한 날카롭고 높은 소리가 주변에 울려 퍼졌다. 공간 안에서 반사되어 몸을 저릿하게 떨리게 할 만큼의 충격. 티딕 하고 벽에 균열이 가기 시작했다. 이런! 이대로 가다간 생매장당하겠어!

"【게이트】!"

나는 눈앞에 빛의 문을 만들어 여자아이들을 잇달아 지상으로 올려 보냈다. 마지막으로 내가 문을 통과하려던 순간, 귀뚜라미가 일어서더니, 다리 하나를 엄청난 속도로 나를 향해 뻗어 왔다. 5미터는 떨어져 있는 나를 향해, 마치 창처럼 뻗어 온 것이다.

나는 뒹굴듯이 【게이트】를 통과해 지상으로 올라왔다. 바로 【게이트】를 닫자, 눈앞에 지상의 폐허가 펼쳐졌다. 다행히 생매장당하는 건 피할 수 있었던 듯하다.

"그건 대체 뭐지?"

"그런 마물은 본 적이 없습니다……."

에르제와 야에가 지하로 내려가는 입구를 바라보면서 긴장한 표정으로 그렇게 말했을 때, 쿠구구구구…… 하고 또다시 땅울림이 느껴졌다.

폐허 안에서 굉음과 함께 흙먼지가 올라왔다. 아마도 지하의 공간이 무너져 내리고 있는 거겠지. 그 귀뚜라미 마물도 흔적도 없이 말려들어 부서졌을 게…… 틀림없다.
모두가 잔뜩 숨을 죽이자, 침묵이 그 주변을 지배해 갔다.

……키이이이이잉…….

이 소리는…… 설마…….

키이이이이이이이이잉…….

온다……!

키이이이이이이이이이이이이이이잉!

콰아앙! 지면을 뚫고 그 녀석이 지상에 나타났다.
아몬드형 본체, 그곳에서 뻗어 나온 가늘고 긴 다리 여섯 개. 태양 아래에서 수정 같은 몸이 빛났다. 반투명한 저 생물은 결정 생명체라도 된단 말인가.
귀뚜라미가 또다시 다리를 뻗어 옆으로 휘둘렀다. 웅크려 피하자 내 등 뒤에 있던 폐허의 벽이 마치 두부처럼 절단되었다. 엄청난 절삭력이다.
"【불꽃이여 오너라, 붉은 연탄(連彈), 파이어애로우】!"

린제가 불꽃의 화살을 연속으로 귀뚜라미를 향해 발사했다. 하지만 귀뚜라미는 그것을 피하기는커녕, 아무렇지도 않게 몸으로 불꽃 화살을 받아 냈다.

다음 순간, 놀랍게도 불꽃 화살이 잇달아 귀뚜라미에게 흡수되어 사라졌다.

"마법을 흡수당한 건가?!"

"크……. 그렇다면!"

야에가 칼을 뽑아 귀뚜라미 본체에 일격을 날렸다. 하지만 녀석은 아주 미세한 긁힌 상처를 입었을 뿐이었다.

"정말로 단단합니다!"

"이 녀석……!"

이어서 에르제가 귀뚜라미의 측면으로 돌아 정권지르기를 날렸다. 살짝 흔들리기는 했지만, 역시 큰 상처를 입히지는 못한 듯했다.

귀뚜라미가 에르제를 향해 다리를 뻗었다. 에르제는 찔리기 직전에 몸을 피했다.

"대체 어떡하면 좋지?!"

마법은 흡수당하고, 칼은 통하지 않는다. 대체 어쩌면 좋을까……?! ……잠깐, 저 녀석에게 공격 마법이 통하지는 않을지 모르지만, 간접적이라면……. 시도해 볼까.

"【슬립】!"

내가 귀뚜라미의 발밑, 그 지면에 전도(顚倒) 마법을 발동한 순간, 녀석은 호들갑스럽게 넘어졌다. 좋아!

"린제! 직접 마법은 안 통하지만, 간접적인 마법이라면 효과가 있어!"

"아…… 알겠어요!【얼음이여 오너라, 커다란 얼음덩어리, 아이스록】!"

린제가 얼음 마법 주문을 외웠다. 귀뚜라미 머리 위로 거대한 얼음덩어리가 나타나더니 그대로 낙하. 귀뚜리미를 내리찍었다. 좋아! 직접 마법은 마력을 흡수당하지만, 마력이 생성한 물체는 흡수하지 못하는 듯하다.

"키이이!"

녹이 슨 문 같은 소리를 내면서 귀뚜라미의 기가 순간 꺾인 듯했다. 하지만 마력으로 생성한 물체로 공격을 해도 워낙에 단단해 작은 대미지밖에 줄 수 없었다.

움직임을 멈춘 녀석을 향해 에르제가 총알같이 달려들었다.

"【부스트】! ……최대치!"

신체 능력을 높이는 무속성 마법【부스트】를 사용해, 귀뚜라미의 가늘고 긴 다리에 온 힘을 다한 발차기를 날렸다.

다음 순간, 유리가 깨지는 듯한 소리와 함께 녀석의 다리 하나가 부서졌다.

"성공이야!"

아무런 타격을 줄 수 없었던 건 아니다. 조금이라도 대미지를 안겨 줄 수 있다면 언젠가는 쓰러뜨릴 수 있다!

"키⋯⋯ 키이이이이이이이잉!"

갑자기 귀뚜라미가 키이잉 하는 소리를 내더니, 안쪽의 붉은 공이 빛나기 시작했다. 그에 반응하듯이 부서졌던 다리가 점점 원래대로 재생되어 갔다. 이게 말이 돼⋯⋯?!

"재생했어⋯⋯."

멍하니 서 있는 에르제에게 재생된 다리가 날아들었다. 잠시 피할 타이밍을 제대로 잡지 못한 에르제의 어깨에 귀뚜라미의 다리가 깊숙하게 박혔다.

"크윽⋯⋯!"

"언니!"

에르제는 바로 뒤로 물러서, 귀뚜라미의 추격을 피했다. 어깨에서는 꿀럭꿀럭 피가 흘러 상반신의 옷을 더럽혔다. 에르제는 진땀을 흘리며 결국 무릎을 꿇었다.

"야에! 린제! 발을 묶어 줘!"

두 사람은 고개를 끄덕이더니, 야에가 빠른 발을 이용해 상대를 교란했고, 린제가 다시 얼음덩어리를 떨어뜨리기 시작했다. 귀뚜라미의 주의가 두 사람에게로 향해 있는 사이에 나는 에르제에게 달려가 회복 마법을 걸었다. 부드러운 빛에 휩싸여 서서히 어깨의 상처가 아물어 갔고, 이윽고 피가 멈췄다.

"고마워⋯⋯. 이제, 괜찮아⋯⋯."

괜찮을 리가 없다. 상처는 아물었지만 대미지는 사라지지 않았을 테니까.

재생 능력을 갖춘 데다, 마법은 흡수하고 엄청나게 단단하다…… 어떻게 쓰러뜨리지……? 약점은 없는 건가?

"아무리 부숴도 재생을 해서는 방법이 없어……!"

"……그러고 보니…… 저 녀석을 발견했을 때는 몸이 부서진 상태였지……? 왜지……?"

분명히…… 린제의 마법을 흡수해 재생을 시작했어……. 재생을 할 때 마력이 필요하단 건가. 그때도 안쪽의 공이 빛나고 있었는데. 혹시 그 본체에 있는 붉은 공이 '핵' 이 아닐까……?

"에르제, 잠깐만……."

생각난 사실을 에르제에게 전달했다.

"어? 그런 걸 할 수 있어?!"

"모르겠어……. 하지만 시도해 볼 만한 가치는 있어."

"……알았어."

후~ 하고 숨을 고른 뒤, 나는 귀뚜라미를 보며 마력을 모아 그 물체를 떠올렸다. 몸이 투명해서 아주 잘 보인다!

"【어포트】!"

내 손안에 둔탁하게 빛나는 소프트볼 크기의 수정구가 나타났다. 좋아, 성공이다!

"에르제!"

"【부스트】!"

내가 던진 그 공을 향해 강화된 에르제의 주먹이 날아들었다. 주먹과 지면 사이에 끼여 충돌한 그 물체는 파지직 하는 소리를 내며 산산조각이 났다.

"이거면…… 어떠냐?!"

핵이 빠진 귀뚜라미가 움직임을 멈췄다. 그리고 이윽고 온몸에 균열이 가더니, 쿠르르륵 하고 무너지기 시작했다. 반짝반짝 태양 빛을 반사하면서 수정 마물이 드디어 쓰러졌다.

우리는 잠시간 또 재생하는 게 아닐까 하고 주의를 기울였지만, 시간이 지나도 수정 마물은 되살아나지 않았다.

"후우……."

팽팽했던 긴장이 풀려서 나는 지면에 주저앉았다. 번뜩 떠오른 생각이었지만, 생각대로 돼서 정말 다행이었다. 【어포트】도 통하지 않았으면 어떻게 됐을까……. 흡수할 틈도 없이 발동해 핵을 빼냈으니 효과가 있었던 걸지도 모르지만.

옆을 보니 마찬가지로 에르제와 야에도 주저앉아 있었다. 린제는 부서진 마물의 파편을 들고 무언가 조사를 하는 중이었다.

"어쩌면 이건 마석과 비슷한 물질일지도 몰라요……."

"마석이랑?"

"마석의 특징은 마력의 증폭, 축적, 방출. 이 마물은 다른 사람의 마력을 흡수해 자신의 재생 능력에…… 아니, 어쩌면 그 방어 능력에도…… 사용했을 거예요. 흡수, 축적, 방출……. 마석의 특징과 비슷해요."

혹시 저 녀석은 마력을 스스로 만들어 내지 못하는 건가……?

그래서 유적 안에서는 활동을 하지 못했던 건가? 하지만 공기 중에도 마력은 넘쳐 난다. 그 봉인된 유적의 공간은 마력을 차단하는 효과가 있었던 걸까……? 정말 수수께끼투성이다.

"이건 길드에 보고를 하는 게 좋지 않을까 생각하옵니다만……."

"아니요. 지하의 유적이라든가…… 이곳이 옛 왕도였다는 걸 생각하면 국가 기관에 알리는 게 좋을 거라 생각해요. 공작님에게 이야기해 봐요."

그렇구나. 그게 좋겠어.

바로 공작가에 가 보자.

"【게이트】."

"그렇군. 옛 왕도에 그런 유적이 있었다니……."

공작이 생각을 하듯이 팔짱을 끼고 의자에 등을 기댔다. 스우와 에렌 님은 외출을 하셔서 아쉽게도 만나지 못했다. 우리는 응접실에서 공작에게 이번 일에 대해 이야기를 해 주었다.

"알겠다. 이건 왕가와 관련이 있을지도 모르니, 국가에서 조사단을 보내 조사해 보도록 조치하지. 물론 그 마물도 말이네."

"아…… 지하 유적은 붕괴되어서 조사하기가 어려울지도 몰라요……."

"뭐라? 그렇군…… 그 벽화에 무슨 말이 적혀 있을지 흥미가 있었는데 아쉽게 됐어…….”

아쉽다는 듯 어깨를 떨구는 공작. 뭔가 미안한걸……. 아니, 그 유적을 부순 건 우리가 아니지만.

“아, 근데 벽화 사진이라면 찍어 뒀으니 어떻게든 알 수 있을지도 몰라요.”

“사진?”

스마트폰 카메라 어플리케이션을 실행해 사진을 띄우고 공작에게 보여 주었다.

“이, 이게 뭔가?!”

“봤던 장면을 그림으로 기록할 수 있는 제 무속성 마법이에요.”

“호, 호오~. ……자네는 정말로 대단하군…….”

태연한 거짓말에 공작은 쉽게 속아 넘어갔다. 죄송합니다, 정말 죄송해요. 설명을 하기가 힘들어서요.

“시간을 주시면 그대로 모사해 드릴게요.”

“부탁하네. 어쩌면 천 년 전 천도에 관한 수수께끼가 적혀 있을지도 모르니 말이야.”

아, 왜 천도했는지 나라 쪽도 잘 모르는 건가? 이런 건 보통 나라가 기록으로 남기는 거라고 생각하는데. 아니, 어쩌면 공작의 말대로 그 벽화에 왜 천도를 하게 됐는지 적혀 있을지도 몰라. 그 수정 마물에 대해서도 뭔가 적혀 있을지 모르고.

그 마물의 약점이 뭔지는 알았다. 다음에 대결하게 되면 아마 또 이길 수 있으리라 생각한다.

하지만 뭔가 마음에 걸렸다. 그 마물 때문에 옛 왕도가 황폐한 폐허가 된 게 아닌가 하는 느낌이 강하게 들었다.

답답한 마음을 안은 채, 우리는 사후 처리를 공작에게 맡기고 저택을 뒤로했다.

제4장 왕가의 사람들

며칠 후, 나는 그 지하 유적의 벽화를 종이에 복사했다.

도움이 된 것은 무속성 마법 【드로잉】. 본 것을 그대로 종이에 베끼는 마법이다. 일종의 복사기다.

내가 펜으로 그리는 게 아니라 종이에 글자가 떠오르는 거니, 복사기나 마찬가지다. 스마트폰의 사진을 보면서 종이에 옮긴 것인데, 이건 '드로잉' 이라기보다는 '프린트' 에 가까워 보인단 말이지. 그런 거야 중요하지 않지만.

즉, 이 마법 덕분에 나는 프린터를 손에 넣은 것이나 마찬가지였다. 시험 삼아 몇 종류의 과자 레시피를 프린트해 아에루 씨에게 가져다 줬더니, 굉장히 기뻐했다. 의식만 하면 이쪽 언어로 번역하여 인쇄해 주니 정말 편리하다. 단, 재료는 내가 【서치】를 사용해 발견해 낼 필요가 있었다.

분량은 내가 가지고 있던 100엔짜리 동전의 무게로 산출해 냈다. 더 빨리 좀 생각해 내라, 나여.

자, 왕도에 전해 주고 올까. 일단 다른 애들에게도 같이 가자고 해 보았지만, 역시나 공작과 만나는 게 부담되는 듯해, 결국 나 혼자 가게 되었다.
이럴 때면 귀족에 대한 의식이 많이 다르다는 게 확연히 드러난다. 일본에는 귀족이라는 게 없었으니까. 아, 엄밀하게 말하면 옛날엔 있었을지도 모르지만.
복사한 서류를 들고 【게이트】를 열었다.
빛의 문을 통과해 공작가의 정문 앞에 도착했다.
"으악!"
"앗, 죄송합니다."
내가 갑자기 나타나자 깜짝 놀라는 문지기. 실은 이곳에 올 때마다 매번 놀래키고 있다. 이제는 좀 익숙해졌으면 하는데, 방금 그 모습을 보니 익숙해지려면 한참 더 걸릴 듯싶다.
어?
정문이 열리더니, 안에서 마차가 나왔다. 외출인가? 타이밍이 어긋난 건가?
"토야 님이 아니신가?! 마침 잘됐네. 어서 타게!"
"어? 저기…… 어?! 뭐죠?!"
공작이 마차의 문을 열더니 눈 깜짝 할 새에 내 팔을 잡아당겨, 어쩔 수 없이 마차 안에 탈 수밖에 없게 되었다. 대체 뭐야?!
"이 타이밍에 토야, 자네가 찾아오다니……! 아마도 하느님께서 자네를 이끌어 주신 거겠지. 정말 감사해야겠어."
공작이 흥분하며 내 맞은편에서 기도를 드리기 시작했다. 물론 나를 이곳에 보낸 건 하느님이 맞지만.

그건 그렇고 이렇게 초조하게 굴다니 정상이 아니다. 대체 무슨 일이지?

"대체 무슨 일이시죠?"

내가 그렇게 묻자, 공작은 이마에 땀을 흘리며 절박한 목소리로 말했다.

"형님께서 독에 당하셨네."

……뭐라고?

공작의 형님이라면 국왕 폐하……지? 국왕 암살인가?

"다행히 대처가 빨라 간신히 버티고는 계시네. 다만……."

양손을 쥐고 고개를 숙이며 쥐어짜낸 목소리는 떨리고 있었다. 자신의 형이 죽을 뻔했으니 그야 걱정되겠지.

"범인이 누군지 짐작은 가시나요?"

"……짐작 가는 사람은 있네. 다만 증거가 없어. 자네도 스우가 습격당한 일을 기억하고 있지? 나는 아마도 같은 사람의 범행일 거라 생각하고 있네."

"근데 왜 국왕 폐하를 암살하려고 하죠? 아, 다른 나라의 자객이라든가 그런 건가요……?"

"만약 그랬다면 정말 알기 쉬웠겠지만 말이야……."

한숨을 내쉬고 공작이 고개를 들었다. 굉장히 괴로운 표정이다.

"우리 벨파스트 왕국은 세 개의 나라에 둘러싸여 있지. 서쪽으로는 리프리스 황국, 동쪽으로는 멜리시아 산맥을 사이에 둔 레굴루스 제국, 남쪽에는 가우의 대하를 사이에 둔 미스미드 왕국, 이렇게 세 나라네. 그중에서도 서쪽의 리프리스 황국과는 오랜 교류가 있어 우호 관계를 맺고 있지."

흐음흐음.

"제국과는 20년 전의 전쟁이 끝난 뒤 일단 불가침조약을 맺었지만, 솔직히 우호 관계라고는 할 수 없네. 언제 또 이 나라를 공격해 와도 이상하지 않아. 그리고 남쪽 미스미드 왕국. 이곳이 문제네."

"문제?"

"미스미드는 20년 전, 제국과 전쟁을 하는 중에 새로 건설된 신흥국인데, 형님은 이 신흥국과 동맹을 맺어 제국을 견제하고 새로운 교역로를 뚫을 생각이시네. 하지만 그에 반대하는 귀족들이 있는 모양이야."

"왜요?"

제국이라는 곳이 언제 쳐들어올지 모른다면, 같은 편이 많은 게 좋을 거라고 생각하는데. 그렇게 단순한 이야기가 아닌 걸까.

"미스미드 왕국이 아인들의 나라라 그렇지. 아인이 많이 살고, 수인이 왕으로서 다스리는 나라. 시대에 뒤처진 귀족들은 그게 마음에 안 드는 거네."

"……그 사람들은 대체 뭐죠?"

마음에 안 드니 국익에 도움이 되는 것까지 방해한다는 건가?

게다가 이유가 아인이라서라니, 잘 이해가 안 된다. 백 번 양보해 말이 통하지 않는 동물이라면 이해는 가지만. 수인들도 말이 잘 통하고, 내가 만났던 아루마도 굉장히 착한 아이였다.

"일찍이 아인들은 하등한 생물이라며 멸시를 당했었지. 천하고 야만적인 종족이라는 소릴 들었어. 하지만 우리 아버지 세대 때 그 인식을 고치기 위한 법을 제정한 덕분에 점점 그런 풍습은 사라져 갔네. 실제로 이 나라의 성 아랫마을에서는 수인들이 평범하게 살고 있고, 적어도 겉으로는 차별하지 않아. 하지만 뒤로는 인정하지 않는 고지식한 귀족들이 꽤 많지."

"차별이요?"

"그래. 천한 수인들의 나라와는 협력할 수 없다. 오히려 공격하여 우리의 속국으로 만들어야 한다. 그렇게 주장하는 귀족들이 보기에, 형님은 그저 눈엣가시 같은 사람이겠지."

그렇구나. 그 고지식한 귀족들이 이번 사건의 흑막이란 건가. 근데 아무리 그래도 그렇게까지 하다니. 나는 잘 이해가 가지 않았다. 자신들의 군주를 살해하려고 하다니. 애당초 왕이 죽으면 난처한 건 자신들 아닌가?

"형님이 돌아가시면 왕위는 외동딸인 유미나 공주님이 잇게 되지. 아마도 귀족들은 공주님에게 자신의 아들이나, 친척 중에서 신랑감을 고르도록 압박을 넣을 테고. 그리고 왕가의 권력을 손에 넣은 뒤에는 아인들을 배척하기 시작하겠지…….

그렇게 생각해 보면 스우를 유괴하여 협박하려고 했던 상대는 내가 아니라 형님이었을지도 몰라."

조카의 목숨이 아까우면 미스미드와 국교를 맺지 말아라, 인가. 한 나라의 공주라면 경비도 꽤 삼엄할 테니, 대신에 스우를 노린 것……일지도 모른다. 아니, 뻔뻔하게도 아들을 공주의 남편으로 삼으라고 협박했을지도. 근데 뭐라고 할까……. 간계치고는 너무 허술하다. 범인은 왠지 머리가 나쁠 것 같아.

들키면 틀림없이 사형 코스잖아, 이거. 시대극의 악역이 머리에 떠올랐다. 욕심쟁이 상인이라든가 악한 신하라든가.

"그래서 저는 뭘 하면 되죠?"

"형님의 독을 완전히 사라지게 해 줬으면 하네. 에렌의 눈을 뜨게 한 그 마법으로 말이야."

상태 이상 회복 마법【리커버리】. 그건가. 확실히 그거라면 독도 후유증도 완전히 제거할 수 있다. 그래서 공작은 나를 데려온 거구나. 이해가 간다.

그러는 사이에 공작 가문의 마차는 성문을 통과한 다음 도개교를 지나 왕성에 도착했다.

공작에게 황망하게 이끌려 성안에 들어가 보니, 새빨간 양탄자가 깔린 개방형 홀이 우리를 맞이해 주었다. 성에는 처음 들어와 보는데, 정말 모든 게 거대하다.

정면 중앙에서 우리가 있는 층으로 뻗어 있는 계단은 좌우로 완만한 커브를 그리고 있었고, 천장에는 화려하고 별처럼 빛

나는 샹들리에가 보였다. 저건 촛불이 아닌 것처럼 보이는데. 빛 속성 마법이 부여된 건가?
공작과 함께 양탄자가 깔린 긴 계단을 오르다가 계단 중간의 층계참에서 한 남자와 스쳐 지나갔다.
"이게 누구십니까, 공작 전하. 오랜만입니다."
"?! ……바르사 백작……!"
공작은 눈앞의 남자를 노려보듯이 바라보았다. 그 남자는 화려한 옷을 입고 있었지만, 약간 뚱뚱했고 머리카락이 별로 없었다. 어딘가 두꺼비가 연상된다. 그는 히죽히죽 야무지지 못한 웃음을 지으며 이쪽을 바라보았다.
"안심하십시오. 폐하의 목숨을 노린 녀석들은 벌써 잡아들였습니다."
"뭐라고?!"
"미스미드 왕국에서 온 대사입니다. 폐하는 와인을 마시고 쓰러지셨는데, 그 와인은 미스미드 왕국의 대사가 보내온 것으로 판명되었습니다."
"그럴 수가……."
공작은 믿을 수 없다는 듯한 표정이었다. 그게 사실이라면 양국 사이에 골이 깊어질 게 뻔하다. 아니, 전쟁이 일어나도 이상하지가 않다.
하지만 뭔가 석연치 않았다. 너무 완벽하게 맞물린다.
"대사는 별실에 구속해 두었습니다. 수인 따위가 그런 짓을 했으니, 목을 쳐 미스미드에 보내는 게…….”

“안 된다! 모든 것은 형님이 결정하실 것이다! 대사는 잠시 방에 연금해 두기만 하여라!”

“흐음. 수인을 그토록 과분하게 대접하다니……. 그럼 그렇게 하도록 하지요. 하지만 만약 폐하에게 무슨 일이 생기면, 저는 다른 귀족들을 막을 수가 없습니다. 아마도 저와 똑같은 말을 꺼내리라 생각합니다.”

야비한 웃음을 짓는 바르사 백작. 이 녀석인가. 수인을 차별하고 국왕의 정책에 반대하는 고지식한 귀족이라는 사람이? 아니, 국왕에게 독을 먹인 사람도 어쩌면…….

두꺼비를 노려보는 공작을 보니, 아무래도 그 예상이 틀린 것은 아닌 듯했다. 응, 이 녀석이 범인. 틀림없다.

“그럼 저는 이만. 이제부터 바빠질 것 같아서 말입니다.”

두꺼비는 그렇게 말하더니, 성큼성큼 긴 계단을 내려가기 시작했다. 바빠져? 폐하가 죽기 때문에? 대머리 백작을 바라보던 공작이 주먹을 쥐고 바르르 떨었다. 좋아, 저 두꺼비를 좀 골탕 먹여 주자.

“【슬립】.”

“으어억?!”

두꺼비는 미끄러져 계단 아래로 굴러떨어졌다. 그는 멈추지 않고 제일 아래쪽까지 떨어져 바닥에 나뒹굴었다.

“크헉?!”

이윽고 두꺼비는 아무렇지 않은 척을 하며 비틀비틀 일어서 걷기 시작했다. 주변의 메이드나 경비 기사들이 웃음을 억지로 참았다. 쳇. 무사하다니.

멍하니 있던 공작이 혀를 차는 나를 보고 물었다.

"자네인가?"

나는 아무 말 없이 엄지를 들고 상쾌한 웃음을 지었다.

공작은 어이가 없다는 표정을 지었지만, 금세 나를 보며 웃음을 지었다.

"앗, 이러고 있을 때가 아니지. 서둘러야 해!"

다시 계단을 올라 긴 복도를 빠져나갔다. 막다른 곳에 있는 방 앞에서 엄중한 경비를 서던 근위병이 공작을 보더니 공손하게 고개를 숙인 뒤, 뒤에 있던 커다란 문을 열었다.

"형님!"

방의 중앙을 향해 공작이 뛰어갔다. 벽에 가득한 창문에서 들어오는 햇빛이 가득한 그곳엔 호화로운 천개가 덮인 침대가 있었고, 몇몇 사람들이 그 주변에 모여 누워 있는 사람—아마도 이 사람이 왕이겠지—을 비통한 표정으로 바라보고 있었다.

침대에 다가가 누워 있는 왕의 손을 잡고 있는 소녀. 눈물을 훔치면서 그 옆의 의자에 앉아 있는 여성. 침통한 표정으로 서 있는, 회색 로브를 두른 노인. 황금 지팡이를 들고 시선을 떨군 비취색 머리카락의 여성. 분노해 어깨를 떠는, 군복 차림에 멋진 수염을 기른 남성.

침대 옆으로 성큼성큼 다가간 공작은 회색 로브를 입은 노인에게 말을 걸었다.

"형님의 용태는 어떠신가?"

"여러 방도를 시도해 보았습니다만, 이런 증상을 일으키는 독은 본 적이 없어…… 이대로는……."

노인은 눈을 감으며 고개를 조용히 가로저었다. 그때 잠긴 목소리로 왕이 입을 열었다.

"아우야……."

"형님!"

"……왕비와 공주를, 부탁한다…… 네가…… 미스미드, 왕국과의 동맹을……."

"토야! 부탁하네!"

멀찍이서 상황을 지켜보던 내가 달려가자, 군복을 입고 수염을 기른 남자가 나를 제지하려고 했지만, 옆에 있던 공작이 막아섰다.

왕은 탁한 물고기 같은 눈으로 나를 바라보며, 누구냐? 하고 입을 움직였지만 목소리는 나오지 않았다. 창백한 얼굴과 메마른 입술, 그리고 약한 호흡. 그야말로 죽음이 눈앞에 다가와 있는 듯했다. 서둘러야겠어.

마력을 모은 뒤, 손바닥을 왕의 몸 위에 올렸다.

"【리커버리】."

부드러운 빛이 내 손바닥에서 왕에게로 흘러들어 갔다. 이윽고 빛이 사라지자 왕의 호흡이 안정되었고, 안색도 점점 좋아졌다.

껌뻑껌뻑 깜빡이던 눈에 생기가 돌아왔다. 이윽고 왕은 힘차게 상반신을 일으켰다.

"아버지!"

"여보!"

왕은 자신에게 매달리는 소녀와 여성을 바라보면서, 주먹을 쥐었다 폈다 해 보았다.

"……아무렇지도 않군. 조금 전까지의 고통이 마치 거짓말처럼 사라졌다."

"폐하!"

회색 로브를 입은 노인이 왕의 손을 잡고 맥을 짚은 뒤, 눈을 들여다보았다. 이 사람은 의사인가. 그렇구나.

"……아주 건강하십니다. 어떻게 이런 일이……."

어안이 벙벙해 하는 주치의는 신경 쓰지도 않고, 왕이 나를 바라보았다.

"알…… 알프레드. 이자는 누구냐?"

"제 아내의 눈을 고쳐 준 모치즈키 토야 님이라 합니다. 우연히 저희 저택에 와 주셔 모시고 왔습니다. 이 청년이라면 형님을 구해 줄 수 있지 않을까 해서 말입니다."

"……아~, 안녕하세요. 모치즈키 토야라고 합니다."

뭐라고 인사하면 좋을지 몰라, 약간 얼빠진 소개를 하고 말았다. 왕이니, 이러면 안 됐던 걸까.

"그런가, 엘렌 부인의 눈을……! 덕분에 살았구나, 정말 고맙네!"

왕의 인사를 듣고 어떻게 대답하면 좋을지 몰라 망설이고 있는데, 수염을 기른 남자가 내 등을 팡팡 두드렸다. 으악, 아파!

"아주 훌륭한 일을 하였구나! 토야라고 했는가?! 마음에 드는군!"

계속 팡팡 때리는 수염 아저씨. 진짜 아프다니까!

"장군, 그쯤해 두시지요. 저게 무속성 마법【리커버리】. 정말 흥미롭습니다."

황금 지팡이를 든 여성이 미소를 지으며 수염 아저씨를 말려주었다. 살았다.

"형님, 미스미드 왕국의 대사에 관해서입니다만……."

"대사에게 무슨 일이라도 있는가?"

"형님을 암살하려 한 주모자라며 바르사 백작이 방에 가둬두고 있습니다. 어떻게 하면 좋겠습니까?"

"말도 안 되는 소릴! 미스미드가 나를 죽여 무슨 득이 있나!

이건 나를 눈엣가시처럼 생각하는 자들의 범행이다!"

왕이 그렇게 단언했다. 그렇다면 역시 그 두꺼비가 상당히 의심스럽다.

"하지만…… 실제로 대사가 보내온 와인을 드시고 폐하는 쓰러지셨습니다. 현장의 많은 사람들이 직접 보았지요. 그 혐의가 사라지기 전에는……."

"흐으음……."

수염을 기른 장군의 말을 듣고 왕이 생각에 잠겼다. 음, 결백하다는 게 증명되기 전에는 풀어 주기 힘드려나?

"어떤 독을 사용했는지, 그것조차도 알 수 없었습니다. 수인이 사용하는 특수한 독일지도 모르니, 일단 그것을 조사해 봐야 하지 않을지……."

주치의 노인이 난처하다는 듯이 중얼거렸다.

다양한 방법으로 독을 검출하려고 시도해 보았지만, 와인에서는 아무런 독도 검출되지 않았다고 한다. 독이 뭔지 모르니 해독제도 알 수 없었고, 결국 아무것도 하지 못한 채 왕은 쓰러진 뒤 한 시간 가까이 사경을 헤맸던 듯하다.

평범한 회복 마법으로는 마비나 독 같은 상태 이상을 회복시킬 수 없다. 내가 오지 않았다면 왕은 확실히 하늘의 부름을 받았겠지. 범인의 의도대로.

"일단 대사를 만나 보겠네. 레온 장군, 대사를 불러오게."

"넷!"

수염 아저씨가 빠르게 방 밖으로 나갔다.

아마도 대사는 누명을 쓴 거겠지. 방해되는 국왕을 죽이고, 그 죄를 대사에게 뒤집어씌운다. 양국 사이를 균열시킨 뒤, 그것을 핑계 삼아 상대의 나라를 침공한다……는 느낌이려나? 정말 알기 쉬운 작전이다.

"저어……."

가만히 생각을 하고 있는 나에게 누군가가 말을 걸었다. 깜짝 놀라 고개를 들어 보니, 그곳에는 공주님――(분명히 유미나 공주라고 했었다)이 나를 보고 서 있었다.

나이는 스우보다 두세 살 위로 보이니, 열둘에서 열셋 정도? 이 소녀도 스우와 똑같은 금발로, 커다란 눈동자가 아주 귀여웠는데, 잘 보니 양쪽 눈동자의 색이 달랐다. 오른쪽이 파란색, 왼쪽이 녹색이다. 오드아이인가. 공주는 희고 하늘하늘한 드레스에, 반짝이는 은색 머리 장식을 달고 있었다.

"아버지를 살려 주셔서 감사합니다."

그렇게 말하면서 머리를 깊이 숙였다. 예의 바른 아이네. 제멋대로에 고압적인 공주가 아니라 다행이다.

"뭘요, 신경 쓰지 마세요. 회복되셔서 정말 다행입니다."

새삼 인사를 들으니 어딘가 모르게 겸연쩍어서, 나는 얼버무리듯이 미소를 지었다. 하지만 공주님은 가만~히 나를 계속 바라보았다. 어? 뭐지?

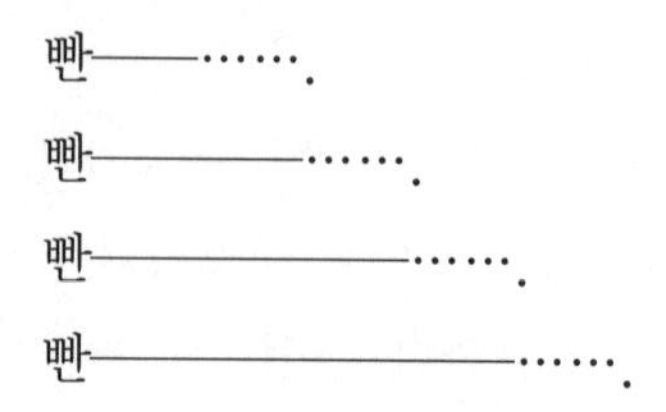

"저어…… 저한테 뭐라도 묻었나요?"

뜨거운 시선을 견딜 수 없어, 나는 시선을 돌리면서 물어보았다. 이윽고 공주님이 살짝 뺨을 붉히면서 작게 말했다.

"……연하는 싫으신가요?"

"……네?"

질문의 의도가 파악되지 않아 고개를 갸웃했다. 그때 문이 열리더니, 수염 장군과 스무 살 전후의 수인 여성이 안으로 들어왔다. 어? 저 사람은…….

"오리가 스트란드, 폐하를 뵈러 왔습니다."

침대에 걸터앉아 있는 왕 앞에서, 수인 여성이 한쪽 무릎을 꿇고 고개를 숙였다. 그 머리에는 동물 귀가 쫑긋 서 있었다. 그리고 허리에는 꼬리가 뻗어 있었다. 여우 꼬리.

"단도직입적으로 묻지. 그대는 짐을 죽이기 위해 이 나라에 온 것인가?"

"맹세코 그렇지 않습니다! 폐하의 음식에 독을 타다니, 결단코 그런 일은 하지 않았습니다!"

"그렇겠지. 그대는 그토록 어리석은 일을 할 사람이 아니니

까. 그대를 믿네."

그렇게 잘라 말하며 왕이 미소를 짓자 미스미드의 대사는 안도한 표정을 지었다.

"하나, 대사가 보내 준 와인에 독이 들어가 있었던 것은 사실입니다. 이걸 어떻게 하면 좋을까요?"

"그, 그건……."

왕 옆에서 지팡이를 들고 서 있던 누나의 말에 여우 수인이 힘없이 고개를 떨궜다. 자신의 결백을 증명할 증거가 없는 것이겠지. 지팡이를 든 여성도 그것을 책망하는 느낌이라기보다는, 이 일을 어떻게 하면 좋을까 하고 질문을 던지는 느낌에 가까웠다. 음…….

"잠깐만요."

"토야?"

"다, 당신……!"

내가 말을 걸자 여우 누나가 깜짝 놀라했다. 아, 역시 그때의 누나였어. 이전에 왕도에서 미아가 된 여우 수인인 아루마가 언니라 부른 사람이었다. 오리가 씨라고 하는구나.

"자네는 대사와 아는 사이였나?"

"여동생과 친해졌었거든요. 그때 알게 됐어요. 아, 그건 그냥 제쳐 두죠."

공작의 질문을 대충 넘기며 개그맨처럼 상자를 옆으로 옮기는 흉내를 냈지만, 모두 아무런 반응이 없었다. 큭!

조금 전부터 신경 쓰였던 일을 수염 장군에게 물어보았다.

"폐하께서는 어디서 쓰러지셨죠?"

"요인들과 식사를 하시기 위한 대식당이었는데…… 그게 무슨 관련이라도 있는가?"

"현장은 그때 사건이 일어난 그대로인가요?"

"응? 그래, 그대로다만…… 아니, 독을 판별하기 위해 와인은 가지고 나와 계속 검사를 하고 있네……."

그런데 아직 검출되지 않았다, 라. 아마 그거겠지. 흔한 트릭. 트릭이라고 할 것까지도 없나? 그런 건 와인에 독이 없다는 걸 알면 금방 들킬 테니까. 너무 허술하다.

일단 확인해 볼까.

"그 대식당으로 안내해 주시겠어요? 대사가 결백하다는 사실을 알 수 있을지도 몰라요."

모두 얼굴을 마주 보았지만, 왕의 허가를 받아 나는 레온 장군과 함께 대식당을 향해 갔다.

대식당은 큰 홀 형식으로 만들어져 있었다. 흰 벽돌로 만들어진 난로. 정원이 보이는 커다란 창문. 그곳에 쳐져 있는 남색 커튼. 벽에는 매우 비싸 보이는 그림들. 천장에는 호화찬란한 샹들리에. 긴 테이블 위의 흰 테이블클로스. 그 위에는 은색 촛대와 요리가 담긴 식기류가 그대로 남아 있었다.

장군에게 부탁해 독이 들었다는 와인을 가져와 달라고 했다.

"이 와인은 희귀한 건가요?"

"잘은 모르겠지만 그런 듯하더군. 대사가 말하길, 미스미드의 한 마을에서 만들어진 것으로, 꽤 귀중한 것인 모양이야."

"그렇구나."

어디, 확인해 볼까.

"【서치 : 독】."

검색 마법을 발동시켰다. 와인을 본 뒤, 이어서 대식당 안, 테이블 위를 돌아보았다. 흠, 역시나. 언젠가 모두 눈치채게 되겠지만, 나처럼 검색 마법을 쓸 수 있는 건 아니니까.

근데 【서치】로 검색이 되었으니, 내가 이 독을 마시면 '독을 탔다!' 라는 사실이 확실해지는 거겠지? 시도해 보고 싶은 생각은 없지만.

자, 어떻게 할까. 이대로라면 시치미를 딱 뗄 가능성도 높으니까. 음, 그걸 예상하고 범행을 저지른 걸지도 모르지만. 실패해도 의심받지 않는다, 그건가?

미스미드 대사의 결백을 밝힐 수 있다. 하지만 진짜 범인을 못 잡는 건 좀…… 좋아.

"대충 알 것 같습니다. 장군, 폐하와 주변 분들을 이쪽으로 모셔 와 주세요. 아, 그리고 바르사 백작도요. 그리고 한 가지 부탁할 게 있는데요……."

"부탁?"

장군은 의아한 듯 고개를 갸웃했지만, 결국 나의 작은 부탁을 들어주기로 했다. 결정적인 증거가 없다면 스스로 자백하게 할 수밖에.

자, 한바탕 연극을 해 볼까.

◇ ◇ ◇

"폐, 폐하! 이제 완전히 회복하신 것입니까?!"

"그래, 바르사 백작. 보는 대로 아무렇지도 않네. 걱정해 주어 고맙네."

대식당에 뛰어들어온 두꺼비에게 시치미를 떼며 대답하는 국왕 폐하. 이것 보라는 듯이 가슴을 두드렸다.

"그렇습니까. 하하하. 이거 참, 정말 다행입니다……."

비지땀이 줄줄 흐르는 가운데 굳은 표정으로 웃음을 지으며 두 손을 비비는 백작. 그 모습을 차가운 눈으로 바라보는 임금님. 아~, 임금님도 눈치챘나 보네. 이 녀석이 범인이라는 거.

"한때는 절망적이었지만 말이지. 저기 있는 토야라는 청년이 순식간에 독을 제거해 주었지. 정말로 짐은 운이 좋은 남자네. 정말 위험했어."

왕의 말을 듣고 대머리 백작이 나를 밉살스럽다는 듯이 바라보았다. 이봐 이봐, 너무 노골적이잖아! 이 녀석 외에 다른 사람이 범인일 거라는 생각은 전혀 들지 않았다.

"그런데 토야 씨. 이렇게 사람을 불러 모아 뭘 하실 생각이신지요?"

황금 지팡이를 든 비취색 머리카락의 여성, 궁정 마술사 샤를로트 씨가 나에게 물었다.

대식당에 모인 사람은 국왕 폐하, 유미나 공주, 유에루 왕비, 오르트린데 공작, 레온 장군, 샤를로트 씨, 라우루 의사, 오리가 씨, 바르사 백작.

나는 앞에 서 있는 사람들에게 이야기를 하기 시작했다.

"여러분도 아시다시피 국왕 폐하가 독을 드셨습니다. 현장은 이 대식당입니다. 이곳은 그때 그대로입니다. 물론 차려진 요리는 모두 식어 버렸지만요. 그래서 국왕 암살 미수 사건의 범인 말입니다만……."

한참 뜸을 들인 뒤 나는 입을 열었다.

"이 안에 범인이 있습니다."

이 말, 꼭 해 보고 싶었어!

웅성웅성. 시끌한 분위기와 함께 오리가 씨의 안색이 변했다. 여우 귀를 쫑긋 세운 채, 아니야, 내가 아니야, 라고 눈으로 호소했다. 저도 알아요.

오리가 씨의 안색이 창백해지자, 옆에 있던 바르사 백작의 입이 치켜 올라갔다.

우와아, 됐다 됐어, 라고 말하는 듯한 얼굴이야. 대머리 백작은 오리가 씨를 보고 있어서 눈치채지 못한 듯하지만, 다른 사람들은 모두 그 백작을 '이 녀석이잖아?' 하는 눈으로 바라보았다. 오리가 씨 이외에는 다들 누가 범인인지 아는가 보다…….

"일단 이 독이 들어간 와인 말입니다만."

장군이 들고 온 와인 병을 손에 들고 가리켰다.

"이건 오리가 씨가 보낸 와인 맞지요?"

"부, 분명히 제가 보낸 와인이지만, 저는 독을 타지 않았습니다……!"

"닥쳐라! 수인 따위가 감히 어디라고! 아직도 시치미를 떼려고 하다니 정말 창피를 모르는구나…… 아니?!"

두꺼비가 오리가 씨에게 추한 말로 욕을 하고 있을 때, 나는 와인을 병째로 단숨에 마셔 버렸다.

미성년자지만, 이세계니까!

"응, 맛있네!"

퉁! 테이블 위에 병을 내려놓았다. 솔직히 말해 맛있는지 어떤지는 잘 모르겠다. 미성년자니까!

주변을 둘러보니 모두 입을 떡 벌리고 나를 바라보고 있었다.

"토, 토야?! 괘, 괜찮은가?!"

"괜찮아요, 장군. 애초에 이 와인에는 독이 들어가 있지도 않았으니까요."

"뭐라?!"

대체 무슨 말인가? 하고 의문스러운 표정을 짓는 사람들과는 달리, 백작은 얼굴에 엄청나게 많은 땀을 줄줄 흘리고 있었다. 엄청 초조한가 보네?

"자, 이곳에 꺼내 놓은 것은 특별 제조법을 이용해 만든 귀중한 와인입니다. 저 멀리 동방에서 만들어진 것으로 제가 아는 한 최고급 와인인데요."

미리 준비해 둔, 원래 있던 세계의 글자로 '보졸레누보' 라고 적힌 상표를 붙인 '싸구려 와인' 을 마치 고급스러운 것인 양, 아무도 앉아 있지 않은 테이블 위의 빈 와인글라스에 따랐다.

"이 와인이 범인을 밝혀 줄 겁니다."

와인글라스를 샹들리에와 겹쳐 색이 아름답게 반짝이도록 흔들어 보았다. 나는 테이블에서 사람들이 있는 곳으로 걸어가, 와인글라스를 장군에게 내밀었다.

"마셔 보시겠어요?"

장군은 의심스러워하면서도 단숨에 들이켜 와인글라스를 순식간에 비웠다.

"맛은 어떤가요?"

"음! 정말 훌륭하군! 처음 접해 보는 맛이야! 아주 맛있어! 백작도 한 잔 어떤가?"

우와, 국어책 읽는 것도 아니고. 장군이 '내 지시대로' 백작에게 말을 건넸다.

"응? 음, 그럼……."

백작이 그렇게 고개를 끄덕이는 걸 본 나는, 테이블의 상석, '국왕이 앉았던 자리에 놓여 있던 글라스' 에 와인을 따랐다. 그러자 백작의 안색이 변했다.

"꼭 백작의 감상을 듣고 싶습니다."

"앗, 나는 좀……!"

"그러지 마시고, 어서요."

뒷걸음질 치는 백작을 잡고 억지로 와인을 따른 글라스를 손에 쥐어 주었다.

"자자, 호쾌하게 들이켜세요."

나는 얼굴 가득 미소를 지으며 백작에게 말했다. 하지만 백작은 비지땀을 흘릴 뿐, 시간이 지나도 글라스에 입을 댈 생각을 하지 않았다.

"백작, 왜 그런가? 안 마실 생각인가?"

"아, 아닙니다, 저는 좀……!"

국왕 폐하의 말씀을 들은 백작은 두리번두리번 하면서 글라스를 든 손을 작게 떨었다. 앗, 글라스를 떨어뜨려선 안 되지.

"……못 마시겠나요? 그럼 주제넘지만 제가 도와 드리죠."

"아니?! 으윽! 우우웁?!"

나는 글라스를 뺏어 들어 억지로 백작의 입에 와인을 흘려보냈다. 백작은 저항을 하면서도, 반사적으로 와인을 조금 삼켰고, 그 사실을 깨닫자마자 경악스럽게 외쳤다.

"윽! 으악! 으아악! 사, 사람 살려! 독이! 독이 돈다! 죽을 거야! 이대로는 죽는다고오오오!"

목을 잡은 채, 마구 괴로워하는 두꺼비. 고통스러운 표정으로 바들바들 떨면서, 바닥을 마구 굴렀다.

뭐 하는 건지. 사람은 믿음만으로 이렇게까지 될 수 있는 건가?

"크으윽! 괴, 괴로워! 독이! 독이이이이! 사, 사람 살려……!"

"아~, 이제 그만하세요. 조금 전 그 글라스, 새 거예요."

"사, 사람 살려어어어어…… 뭐?"

어리둥절한 표정으로 백작이 움직임을 멈췄다. 그리고 일어서더니 목을 가볍게 쓰다듬었다.

"……아무렇지도 않군."

"그야 당연하죠. 그냥 싸구려 와인이니까요. 억지로 마시게 한 건 사과할게요. 하지만."

잠시 뜸을 들인 뒤, 나는 핵심 부분을 찔렀다.

"왜 독이 들었다고 생각한 거죠?"

"아니?!"

백작의 표정이 얼어붙었다. 그렇다. 지금 이 남자는 그야말로 자신의 정체를 드러낸 것이다. 들어가 있지도 않은 독에 겁을 먹더니, 독을 마셨다며 마구 바닥을 뒹굴었다. 아무것도 모르는 사람이라면 절대 그런 행동을 하지 않을 것이다. 무의식중에 진실을 발설해 버린 셈이다.

"……대체 어떻게 된 일인가?"
공작이 나에게 물었다.
"독은 오리가 씨가 보낸 와인이 아니라 폐하의 글라스 안에 발라져 있었어요."
"글라스에……? 그렇군. 그래서 와인에서는 독이 검출되지 않았던 거야."
"저는 독을 검출할 수 있는 마법을 사용할 수 있기 때문에 바로 알아챘습니다. 실제로 독을 바른 사람은 요리사나 식사 시중을 드는 사람 중 누군가겠죠. 식사가 끝난 후, 글라스를 치울 생각이었을지도 모르지만 장군이 현장을 통솔했기 때문에 손을 대지 못했을 것이라 생각합니다. 나머지는 사건의 흑막, 진짜 범인을 어떻게 알아낼 것인가……인데, 좀 허무하네요."
물론 어디를 어떻게 봐도 범인은 이 녀석밖에 없었지만. 발뺌을 못하게 하려면 어떻게 해야 할까 생각을 했었는데, 이렇게까지 완벽하게 걸려들다니, 김이 빠진다. 흔한 트릭(이라고 부를 만한 것도 못 되었지만)이기도 했고.
와인에 독이 들어가 있지 않다는 사실만 알면, 내가 아니라도 누군가가 머지않아 진상을 눈치챘겠지.
비록 허술한 범인이지만, 탐정 역할을 해 보고 싶었다, 한 번쯤은 말이지~.
"……큭!"
두꺼비가 문을 향해 쏜살같이 뛰어갔다. 포기를 모르는구

나. 결국 이 남자는 무능하고 뒷일을 생각하지 않는 사람으로, 자기가 뛰어나다고 착각을 하고 있었을 뿐인 별 볼 일 없는 악당이었던 것이다. 하지만 그 바보 같은 생각 때문에 왕이 죽을 뻔했으니, 죄가 참 무겁다.

"【슬립】."

"으어억?!"

꽈당~탕! 백작이 호들갑스럽게 넘어지며 바닥에 뒤통수를 부딪쳤다.

"윽!"

그리고 지금까지의 울분을 풀 듯이 오리가 씨가 옆구리에 강력한 발차기를 날리자, 그가 의식을 잃었다. 오, 엄청 아프겠다.

대사로서 해서는 안 될 행동이었지만, 문제 삼는 사람은 아무도 없었다.

"장군의 보고에 따르면 실행범은 식사 시중을 드는 자와 독을 확인하는 자, 둘이었다고 하네. 그리고 바르사 백작의 저택에서는 글라스에 묻은 독과 같은 종류의 독이 발견되었다는군. 그에 더해 자신이 스우를 유괴하려 했다는 사실도 자백

했다니, 이걸로 사건이 일단락된 셈이야."

공작이 왕궁의 한 방에서 의자에 앉아 기쁘게 이야기를 해 주었다.

방에는 공작 외에도 국왕 폐하, 유미나 공주, 유에루 왕비, 샤를로트 씨가 의자에 앉아 테이블을 둘러싸고 차를 즐기고 있었다.

"백작은 어떻게 되나요?"

"국왕 암살이니, 반역죄이지. 본인은 사형, 집안의 재산은 몰수, 가문은 멸망, 영지는 무주공산이 될 거네."

그야 그게 보통이겠지. 근데 죄책감……이 들지 않는 이유는 뭘까. 자업자득이라 그런가. 동정의 여지도 없고 말이야.

"백작의 가족은요?"

"연좌제로 묶어 전원 사형……이라고 하기도 뭐하니까 말이지. 가족은 귀족의 지위를 박탈하고 국외로 추방했네. 가족이라곤 해도 녀석에게는 아내와 아이는 없었지만 말이야. 아무튼 친족들도 모두 수인 차별주의자였으니 마침 잘됐지. 이걸로 형님을 방해하는 녀석이 상당히 줄어들 테니까."

공작이 기쁘게 말을 이어갔다. 그렇구나. 이 사건을 본보기로 다른 수인 차별주의자 귀족들을 견제하겠다, 라.

"그건 그렇고 그대에겐 정말 큰 은혜를 입었네. 짐의 목숨을 구해 준 은인이니 뭔가 보답을 하고 싶네만, 혹시 원하는 것이라도 있는가?"

왕이 나에게 그렇게 말을 했지만, 솔직히 말해 현재로써는 곤란한 점이 하나도 없다.

"아니요, 부디 신경 쓰지 마세요. 저는 우연히 공작님을 찾아뵀을 뿐이니까요. 그냥 국왕 폐하는 운이 좋으셨다, 정도로만 생각해 주세요."

정말로 엄청난 일을 한 건 아니다. 【리커버리】도 거슬러 올라가면 모두 하느님 덕분이니까. 이런 걸로 무슨 보답을 받았다간 벌을 받는다. ……응? 하느님이 나한테 벌을 내릴 수 있나? 벼락만은 사절이다.

"토야는 여전히 욕심이 없군."

공작이 쓴웃음을 짓더니, 마시고 있던 홍차를 테이블 위에 내려놓았다.

"지인이 어려운 일을 겪으면 당연히 도와야 하는 거잖아요? 딱히 보답을 받기 위해 도운 것도 아니고요. 돕고 싶어서 도왔다. 그뿐이에요."

진심이었다. 반대로 바르사 백작이라면 제발 좀 도와줘~ 라고 하며 찾아와도 도와줬을지 어땠을지. 나는 공작의 인품을 알기에, 그 사람이 어려움에 처했을 때 힘을 빌려준 것에 지나지 않는다.

"정말 신기한 분이시네요. 【리커버리】와 【슬립】, 무속성 마법을 두 가지나 사용하실 수 있다니. 그런 분은 거의 안 계시니까요."

샤를로트 씨가 미소를 지으며 나에게 말했다. 궁정 마술사에게 마법에 대해 칭찬을 받다니, 정말 쑥스럽다.

"아니, 토야는 그 외에도 무속성 마법을 사용할 수 있네. 이번에도 【게이트】를 사용해 왕도에 왔으니까. 독을 검출한 것도, 장기 세트를 만든 것도 분명히 무속성 마법이라고 했었지?"

"네?"

공작의 말을 들은 샤를로트 씨가 얼어붙었다. 아…… 솔직히 말해야 할까.

"저어~. 맞아요. 무속성 마법이라면 다 쓸 수 있어요. 아마도요."

습득에 실패한 적이 없으니. 아, 【어포트】 때 한 번 실패한 적이 있었나? 근데 결국 사용할 수 있게 됐으니까.

"전부……?! 그게 진짜라면…… 정말로 엄청난 일이에요! 자, 잠깐만 기다려 주세요!"

샤를로트 씨가 허둥대며 방 밖으로 나갔다. ……내가 해선 안 될 말이라도 했나……?

"장기도 토야가 만든 것인가. 아우에게 추천을 받아 시작해 봤는데, 참으로 재미있더군! 완전히 푹 빠져 버리고 말았지. 그런데 마법으로 만들었다니, 무슨 말이지?"

아, 역시 폐하도 빠져든 건가. 닮은 데가 많은 형제야.

나는 테이블에 위에 있던 유리잔을 들고 【모델링】을 사용했다. 잔의 모양이 바로 변하기 시작해, 약 30초 후, 높이가 약

10센티미터 정도의 위풍당당한 국왕 폐하 피규어가 완성되었다.

"이렇게, 해서 만드는 거죠."

왕에게 완성된 피규어를 건네주었다. 본인이 눈앞에 있어서 세세한 부분까지 매우 리얼하게 만들 수가 있었다. 유리 제품이라 떨어뜨리면 깨질 것 같긴 하지만.

"저, 정말 대단하군……. 비슷한 마법을 사용할 수 있는 자가 황국에도 있긴 했다만…… 이렇게 정교하게 만들 수 있다니……."

황국…… 리프리스 황국이었나? 옆 나라. 무속성 마법은 개인 마법. 같은 마법은 아닐지라도 비슷한 마법을 사용할 수 있는 사람은 꽤 많을지도 모른다.

왕이 햇빛을 향해 피규어를 들어 올리더니, 그 반짝이는 모습을 보고 감탄을 내뱉었다. 그 모습을 본 나는 다른 잔을 사용해 두 개를 더 만들기 시작했다. 역시 가족이 같이 모여 있어야 좋을 듯하니까.

잠시 뒤, 왕비님과 공주님의 피규어가 완성되었다. 완성된 피규어를 각각 본인에게 건네주었다. 두 사람 모두 기뻐하며 피규어를 받아 서로 보여준 다음, 테이블 위에 세 개를 나란히 늘어놓았다. 응, 역시 가족 세 명이 모여 있으니 그림이 된다.

"이거야, 아주 멋진 선물을 받았군."

"원래는 이곳의 유리잔이니까요. 잔을 못 쓰게 만들어 죄송합니다."

꾸벅 하고 왕에게 고개를 숙였다. 고개를 들어 보니 공작이 매우 아쉬운 표정을 짓고 있었다. 정말 알기 쉬운 사람이네.

"……공작님 가족도 다음에 만들어 드릴게요."

"정말인가?! 이야, 고맙네!"

기왕에 만들 거라면 스우와 에렌 님이 앞에 계셔야 잘 만들 수 있으니까.

공작의 타산적인 모습에 쓴웃음을 짓고 있는데, 파앙! 하고 문을 열더니 샤를로트 씨가 많은 물건을 들고 달려들어 왔다.

샤를로트 씨는 아주 진지한 얼굴로 나에게 다가오더니, 양피지에 적힌 무언가를 눈앞에 펼쳐 놓았다.

"이, 이걸 읽을 수 있나요?!"

불쑥 앞으로 다가오는 샤를로트 씨. 뭐, 뭐죠? 무섭거든요?!

강력한 압박에 양피지를 바라보았지만, 처음 보는 언어로 적혀 있어 전혀 의미를 알 수 없었다.

"……못 읽겠는데요. 이게 뭐죠?"

"못 읽는다고요? 그럼 이쪽 무속성 마법은 사용할 수 있나요?"

이번엔 같이 가져온 엄청 두꺼운 책의 한 페이지를 가리켰다. 이건 읽을 수 있다. 어~, 무속성 마법 【리딩】? 몇몇 언어를 해독 가능하게 하는 마법인가? 단, 언어를 지정할 필요가 있다. 그렇구나. 이걸 사용하면 읽을 수 있다는 건가?

그보다, 처음부터 이게 있었으면 린제에게 글을 배우지 않았어도 됐는데 말이야.

"아마 사용할 수 있을 거라 생각하는데요……. 이 언어가 뭔지 아세요?"

"고대 정령 언어예요. 거의 해독할 수 있는 사람이 없죠."

음~, 일단 시도해 볼까.

"【리딩/고대 정령 언어】."

마법을 발동시켰다. 양피지를 들고 훑어보았다. ……으……음…….

"이건……."

"이, 읽을 수 있나요?!"

눈동자를 반짝이며 나를 바라보는 샤를로트 씨. 그에 반해 나는 멍한 눈동자로 샤를로트 씨를 마주 보았다.

"죄송해요…… 읽을 수는 있는데, 의미를 모르겠어요……."

"읽을 수 있지만…… 이해를 못하겠다?! 대, 대체 무슨 말이죠?!"

"그러니까…… '마소에 관한 의미 있는 술식이 없는 디코멘트는 마력을 충돌시킨 소마식에 대한 에도스의 변화를…….' 이렇게 적혀 있지만, 대체 무슨 얘기인지 전혀……."

모르겠다. '읽을 수 있다' 는 것과 '이해할 수 있다' 는 것은 별개다. 내 머리로 이해하기에는 너무나도 난해하기 짝이 없다.

"읽을 수 있는 거군요! 굉장해요, 토야 씨! 이걸로 연구가 비약적으로……! 죄송하지만, 이쪽도 읽어 주실 수 있을까요?!"

"자, 자, 잠깐만요!"

엄청난 기세로 계속 들이대는 샤를로트 씨를 나는 몸을 뒤로 빼며 다가오지 못하도록 막았다. 콧김이 엄청 세거든요! 무서워, 진짜로!

"샤를로트. 조금 진정하거라."

"앗! 죄, 죄, 죄송합니다! 저도 모르게 흥분을 해서……!"

왕의 말을 듣고 정신을 가다듬은 궁정 마술사는 새빨갛게 물든 얼굴을 아래로 숙였다.

"물론 네가 고대 정령 마법을 계속 연구하고 싶어 했다는 건 잘 알고 있으니, 그 마음을 모르는 건 아니다만."

"정말 대단해요! 지금까지는 단어 하나하나를 찾아 해독을 해 왔었고, 긴 세월 동안 해석을 해도 잘못된 해석이 굉장히 많은 상태였는데, 순식간이잖아요! 토야 씨! 꼭 해독을 하는 데 협력해 주세요!"

어? 이런 걸 계속 읽으라고……? 앞으로 계속?

"저어, 분량이 어느 정도인지……."

"아, 분량은 정말 셀 수도 없을 정도이지만…… 일단 고대 문명 파르테노가 남긴……."

"앗, 거기까지!"

셀 수도 없을 정도, 라는 말이 나온 시점에 포기다. 가끔 도와주는 거는 몰라도 그걸 직업으로 삼을 생각은 없다! 나는 번역가가 될 마음은 없으니까.

내가 거부하자 샤를로트 씨는 이 세상이 종말을 맞이한 것 같은 표정을 지었다. 아무리 그런 표정을 지어도 안 되는 건 안 된다…….

아, 그렇지.

"죄송합니다, 폐하. 유리잔을 하나 더 사용해도 될까요?"

"상관없네만. 또 뭔가를 만들 셈인가?"

음~, 유리 부분은 이 정도면 되고, 금속 부분은…… 은화로 할까?

꺼낸 은화와 잔에 【모델링】 마법을 발동시켜 형태를 정돈했다. 은화로는 테를 만든 뒤, 알을 그 안에 끼워서 완성.

단순하지만, 일단 안경이다. 렌즈 부분은 그냥 유리이니 도수 없는 안경이지만.

유리 피규어를 만드는 모습을 보지 못한 샤를로트 씨만이 놀라워했지만, 이게 끝이 아니었다.

이번엔 이것에 【인챈트】로 마법 효과를 부여할 생각이다.

"【인챈트 : 리딩/고대 정령 언어】."

안경이 흐릿하게 빛을 내다가 이윽고 사라졌다. 그리고 나는 안경을 직접 쓰고 양피지를 읽어 보았다. 응, 좋아. 바로 벗어 안경을 샤를로트 씨에게 건네주었다.

"제가 썼던 것처럼 써 보세요."

"네? 네에……."

하라는 대로 도수 없는 안경을 쓰는 샤를로트 씨. 오, 생각보다 잘 어울려. 안경 미인 탄생이다.

양피지를 샤를로트 씨에게 내밀었다.

"그럼 그걸 쓴 채로 이곳을 읽어 주세요."

"네? …… '마소에 관한 의미 있는 술식이 없는 디코멘트는 마력을…….' ……이, 읽을 수 있어요! 저도 읽을 수 있다고요!"

좋아, 성공이다. 번역 안경. 지금 이곳에서 만들어지다.

가지고 온 다른 양피지도 읽으면서 잔뜩 들떠 매우 기뻐하는 그 모습은 도저히 성인 여성이라고는 생각하기 힘들 만큼 사랑스러웠다.

"일단 효과는 반영구적일 거라 생각하지만, 혹시 효과가 사라지면 알려 주세요."

"네! 앗, 저어, 이걸 저한테 주시는 건가요?!"

"네, 드릴게요."

"감사합니다!"

이거야 원. 이걸로 번역가로 직업 체인지를 하지 않아도 되니 정말 다행이다.

샤를로트 씨는 얼마나 기뻤으면 바로 연구를 시작하고 싶다고 말하며 바람처럼 방을 빠져나갔다.

"미안하군. 저 아이는 한 번 빠져들면 주변을 돌아보지 못하는 성격이라 말이야……. 마법에 관해서는 우리 나라 제일의 재능이네만……."

"어머, 그게 저 아이의 좋은 점이에요."

"……아무튼, 기뻐해 주시니 정말 다행입니다."

왕이 난처하다는 듯한 표정을 짓자, 왕비님이 옆에서 키득키득 웃었다. 그 모습을 보면서 나는 의자에 등을 기댄 채, 식어 버린 홍차를 마셨다. 식어도 맛있는 걸 보니 최고급 홍차인가 보다.

빤——…….

빤————…….

빤——————…….

빤————————…….

……음, 조금 전부터 계속 보고 있네.

누가? 공주님이요. 푸른색과 녹색의 오드아이가 나를 포착한 뒤 떨어질 생각을 하지 않습니다만. 타깃, 록 온, 같은 느낌이다. 내가 비위에 거슬리는 짓이라도 한 걸까……? 뭔가 공주님의 얼굴이 빨간 듯한…….

갑자기 시선 공격이 멈추었다. 힐끔, 공주님을 보니 자리에서 일어서 국왕 폐하와 왕비님을 바라보고 있었다.

"유미나, 왜 그러지?"

"아버지, 어머니. 저, 결정했어요."

뭘 결정했을까? 슬쩍 공주님을 보면서 다시 식은 홍차를 마셨다.

이윽고 얼굴을 붉게 물들이면서, 공주님은 그 말을 입에 담았다.

"여, 여기 계신 모치즈키 토야 님과…… 결, 결혼하겠습니다!"

푸―――――――――옵!!!

공주님의 폭탄 발언에 식은 홍차를 공중에 내뿜었다.

지금 얘가 무슨 말을 한 거지? 결혼? 혈흔? 결과? 아, 결투인가? '여, 여기 계신 모치즈키 토야 님과 결투하겠습니다!' 응? 무슨 소린지.

"……미안하지만, 한 번 더 말해 줄 수 있겠느냐, 유미나."

"그러니까 여기 계신 모치즈키 토야 님과 결혼하고 싶습니다, 아버지."

"어머나."

국왕 폐하의 말에 다시 한 번 같은 말을 반복하는 유미나 공주. 왕 옆에 앉아 있던 유에루 왕비는 눈을 휘둥그렇게 뜨며 딸을 바라보았다.

공작도 놀랐는지, 시선이 형과 조카 사이를 왔다 갔다 했다.

"이유가 뭐지?"

"아버지를 구해 주신 것도 있지만…… 토야 님은 주변 사람들이 웃을 수 있게 해 주십니다. 알프레드 숙부님이나 샤를로트 님, 그리고 다른 모든 사람을 행복하게 만들어 주셨어요. 인품도 매우 훌륭하셔서, 저는 이분과 함께 평생을 함께하고 싶다고…… 처음으로 생각하게 되었습니다.”

“……그렇구나……. 네가 그렇다면 반대는 하지 않으마. 행복해지거라.”

“아버지!”

“잠깐만——!”

손을 들고 부녀의 대화를 사정없이 차단했다. 지금 개입하지 않으면 정말 사태가 복잡해진다. 아니, 이미 충분히 복잡해졌지만!

“저기요, 그렇게 맘대로 이야기를 진행시키시면 제가 난처하거든요!”

“오오, 미안하군. 토야, 이렇게 되었으니 우리 딸을 잘 부탁하네.”

“아니아니아니아니아니아니! 이상하잖아요! 폐하, 당신 지금 제정신이세요?!”

왕을 ‘당신’ 이라고 부르고 말았지만, 지금 그런 걸 신경 쓰고 있을 때가 아니다. 이쪽은 인생이 걸려 있으니까!

“일국의 공주를 어디서 굴러왔는지도 모르는 말 뼈다귀 같은 녀석과 정말로 결혼시키실 생각이세요?! 사실은 나쁜 놈일지도 모르잖아요!!”

“그런 걱정은 말게. 유미나가 인정을 하였으니, 자네는 최소

한 나쁜 사람은 아니라 할 수 있지. 이 아이는 그런 '질' 을 잘 구별할 줄 아네."

응? '질' 을 구별해? 그게 무슨 말이야?

"유미나는 '마안(魔眼)' 을 지니고 있으니까. 사람의 성질을 꿰뚫어 보는 힘을 지니고 있는 것이지. 물론 직감과 비슷한 것이기는 하지만, 유미나의 경우 절대 사람을 잘못 보는 법이 없네."

공작이 설명을 해 주었지만, 간단히 말해 본능적으로 좋은 사람과 나쁜 사람을 구별할 수 있다는 얘기인가? 저 오드아이에는 그런 힘이 있었던 건가. 음, 바르사 백작 같은 사람이라면 나도 나쁜 사람이라는 걸 바로 알 수 있지만, 그 능력이 진짜라면 나쁜 남자에게 걸려드는 일은 없을 듯하다.

그런 공주님에게 좋은 사람이라는 말을 들어 솔직히 기분이 나쁘지는 않았지만, 그것과 이건 이야기가 별개다.

"……저어, 유미나 공주님은 몇 살이죠?"

"이제 막 열두 살이 된 참이네."

"아직 결혼을 하기엔 너무 이른 게 아닐지……."

"아니, 왕가의 사람들은 대체로 열다섯까지는 약혼 상대를 정하니 상관없네. 나도 열네 살 때 아내와 약혼했었지."

크. 이래서 이세계는. 내가 벌레를 씹은 표정을 짓자, 공주가 내 코트의 옷소매를 꼭 붙잡았다.

"토야 님은 제가 싫으세요……?"

유미나 공주가 슬픈 눈동자로 나를 바라보았다. 앗, 그건 반칙이야! 진짜 약은 행동이라고!

"아…… 싫은 게, 아, 아니라……."

정확하게는 싫다 좋다를 결정할 만큼 너에 대해서 잘 모른단 말야.

"그럼 아무 문제도 없는 거네요!"

순식간에 방긋 미소를 짓는 유미나. ……귀엽당. 그게 아니라!

어쩌지? 분명히 이 아이는 싫어할 만한 요소도 없고, 나도 딱히 좋아하는 사람이 있는 건 아니다. 부모님도 허락했고, 앞으로 곤궁한 생활을 할 염려도 사라지겠지. 어? 거절할 이유가 없나?

아냐! 결혼은 인생의 무덤! 사촌 형이 그랬다고!

사촌 형은 속도위반 결혼을 했는데, 3년 만에 이혼 통고를 받았다. 이유는 모른다. 그리고 형의 아내가 졸라서 빚을 내면서까지 무리하게 구입했던 집에서 쫓겨나고 말았다. 그 뒤로는 멀리 떨어져 사는 아이를 위해 비싼 양육비를 계속 지원해 주었다. 하지만 전 부인은 그 돈을 거의 대부분 자신을 위해 멋대로 쓰고 있다는 듯하다. 설날이 되어 친척들이 모이면, 다들 위로를 하면서 형에게 술을 따라 주었다.

그때의, 인생에 찌든 형의 얼굴이 지금 내 뇌리에 떠올랐다.

좋아, 나는 평생 독신 귀족으로 사는 거야! 귀족은 아니지만!

"……제 고향에서는 남자는 열여덟, 여자는 열여섯이 될 때까지 결혼을 할 수 없어요. 게다가 저는 공주님에 대해 잘 모르고요. 저는 아직 결혼할 생각이 없습니다."

"토야 씨는 몇 살이시죠?"

"열다섯이요. 바로 열여섯이 되지만요."

유에루 왕비의 질문에 그렇게 대답했다. 분명 2개월 후면 생일이 돌아온다. 원래 있던 세계와 날짜가 일치하는지는 잘 모르겠지만.

"그렇다면 결혼식은 2년 후가 되겠네요. 그때까지 유미나에 대해 알아 가면 아무런 문제도 없는 거고요. 일단은 약혼을 하고, 토야 씨도 그때까지 생각을 해 보면 될 것 같네요."

저기요저기요저기요. 2년이 지나도 유미나 공주는 열네 살이잖아요! 헉, 이 왕비도 좀 이상해!

"이보게, 토야."

"네에엑?!"

왕이 부르는 소리에 이상한 목소리로 대답하고 말았다. 상황이 상황이다 보니 어쩔 수가 없다! 상당히 당황했다는 것을 스스로도 알 수 있었다!

"2년간 유미나와 교제를 해 보고도 결혼을 할 수 없다고 한다면 우리도 포기를 하지. 일단은 그렇게 해 보는 게 어떤가?"

"네에…… 뭐, 그거라면……."

갑자기 결혼하는 것보다야 몇 배는 나은 데다, 시간이 지나면 열도 식어 다른 남자를 바라보게 될지도 모르니까……. 그리고 현실을 깨달아 결혼할 마음을 접어 준다면 그야말로 만만세다. 더 이상 입씨름을 해 봐야 소용없기도 할 테고…….

나는 포기하고 그 말을 받아들이기로 했다.

"잘됐구나, 유미나. 2년 동안 토야 씨의 마음을 사로잡아 보렴. 그렇게 하지 못했을 때에는 평생 수도원에서 살 각오를 하려무나."

"네! 어머니!"

"잠깐만요! 그게 무슨 소리예요?!"

역시 경솔했어! 부담스러워! 너무 부담스럽다고! 그게 뭐야? 조금씩 도망갈 곳을 차단당하고 있는 듯한 기분이다!

왜 내가 거절하면 이 아이가 평생 결혼을 하지 않는다는 거지? 더 좋은 사람을 찾아보면 되잖아!

"앞으로도 잘 부탁드려요, 토야 님."

공주님의 반짝이는 미소. 반면에 나는 메마른 웃음을 지을 수밖에 없었다. 사촌 형이 '나처럼은 되지 말아라.' 하고 말을 걸은 듯한 느낌이 들었다…….

"너 정말 뭐 하는 거야?"

"실은 나도 대체 뭐가 뭔지 모르겠어……."

'은월'에 돌아온 내가 일련의 사건에 대해 이야기해 주자, 에르제가 어이가 없다는 듯이 그렇게 말했다.

"토야 님이 결혼을 하시는 겁니까……."

"깜짝 놀랐어요……."

야에와 린제도 어이가 없는 표정을 지으며 내 왼쪽에 매달려 있는 소녀를 바라보았다.

그래. 따라오고 만 것이다. 이 나라의 공주님이.

유미나 에르네아 벨파스트 님이.

"유미나 에르네아 벨파스트라고 합니다. 여러분, 잘 부탁드려요."

예의 바르게 모두의 앞에서 고개를 숙여 인사하는 유미나 공주. 기뻐서 어쩔 줄 모르겠다는 듯한 그 미소가 내 가슴을 무겁게 만들었다.

"근데, 왜 공주님이 이곳에 계시는 것인지요?"

"네. 아버지의 명령으로 토야 님과 같이 살게 되었습니다. 신부 수업이래요. 세상물정을 몰라 얼마간 불편을 끼치는 일도 있을지 모르나, 아무쪼록 잘 부탁드립니다."

그렇다. 그 뒤, 공주님을 억지로 떠맡게 되었다. 그 왕은 대체 무슨 생각을 하는 거야? 상대를 알기 위해서는 가까이에 있는 게 제일 중요하다나 뭐라나. 하다못해 호위 정도는 붙여주라고! 딸이 걱정되지도 않나?! 설마 천장 위에 공주를 호위하는 닌자가 있다거나 그런 건 아니겠지?

그런 생각을 하는 사이에 천장 위에서 덜컥 하는 소리가 났다. ……쥐, 겠지?

"같이 산다니, 여기서? 공주님인데 괜찮아……요?"
에르제가 아주 지당한 말을 했다. 나도 그렇게 생각한다. 지금까지 수많은 사람들에게 시중을 받으며 살아온 사람이 모두 혼자서 해 나가야 하는데 잘할 수 있을 리가 없다.
솔직히 힘들어서 성으로 도망가 줬으면 하는 마음도 조금 있다…….
"에르제 언니, 존댓말은 쓰지 말아 주세요. 일단은 제가 할 수 있는 일부터 토야 님을 도와 드릴 생각이에요. 절대 방해가 되지 않도록 힘내겠습니다!"
가슴 앞에서 양손으로 작은 주먹을 쥐며, 의욕이 넘치는 자세를 취했다. ……귀엽당, 이 아니라!
"……구체적으론?"
린제가 그렇게 질문했다.
"일단은 여러분과 마찬가지로 길드에 등록해 의뢰를 해 나갈 생각이에요."
""""뭐어?!""""
모두의 목소리가 하모니를 이루었다. 길드에 등록한다니…… 모험자가 될 생각이야?!
"저기, 공주님? 길드에서 의뢰를 받는다는 게 무슨 의미인 줄 알아?! 얼마나 위험한지——."
"알아요. 그리고 공주님이라고 부르지 말아 주세요. 부디 '유미나' 라고 불러 주세요, 서방님."

"서방님이라고 하지 마!"

"그럼 유미나라고 불러 주세요."

생긋 웃는 공주님…… 아니, 유미나. 음. 의외로 세게 나온다. 이 아이, 몸은 작지만 얕볼 수가 없어.

일단은 서방님은 물론, 토야 님이라고 부르지 말고, 유미나', '토야 오빠' 로 부르기로 했다.

"샤를로트 님께 마법 지도와 활을 쏘는 법을 배웠어요. 저도 나름 강해요."

"활과 마법……. 확실히 원거리 공격은 많은 도움이 될 거라 생각합니다. 마법 적성은 무엇인지요?"

"바람과 흙, 어둠이에요. 소환수는 아직 세 종류밖에 못 부르지만요."

바람, 흙, 어둠. 딱 린제가 쓰지 못하는 속성이네. 실력이 어떤지는 아직 모르지만…….

"음~, 어떻게 할래?"

에르제가 린제와 야에를 보며 팔짱을 끼었다. 어떻게 할래? 란 이 아이를 파티에 넣을까 말까 확인을 하는 것이겠지.

"……일단은 무언가 의뢰를 맡아서, 확인을 해 보는 게 어떨까……?"

"그렇군요. 실력을 본 뒤에 결정하자는 말씀이지요?"

"그래. 응, 위험하면 토야가 지켜 주면 되는 거고. 그럼 결정된 거네."

이것저것 딴지를 걸고 싶었지만, 벌집을 건드리는 것 같아서 그냥 아무 말도 하지 않았다. 애초에 분위기상 내 발언권은 하나도 없어 보이기도 했고.

일단은 내일 길드에 가서 유미나를 등록하기로 결정한 듯했다.

그리고 미카 누나에게 유미나의 방을 하나 잡아 달라고 한 뒤(나와 같은 방을 쓰겠다고 했지만, 내가 단호하게 거부했다), 다 같이 식사를 한 다음 내일을 위해 잠을 자기로 했다.

방에 돌아가, 겨우 혼자가 된 나는 침대에 몸을 내던졌다. 힘들어……. 무지막지하게 힘들어…….

그대로 잠에 빠져들고 싶은 내 귀에, 모처럼 만에 전화 신호음이 들려왔다. 주페의 '경기병'. 경쾌한 곡이지만 지금의 나에게는 약간 짜증스럽게 들렸다.

품에서 스마트폰을 꺼내니 「전화 : 하느님」이라는 글자가 떠 있었다.

"……여보세요."

[오오, 오랜만이구먼. 토야, 약혼 축하하네.]

"……어떻게 아시는 거예요? ……아, 하느님이시니까 알아도 이상할 건 없는 건가……?"

[하하하. 어쩌다 알게 됐지. 모처럼 자네의 모습을 살펴봤더니, 아주 재미있는 일이 벌어지고 있지 않겠나.]

하느님의 기분 좋은 듯한 목소리가 들려왔다.

"뭐가 재미있어요……. 이 나이에 결혼이라니 말도 안 되잖아요?"

[좋은 아이 아니냐. 불만인가?]

"아, 그야 유미나는 귀엽고, 장래에는 굉장한 미인이 될 거라 생각하거든요? 성격도 솔직해서 좋고. 근데 그거랑 이건 별개예요."

[고지식하구먼. 그쪽 세계는 일부다처도 일반적인 곳이니, 마음에 드는 여자가 있으면 계속 아내로 맞이하면 될 것을.]

그랬었구나……. 공작도 왕도 부인이 한 명이어서 나는 그만……. 아니아니, 그런 문제가 아니잖아. 나는 딱히 하렘을 구축하고 싶은 마음은 없거든.

[음, 자네가 앞으로 어떻게 될지 다들 기대를 하더구먼. 힘내게.]

"그렇게 멋대로…… 응? ……다들이라니 무슨 소리죠?"

[신계의 신들이지. 자네를 보여 줬더니 다들 관심을 가지고 지켜보더군. 물론 장난삼아서겠지만 말이야.]

어? 그게 무슨 말이야? 하느님은 한 사람이 아니었어?

"신들? 하느님 이외에도 신이 있어요?"

[있지. 일단 내가 제일 높은 세계신이지만, 그 외에 하급신으로 수렵신, 연애신, 검신, 농경신 등등 해서 꽤 많아. 특히 연애신은 아주 흥미진진해 하더군.]

사람의 연애 사정에까지 참견하지 말라고, 연애신.

[자네의 결혼식에는 친척 역할이 되어 모두 참석하겠다며 잔

뜩 들떠 있더군. 앗, 나는 할아버지 역할이네.]

"저기요……."

신들이 그렇게 한가한가? 신랑 측 하객이 모두 신이라니, 그게 대체 뭐야. 물론 이쪽 세계에는 친척이 하나도 없긴 하지만.

"저를 이쪽으로 보낼 때 참견할 수 없다고 하지 않으셨어요?"

[정확하게는 '세계신으로서는 그다지' 참견할 수 없다, 네. 인간으로서 하계에 내려가는 건 아무 문제도 없어.]

아주 문제가 많아 보이는데……. 딴지를 걸면 패배라는 생각이 들었다. 우리 세계에서도 신화에서는 신들이 아주 가볍게 지상에 내려오기도 했었다니까.

[아무튼 응원하겠네. 잘 생각해 보고 후회하지 않는 삶을 살게. 자네는 행복해졌으면 하거든. 그럼 또 연락하지.]

"네에……."

애매하게 대답을 한 뒤 전화를 끊었다. 후회하지 않는 삶, 이라.

열두 살 여자아이와 약혼이라니, 뭐라고 해야 하나……. 고등학교 1학년 남자가 초등학교 6학년 여자아이와 약혼. 그렇게 생각을 하니 엄청나게 나이 차이가 많이 나는 것 같은데, 실제 나이 차가 네 살이라는 생각을 해 보니 그렇게 대단할 건 없는 것 같기도……? 우리 부모님도 여섯 살 차이니까. 연예인 같은 경우엔 서른 살이나 나이 차가 나는 데 결혼하는 사람도 있었으니까.

애초에 아직 여자아이와 사귀어 본 적도 없는데 결혼이라니, 그다지 느낌이 오지 않는다.
아, 정말 모르겠다. 오늘은 이만 자자. 그래, 그만 자자.

다음 날, 우리는 함께 길드에 갔다.
유미나의 복장이 너무나 화려해 길을 걸으면 눈에 띄었기 때문에, 에르제와 린제에게 옷을 빌려 입었다.
가슴에 리본이 달린 흰 블라우스와 검은 상의, 남색 퀼로트에 검은 니삭스. 다른 사람의 옷인데도 차분한 분위기가 풍겨 아주 잘 어울렸다. 조금 사이즈가 큰 느낌은 들지만.
긴 금발을 땋아서 한쪽으로 정리해 놓아 움직이기 쉬워 보였다.
개인적으로는 오드아이가 더 눈에 띄지 않을까 생각했는데, 이쪽 세계에서는 그렇지 않은 듯했다. 오드아이라고 해서 모두 마안을 가지고 있다고는 할 수 없다고 한다.
이걸로 겉모습만 보면 평범한 여자아이라고 할 수 있게 되었다. 상당한 미소녀니 그걸 평범하다고 해야 할지는 모르겠지만, 그건 제쳐 두자.
"조금 신경이 쓰여서 그러는데, 유미나가 토야랑 결혼하면 다음 왕은 토야가 되는 거야?"
"네. 그건 정말 기쁘지만, 그렇게 되려면 귀족이나 백성이 토야 오빠를 인정해 줘야만 해요. 물론 남동생이 태어나면 그 아이가 왕위를 잇게 되겠지만요."
길드에 가는 길에 에르제와 유미나의 대화를 듣고 나는 왕에게 진심이 담긴 응원을 보냈다. 힘내라, 내 행복을 위해서. 부디 한 명 더 낳기를. 나중에 자양강장제 만드는 법을 스마트폰으로 조사해 둬야겠어……가 아니잖아! 왜 유미나랑 결혼하는 걸 전제로 생각하는 거야?!
"나는 이 나라의 왕이 될 생각은 없어……."
"알아요. 하지만 숙부님께 남자아이가 태어난다거나, 저, 저, 저희 사이에서 태어나는 아이가 남자아이라면 그 아이가 잇게 하는 방법도 있으니까요!"
저희 사이에, 라니 대체 뭡니까? 그리고 자기가 말해 놓고 얼굴 좀 붉히지 말고. 나한테도 옮겠다.
길드에 가기 전에 '무기점 웅팔'에 들러, 유미나의 장비를 구입하기로 했다. 돈은 있냐고 물었더니, 왕이 작별을 할 때 주었다며 금화가 들어간 자루를 자라락 하고 보여 주었다. 불길한 예감이 들어 안을 보니, 백금화 50닢이 들어 있었다. 작별 선물로 5000만 엔이라니 너무 많잖아…….
'웅팔'의 사장, 바랄 씨에게 활을 보여 달라고 했다. 왕도처럼 많은 상품이 갖추어져 있는 건 아니지만, 여기도 나름 구색이 갖춰져 있었다. 그 안에서 몇 개인가를 골라 보여 주자, 유미나는 줄을 당겨 보며 감촉을 확인한 뒤, 길이가 짧고 가벼운 M자형 합성궁, 컴포지트 보우를 선택했다.

비거리보다도 다루기 쉽게 연속으로 빨리 쏠 수 있는 걸 골랐다고 한다. 확실히 롱 보우는 몸집이 작은 유미나가 다루기 어려울 것 같았다.

그와 함께 화살통과 화살 100개 세트를 구입. 흰 가죽으로 된 흉갑과 그것에 어울리는 부츠도 샀다.

좋아, 이걸로 일단 준비 OK려나?

평소와 다름없이 시끌벅적한 길드에 유미나를 데리고 들어갔다.

길드에 있는 사람들이 또 평소와 다름없이 힐끔거리며 이쪽을 쳐다봤고, 일부 남자들은 나에게 험악한 시선을 내던졌다.

처음에는 그 이유를 알 수 없었지만, 지금은 잘 안다.

에르제, 린제, 그리고 야에……. 같은 팀이라서가 아니라, 솔직히 말해 꽤 예쁘다. 그래서 그 예쁜 여자아이들과 같이 있는 나를 험악하게 바라보는 것이다. 정말 따끔따끔한 시선이다.

실제로 여자아이들이 없는 곳에서 '마음에 안 들어.', '야, 나 좀 보자.' 라고 시비를 거는 사람도 있다. 물론 정중하게 정신을 잃게 만들어 주었지만.

아무튼, 그런 사람들과는 상대를 하지 않는 게 최선이다.

내가 유미나를 데리고 접수처의 누나에게 길드 등록을 부탁하는 사이에, 에르제와 일행은 의뢰서 보드 쪽으로 가서 내용을 확인했다.

등록을 끝내고 나와 유미나가 합류해 보니, 에르제가 녹색 의뢰서 한 장을 들고 있었다.

"적당한 거 있었어?"

"음~, 이건 어떨까?"

나에게 건네준 의뢰서. 토벌 의뢰네. 어…….

"킹에이프 다섯 마리……. 어떤 마수였지?"

"큰원숭이 마수, 예요. 몇 마리씩 무리를 지어 움직이면서 습격해 오는 마수죠. 지능이 크게 높지 않기 때문에 함정에 잘 걸리지만, 파워만큼은 주의를 기울여야 해요. 우리 레벨이라면 큰 문제 없이 토벌할 수 있을 것 같아요."

힘으로 밀어붙이는 파워형 몬스터라는 건가. 그건 그렇고 '킹' 이라는 이름이 붙는 녀석들이 한꺼번에 몰려다닌다니, 뭔가 어색하다. 린제의 설명을 듣고 그런 생각을 하면서, 의뢰서를 옆에 있던 유미나에게 건네주었다.

"어때? 할 수 있을 것 같아?"

"문제없답니다. 괜찮아요."

우리의 길드 카드는 녹색이지만, 유미나의 카드는 당연히 초심자용인 검은색이다. 우리 랭크에 맞춰 줄 필요는 없었는데, 유미나가 녹색이라도 괜찮다며 고집을 꺾지 않았다.

검은색, 보라색, 녹색, 파란색, 빨간색, 은색, 금색으로 랭크가 변하는데, 각각

검은색 초심자.

보라색 수습 모험자.

녹색 모험자.

파란색 베테랑 모험자.

빨간색 일류 모험자.

은색 초일류 모험자.

금색 영웅.

이런 느낌인 듯하다. 당연히 위로 올라갈수록 랭크업을 하기가 어려워진다. 참고로 이 나라에는 골드 랭크 모험자가 없다. 영웅은 그렇게 흔하지 않다는 말인가.

일단 킹에이프 토벌 의뢰서를 접수처에 가지고 가서 접수해야 한다. 장소는 이곳의 남쪽, 아렌느 강을 건넌 곳에 있는 숲이라고 한다.

공교롭게도 남쪽으로는 가 본 적이 없기 때문에 【게이트】를 사용할 수 없어 마차를 빌려서 타고 가기로 했다.

마부석에는 에르제와 린제가 앉았고, 짐칸에는 나와 야에, 유미나가 앉았다. 참고로 유미나도 말을 다룰 수 있다고 한

다. 공주님인데. 아니지, 공주님이라 다룰 수 있는 건가? 말을 타고 멀리까지 나들이를 했다든가? 어쩌면 이쪽 세계에서는 말을 다루지 못하는 사람이 소수파일지도…….

"음~, 매번 마차를 빌리는 것도 좀 그러니, 사는 게 나으려나?"

"마차도 최하급에서 최상급까지 있지만, 꽤 비쌉니다. 게다가 말을 돌보는 것도 매우 힘들지요. '은월' 에 계속 맡겨 둘 수도 없고 말입니다."

그렇겠지? 장단점이 있구나. 솔직히 말해 나는 말을 돌볼 자신이 없다. 돌보지도 못할 거라면 살아 있는 동물을 키워선 안 되겠지?

그런 대화를 하는 사이에도 마차는 계속 앞으로 나아가, 약 세 시간 뒤, 우리는 아렌느 강을 건너 남쪽 숲에 도착했다.

자, 킹에이프는 어디에 있을는지. 【서치】로 검색할 수 있다면 좋겠지만, 50미터 이내에 마수가 있다면 그냥 평범하게 눈치챌 수 있을 테지. 【롱센스】를 쓰는 것도 생각해 볼 수 있지만, 그건 먼 곳에다 감각이 느껴지는 분신을 만드는 것이나 마찬가지라, 결국 혼자서 숲 안을 찾는 것과 거의 다르지 않다. 위기감은 덜하지만.

스마트폰으로 지도를 보니, 숲은 꽤 넓었다. 여기서 특정한 마수를 찾긴 좀 힘들겠는데. 지도의 검색 기능은 살아 있는 동물이나 마수를 찾아 주지 못하니까…….

역시 평범하게 찾을 수밖에 없는 걸까. 숲에 들어가려 하자,

유미나가 우리를 멈추게 했다.

"죄송해요. 숲에 들어가기 전에 소환 마법을 써도 될까요?"

"소환 마법? 뭘 부르게?"

"네. 킹에이프를 찾는 데 아마 도움이 될 거예요."

유미나는 나에게서 조금 떨어진 뒤 마법을 발동시키기 시작했다.

"【어둠이여 오너라, 내가 원하는 것은 긍지 높은 은랑(銀狼), 실버울프】."

주문을 다 외우자, 유미나의 그림자에서 잇달아 은색 늑대가 나타났다. 모두 다섯 마리. 크기는 1미터 정도이다. 반가운지 꼬리를 흔들면서 유미나의 주변을 맴돌았다. 한 마리는 다른 녀석들보다 조금 더 컸고, 이마에 십자 모양이 있었다.

"이 아이들에게도 찾아 달라고 할게요. 떨어져 있어도 저와 의사소통을 할 수 있으니, 발견하면 바로 알 수 있어요."

호오. 개……가 아니라, 늑대라. 그 후각을 이용하면 빨리 발견할 수 있으려나?

"그럼 얘들아, 잘 부탁해."

유미나가 그렇게 말하자 아오~ 하고 한 번 울부짖더니 숲으로 뛰어갔다. 이게 소환 마법이구나. 전에 리자드맨을 봤을 때도 생각했던 거지만, 나도 사용할 수 있으려나?

숲으로 계속 나아가면서, 유미나에게 물어보았다.

"기본적으로는 불러낸 마수와 계약만 맺으면 습득할 수 있어요. 저 아이들의 계약 조건은 어렵지 않아서 저는 쉽게 계약할 수 있었고요. 개중에는 '싸워서 힘을 입증해라', '내 물음에 대답해라' 라고 요구하기도 해요. 강하면 강할수록 따르게 하기도 어려운 거죠."

그렇구나. 강한 소환수일수록 조건이 엄격해지는 거네. 당연하다면 당연한 거지만.

주변을 둘러보면서 그런 생각을 하고 있는데, 유미나가 갑자기 걸음을 멈췄다.

"……그 아이들이 발견했나 봐요. 아, 근데 조금 많네요. 일곱 마리예요."

"일곱 마리……. 어떻게 할까? 의뢰는 다섯 마리인데."

에르제가 곤틀릿을 맞부딪쳤다.

"단숨에 해치우는 게 좋을 것 같아요. 한 마리라도 도망치면 동료를 불러올 것 같아서요."

나도 린제의 의견과 똑같았다. 어쩌면 일곱 마리보다 더 많을지도 모른다. 지금 확실히 억눌러 놓을 필요가 있다.

"유미나, 킹에이프들을 이쪽으로 유인해 올 수도 있어?"

"그것도 가능하지만…… 어떻게 하시게요?"

"함정을 파 놓자. 땅이 꺼지는 함정이라면 흙 마법으로 바로 만들 수 있으니까."

유미나와 함께 흙 마법으로 땅에 몇 개인가 구멍을 뚫은 뒤, 우리는 나무 뒤에 숨었다. 얼마 안 있어 '크와아아!' 하고 부르짖는 소리와 함께, 유미나의 늑대들을 쫓아 몇 마리의 큰원숭이가 모습을 드러냈다.

고릴라보다 조금 더 크고, 이빨이 길었다. 귀가 뾰족하고 눈이 새빨간 그 원숭이는 흉폭한 얼굴로 늑대들을 쫓아왔다.

지면에 위장해 놓은 바닥의 함정을 늑대들은 크게 점프하여 뛰어넘었다. 그것을 보고도 의문스럽게 생각하지 못한 큰원숭이들은 똑바로 달렸고, 아주 쉽게 함정에 걸려들었다.

"크와아악?!"

"지금이다!"

나무 뒤에 숨어 있던 나와 야에, 에르제가 뛰쳐나갔다. 함정에는 세 마리가 걸려들었다. 가슴 높이까지 땅에 묻혀 어떻게든 위로 올라오려고 발버둥치고 있었다.

그중 한 마리에게 깊숙이 화살이 꽂혔다. 유미나인가. 야에가 그 큰원숭이의 보이지 않게 된 눈 쪽에서 검을 휘둘러 목의 경동맥을 끊었다.

"【불꽃이여 오너라, 소용돌이치는 나선, 파이어스톰】."

린제가 불러낸 불꽃 회오리바람이 함정에 빠진 다른 큰원숭이 두 마리를 덮쳤다. 순식간에 두 마리는 불에 탔고, 그 약해진 킹에이프에게 나와 에르제가 결정타를 날렸다.

한숨 돌릴 틈도 없이 숲 안에서 남은 네 마리가 모습을 드러냈다. 그 굵고 커다란 팔을 휘두르는 동시에, 땅을 울리고 울부짖으면서 우리를 향해 달려왔다.

"【슬립】!"

"으각?!"

달려온 속도 그대로, 맨 앞의 한 마리가 내 마법에 걸려 넘어졌다. 그 쓰러진 큰원숭이에게 잇달아 화살이 날아가 박혔다. 마지막으로 그 녀석을 향해 달려간 야에가 체중을 실어 칼을 찌르자, 큰원숭이의 심장은 그대로 박동을 멈췄다.

"【부스트】!"

그 옆에서는 신체 강화 마법을 사용한 에르제가 킹에이프의 품으로 뛰어들어 복부를 잇달아 강하게 때렸다. 그녀의 타격에 버티지 못하고 쓰러진 큰원숭이는 유미나의 늑대들에게 습격을 받았다.

이제 두 마리 남았다.

"【벼락이여 오너라, 백련의 번개 창, 선더스피어】!"

"【불꽃이여 오너라, 홍련의 불꽃 창, 파이어스피어】!"

유미나와 린제의 마법이 발동되었다. 바람 속성과 불 속성, 두 개의 마법 창이 큰원숭이 두 마리의 가슴에 박혔다.

크아아아아! 하고 짧은 외침을 내지르더니, 창이 박힌 두 마리가 쓰러졌다.

와, 대단하다. 마법 실력도 린제와 거의 대등한 건가. 그렇다면 여섯 속성의 마법은 나보다 위구나.

나는 마력을 잘 조정하지 못해서인지, 현재로써는 상위 마법, 특히 공격 마법은 좀처럼 잘 배우지 못하고 있다. 빛 속성은 나름 특기이지만.

킹에이프 일곱 마리는 모두 쓰러뜨렸다. 이걸로 전투 종료인가. 생각보다 쉽게 해치울 수 있어서 다행이다.

유미나의 그림자에 늑대 다섯 마리가 뛰어들어 사라져 갔다.

"저어, 저는 어땠나요?"

유미나의 말은 방해가 되지 않았느냐는 그런 질문이겠지. 솔직히 말해 방해는커녕 아주 큰 도움이 되었다. 엄호 사격이라는 게 이렇게 효과적일 거라고는 생각도 못했을 만큼.

"실력은 문제없네."

"마법도 굉장히 뛰어났, 어요."

"역시 후방 지원이 있으니 도움이 많이 됩니다."

잇달아 유미나의 실력을 칭찬하는 긍정적 의견이 모여 들었다. 그야 그렇지만…… 역시 열두 살 여자아이를 위험한 상황에 맞닥뜨리게 하는 건 좀…… 음~.

생각을 하는 나를 불안한 얼굴로 계속 바라보는 소녀. 그러니까 그 눈은 반칙이래도……! 이 아이, 설마 다 알면서 그러는 건 아니겠지?

"……앞으로도 잘 부탁해, 유미나."

"네! 맡겨 주세요! 토야 오빠!"

흘러넘치는 듯한 미소를 지으며 나에게 안겨 드는 유미나. 잠깐, 제발 이러지 마! 다들 보고 있잖아!

간신히 유미나를 떼어 놓고, 킹에이프를 쓰러뜨렸다는 증거부위인 귀를 모았다.

"근데 유미나가 들어오니 여자 넷에 남자는 나 혼자네……."

작게 한숨을 내쉬었다.

"무슨, 문제라도, 있나요?"

린제가 고개를 갸웃거렸다. 전혀 자각이 없으니 정말 난처하다.

"셋 다 눈치 못 챘을지도 모르지만, 길드에 들어가면 굉장히 눈에 띄거든……. 그리고 나를 바라보는 사람들의 시선이 따가워."

"? 왜 따갑습니까?"

"그야 예쁜 여자애들한테 둘러싸여 있으니 시샘을 받는 게 당연하지. 에르제, 린제, 야에도 모두 굉장히 예쁘니까."

"""어?"""

모두 갑자기 몸이 굳었다. 왜지? 내가 뭐 이상한 소릴 했나? 예쁜 여자애들한테 둘러싸인 녀석이 있으면 '쳇!' 하는 감정이 드는 게 당연하다. 남자라면.

"또, 또. 무슨 소리 하는 거야, 토야. 농담도 잘한다니까. 예쁘다니……."

"어, 뭐가?"

"""………."""

왜 다들 얼굴이 빨개지는 거야?

"그, 그럼 도, 돌아갈까?"

"그, 그래, 언니!"

"도, 돌아가시지요!"

세 사람 모두 숲 안을 성큼성큼 빠른 걸음으로 빠져나갔다. 대체 왜들 저래……?

유미나가 쭉쭉 코트 소매를 잡아당겼다.

"토야 오빠, 저는요? 저도 예쁜가요?"

"? 유미나도 예쁜데, 왜……?"

"에헤헤."

유미나는 쑥스러운 듯 미소를 짓더니, 또 나에게 안겨 들었다. 제발 그러지 말라니까!

그리고 마차를 탄 뒤, 【게이트】를 이용해 리플렛으로 돌아갔다.

그건 그렇고 소환 마법이라……. 아직 어둠 속성은 시도해 본 적이 없는데. 처음 본 게 리자드맨이어서 뭔가 이미지가 안 좋다 보니…….

그런 동물 계열도 있다면 한 마리 정도는 계약을 해 볼까. 다음에 유미나한테 가르쳐 달라고 해 봐야지.

"어둠 속성 소환 마법은 일단 마법진을 그리고, 대상을 소환하는 것부터 시작해요. 소환되는 대상은 완전히 랜덤이에요. 일부에서는 마력이나 주문을 외우는 사람의 소질 등에 좌우된다고 말하기도 하는데, 사실 여부는 불문명해요."

'은월' 뒤뜰에서 유미나가 땅에 커다란 마법진을 그렸다. 책을 보면서 복잡한 문양을 분필로 새기듯이 그렸다. 이 분필은 마석 조각을 압축해서 만든 것이라고 한다.

"그리고 소환된 것과 계약을 하면 성공인데, 계약을 하려면 상대의 조건을 받아들일 필요가 있어요. 간단한 것부터, 절대로 불가능할 것 같은 것까지, 상대에 따라 달라요. 제가 이 아이들과 계약할 때의 조건은 '배부르게 밥을 먹여 줄 것' 이었어요."

유미나는 마법진을 다 그린 뒤, 조금 전에 불러낸 은랑 한 마리의 머리를 쓰다듬어 주었다. 이마에 십자 모양이 있는 이 늑대가 유미나와 계약한 은랑이라고 한다. 저번에 불러낸 다른 은랑은 이 리더를 따르는 부하인 듯했다. 참고로 이름은 '실버' . 너무 정직하잖아!

상위 마수와 계약하면 그 부하들도 다룰 수 있는 듯하다. 스우를 습격한 리자드맨을 소환한 자도, 아마 무리의 우두머리와 계약을 했겠지.

"조건이 만족되지 않으면 소환된 마수는 떠나 버려요. 그리고 같은 사람에게는 두 번 다시 나타나지 않고요. 계약할 찬스는 한 번밖에 없는 거예요."

호오. 딱 한 번의 운명적 만남이구나. ……조금 다른가?

"위험하진 않아? 갑자기 습격을 한다든가 그러지 않을까?"

"마수는 계약을 하지 않는 한 마법진 안에서 밖으로 나올 수 없으니 괜찮아요. 원거리 공격도 모두 마법진의 장벽에 막히니까요. 단, 소환자가 안에 들어가면 위험할 수 있어요. 싸워서 실력을 보이라고 하는 마수도 있으니까요."

음~, 위험한 녀석도 있네. 뭐, 이길 수 없을 것 같은데 도전해 올 경우엔 정중히 돌아가 달라고 하면 그만이려나? 조금 아깝게 느껴질지는 모르겠지만.

"이쪽으로 소환되는 소환수는 자신의 마법 실력과는 관계없는 거지?"

"네. 완전한 초보인데 강한 마수가 나타나는 경우도 꽤 많아요."

그럼 나도 가능성이 있다는 거구나. 완전히 운에 불과하지만.

"일단 해 볼까."

완성된 마법진 앞에 선 뒤, 손을 짝 부딪치며 기합을 넣었다. 그리고 어둠 속성의 마력을 불러들여 마법진의 중심에 모았다. 조금씩 검은 안개가 마법진 내부에 가득 차더니, 갑자기 폭발적인 마력이 생성되었다.

〈……나를 부른 자가 그대인가?〉

어느새인가 검은 안개가 사라지고 마법진 안에 커다란 흰 호랑이 한 마리가 나타났다. 방금 그 목소리는 이 녀석이 낸 건가? 예리한 눈빛과 위압감. 날카로워 보이는 이빨과 발톱. 이거 참 엄청난 녀석이 나와 버렸네……. 저릿한 마력의 파동이 느껴졌다. 평범한 호랑이는 아닌 듯하다.

"이 위압감, 흰 호랑이…… 설마 '백제(白帝)'……!"

〈호오, 나를 아는가?〉

내 뒤에서 은랑을 안은 채 웅크리고 있던 유미나를 흰 호랑이가 힐끔 노려보았다. 은랑 실버도 꼬리를 말고 귀를 눕힌 걸 보니 겁을 먹은 듯했다. 호랑이가 노려보니 무서울 수밖에. 아, 나도 지금은 '앞에는 호랑이, 뒤에는 늑대'로 엄청 위압적인 상황이네! 실제론 그렇지 않지만.

"너무 노려보지 마. 무서워하잖아."

〈……너는 아무렇지도 않은 건가. 내 눈빛과 마력을 정면으로 맞고도 서 있을 수 있다니…… 재미있군.〉

"처음에는 깜짝 놀랐지만 말이야. 익숙해지면 못 버틸 정도는 아니야. 그래, '백제'라니 뭐야, 유미나?"

유미나는 나를 바라보며 떨리는 목소리로 무언가 말을 하려고 했다. 하지만 목소리가 나오지 않았다. 아마도 백호의 위압 때문이겠지.

"잠깐 그것 좀 그만해. 이야기를 못하잖아. 약한 사람을 겁주는 건 그다지 칭찬받지 못할 일이라 생각하는데?"

〈……좋다.〉

백호에게 항의를 하자 겉으로 방출되던 위압감이 사라졌다. 뭐야, 말이 통하는 녀석이잖아.

"유미나, '백제' 가 뭐야?"

"소환, 할 수 있는 것 중에서 가장 높은 클래스 네, 네 마리 중 한, 한 마리, 예요……. 극락정토와 근원적 도리, 의 수호자인 짐승의 왕…… 마수가 아니라, 신수(神獸)죠."

아직 떨고는 있었지만, 유미나가 더듬더듬 설명해 주었다. 신수라. 하느님의 애완동물이었으면 재미있었을 텐데.

"그래, 어떻게 하면 계약해 줄 거야?"

〈……나와 계약을 하겠다고? 나를 꽤나 얕보고 있는 모양이군.〉

"일단 말해 봐. 안 될 것 같으면 포기할 테니까."

〈흐음…….〉

백호는 이쪽을 가만히 바라보며 코를 벌렁벌렁거리더니, 고개를 가볍게 갸웃거렸다.

〈기묘하군……. 너에게서 무언가 이상한 힘이 느껴진다. 정령의 가호…… 아니, 그보다 더 위의…… 이게 뭐지?〉

정령의 가호? 안타깝게도 정령은 만나본 적이 없습니다만.

〈……좋다. 너의 마력의 질과 양을 한번 보지. 신수인 나와 계약하는 것인데, 어중간한 마력이면 아무것도 할 수 없을 테니 말이다.〉

"마력을?"

〈그래. 나를 만져 마력을 흘려 보내라. 마력이 아슬아슬하게 고갈되기 바로 직전까지. 최소한의 질과 양을 지니고 있다면 계약을 고려해 보지.〉

후훗, 하고 호랑이가 웃은 것처럼 보였다. 고려해 보겠다니, 확실한 약속이 아니고?

근데 정말 무서운 소릴 다하는 호랑이다. 마력 고갈이라니, 게임으로 말하면 MP가 0이 되는 상태가 되라는 건가? 당분간 마법을 못 쓰게 되려나? 아슬아슬이라고 했으니 MP가 1이 될 때까지 흘려 보내라는 건가.

그런데 애초에 마력은 줄어드는 건가……? 지금까지 계속 사용했지만 그런 느낌은 받은 적이 없었는데. 전에 린제가 내 마력이 많다고 말해 줬었는데, 그래서인가.

일단 마법진 쪽으로 다가가 손바닥을 백호의 이마에 댔다. 오, 폭신폭신해.

"이대로 마력을 흘려 보내면 되는 거야?"

〈그래. 단숨에 흘려라. 너의 마력을 확인해 보지. 먼저 말해 두지만, 마력이 고갈되어 쓰러지면 계약은 하지 않는다.〉

음~, 그렇게까지 계약을 하고 싶은 건 아니니 도중에 힘이 빠지면 그냥 그만두자. 쓰러지고 싶진 않으니까.

"좋아, 간다?"

마력을 모아 그것을 손바닥을 통해 호랑이에게 천천히 흘려 보냈다. 응, 기분이 이상해지거나 하진 않네.

〈아니…… 이건…… 뭐지? 마력의 질이 이렇게 맑다니……?!〉

호랑이가 무언가 중얼거렸다. 그러고 보니 린제도 그런 얘기를 했었다. 뭐, 좋아. 괜찮은 것 같으니 단숨에 흘려 보내 볼까. 호랑이에게 흘려 보내는 마력을 단숨에 증가시켰다.

〈아니?! 허, 허억?!〉

음~, 역시 마력이 줄어든다는 느낌이 들지 않는다. 더 많이 흘려 보내야 하나? 마력을 더욱 많이 흘려 보냈다.

〈크윽…… 이, 이것은…… 자, 잠깐……!〉

역시 잘 모르겠다. 더욱 많이.

〈그만…… 그만하라니까…… 더 이상은…… 으으윽……!〉

더욱더 많이. ……아, 조금 힘이 드는 것 같긴 하다. 이게 마력이 줄어든다는 감각인가.

〈……이제 그, 그만…… 제발……!〉

"토야 오빠!"

유미나의 목소리를 듣고 정신이 번뜩 들어 눈앞의 호랑이를 보니, 몸에 경련을 일으키면서 흰자위를 드러낸 채 입에 거품을 물고 있었다. 다리를 덜덜 떨면서도 서 있기는 했지만 아무래도 내 손바닥에서 머리가 떨어지지 않아 어쩔 수 없이 선 자세를 유지하고 있는 듯한 느낌이었다.

당황해서 마력을 그만 흘려 보내고 손을 떼자, 호랑이는 비틀거리며 지면에 쓰러졌다.

"어?"
뭔가 잘못했나? 회복 마법을 걸어 주는 게 좋으려나? 움찔거리면서 혀를 흐늘흐늘 내밀고 있는데.
"【빛이여 오너라, 평안한 치유, 큐어힐】."
일단 회복시켜 주기로 했다. 이윽고 눈에 빛이 돌아온 백호가 비틀거리며 일어서더니 내가 있는 쪽으로 다가왔다.
〈……한 가지 묻고 싶은 게 있다만…… 조금 전의 그렇게 많은 마력을 흘려 보내고도 아직 여유가 있는 건가?〉
"응? 여유라고 할까, 아주 조금밖에 안 줄었어. 그보다 어? 벌써 회복됐네."
〈뭐라……!〉
호랑이가 입을 떡 벌렸다. 아, 마력이 소비되었다는 느낌이 안 든 이유는 그보다 빨리 회복되었기 때문이구나. 이제야 이해가 가네.
"그래서 계약 말인데……."
〈……이름을 여쭤 봐도 될까요?〉
"? 모치즈키 토야. 아, 이름이 토야야."
갑자기 말투가 바뀌어 신기하게 쳐다보자, 호랑이가 조용히 고개를 숙였다.
〈모치즈키 토야 님. 저의 주인으로서 합당하신 분이라고 판단하였습니다. 부디 저와 주종 계약을 맺어 주시길 부탁드립니다.〉

오, 백호가 동료가 되었어.

"계약은 어떻게 하면 맺을 수 있는데?"

〈저에게 이름을 지어 주십시오. 그게 계약의 증거가 됩니다. 이 세계에 제가 존재할 수 있는 연결고리가 되는 것이지요.〉

"이름이라…… 음~……."

호랑이(虎). 백호(白虎). 그래…….

"코하쿠. 코하쿠는 어떨까?"

〈코하쿠?〉

"이렇게 써."

땅에 '코하쿠(琥珀)' 라고 적어서 보여 주었다.

"이게 호랑이(虎), 이게 흰색(白), 그리고 옆에 있는 이게 왕(王)이라는 의미야."

〈왕 옆에 서 있는 흰 호랑이. 그야말로 저에게 어울리는 이름입니다. 감사합니다. 이제부터는 코하쿠라 불러 주십시오.〉

아무래도 계약이 완료된 듯했다. 코하쿠가 느릿하게 마법진에서 걸어 나와, 이쪽을 향해 다가왔다.

"굉장해요, 토야 오빠……. '백제' 와 계약을 맺다니……."

〈소녀여, 나는 더 이상 '백제' 가 아니다. 코하쿠라 불러 주지 않겠나?〉

"아, 네. 코하쿠 씨."

멍하니 중얼거리던 유미나에게 '백제', 코하쿠가 말을 걸었다. 그 유미나 뒤에서 아직 벌벌 떨고 있던 은랑 실버는 코하쿠의 시선을 깨닫자마자 서둘러 유미나의 등 뒤로 숨어 버렸다.
〈주인이시여, 한 가지 부탁이 있습니다.〉
"뭔데?"
〈제가 이쪽 세상에 항상 존재할 수 있도록 허락해 주셨으면 합니다.〉
"? 무슨 말이야?"
〈보통 소환술사가 소환을 하였을 때, 저희가 존재를 유지하기 위해서는 주인의 마력이 필수적입니다. 때문에 계속 이 세상에 남을 경우 이윽고 마력이 떨어져 저희는 이 세상에서 사라집니다. 그게 보통이지요. 하지만 저의 주인이신 당신의 마력은 조금 전과 비교해 거의 줄지 않았습니다. 이제부터는 항상 이곳에 있어도 문제가 없지 않을까 어리석으나마 생각을 해 보았습니다.〉
아, 코하쿠의 존재를 유지하게 하는 마력의 양보다 자연 회복되는 마력의 양이 더 많아서 그런 거구나. 음, 아무런 지장이 없다면 상관은 없지만…….
"계속 존재하는 것 자체는 상관없는데, 아무래도 마을에서 커다란 호랑이가 계속 걸어 다니는 건 좀……."
〈흐음…… 그럼 모습을 바꾸겠습니다.〉
"응?"
그렇게 말하자마자, 코하쿠는 뿅 하고 어린 호랑이로 변화했다. 그런 것도 할 수 있었구나.

크기는 작은 강아지 정도. 굵고 짧은 다리에, 굵은 꼬리. 위압감 마이너스 100%, 귀여움 플러스 100%다.
너무 귀여워 무심코 안아 올리고 말았다. 우와아, 폭신폭신해. 코하쿠를 소환해 정말 잘됐다고, 이때 진심으로 그렇게 생각했다.
〈이 모습이라면 눈에 띄지 않으리라 생각합니다만.〉
우와, 말했어. 귀여움이 더욱더 상승!
"눈에 안 띄진 않지만, 음, 괜찮겠지."
〈감사합니다. 그럼 이 모습으로, 크헉?!〉
"꺄――!! 귀여워――――――――!!"
내 손에서 코하쿠를 뺏어 들더니 꼬옥 껴안는 유미나. 얼굴을 마구 비적비적 문지르자, 코하쿠가 마구 버둥댔다.
〈뭐냐! 이거 놔라! 너는 대체 뭐냐?!〉
"아, 자기소개를 아직 안 했나 보네요. 저는 유미나라고 해요. 토야 오빠의 신부예요."
〈네가 사모님?!〉
호랑이가 놀라는 얼굴이라니, 상당히 희귀하지 않을까. 그보다, 아직 결혼 안 했거든!
유미나가 계속 쓰다듬자 코하쿠는 질린 표정을 지었지만, 나는 그냥 잠시 그렇게 놔두기로 했다.
코하쿠도 주인의 아내라고 하는 소녀에게 거역하기는 마음이 켕겼는지, 잠시 후 저항하기를 포기하고 유미나가 하는 대

로 가만히 있었다.

이윽고 유미나가 그 폭신폭신함에 만족했을 즈음, 이번엔 에르제를 비롯한 여자아이들이 나타나 유미나보다 세 배나 더 많이 코하쿠를 쓰다듬어 주었다.

〈악, 주인님! 제발 좀 말려 주십시오!〉

"버텨! 조금만 참으면 되니까."

〈그럴 수가~!〉

이렇게 해서 우리에게는 새로운 동료가 생겼다. 다르게 말하면 마스코트라고도 한다.

다들 폭신폭신한 털을 마음껏 쓰다듬은 다음, 이번엔 나도 코하쿠를 쓰다듬었다.

코하쿠의 비명을 들으면서 하늘을 올려다보았다. 오늘도 날씨 참 좋다~.

신이 하늘에 계시니, 세상은 참으로 평화롭구나.

막간극1 모험자들

그날 나는 모험자 길드의 열람실에서 마수 도감을 읽고 있었다. 린제 덕분에 지금은 읽고 쓰기도 거의 불편함 없이 할 수 있게 되었다.

내가 살고 있던 세계로 따지면, 이 마수 도감은 괴수 도감과 비슷하다고 할 수 있었다. 당연히 무진장 재미있다.

다양한 마수와 마물, 정령, 성수(聖獸)에 이르기까지, 깔끔한 일러스트와 함께 실려 있다. 개중에는 일러스트가 없는 것도 있지만, 그건 아직 확인되지 않은 것이겠지.

그중에서도 정보가 적은 마수는 역시 용이었다.

용이란 마수이면서 마수가 아니다. 그것만큼은 다른 종의 다른 생물이라고 한다. 기본적으로 만나면 도망가라고 적혀 있다. 역시 이 세계에서도 용은 최강의 존재인 것일까. 물론 내가 살던 세계에는 없었지만.

이 열람실의 책은 대출이 금지되어 있다. 꼭 밖에서도 읽고 싶다면 자신이 직접 종이에 옮겨 써야 하지만, 나에게는 스마트폰이라는 최강의 무기가 있다.

이 근처에 서식하는 마수의 특징과 주의점, 가치 있는 부분 등이 적혀 있는 페이지를 모조리 사진 어플리케이션으로 촬영했다. 착한 아이는 흉내 내면 안 된다?

【드로잉】으로 복사하는 것도 생각해 볼 수 있지만, 이곳에는 마법을 봉인하는 결계가 쳐져 있어서 말이야. 마법으로 책을 훔치려고 하는 녀석이 있었을지도 모른다. 이쪽 세계에서는 이런 책이 아주 귀중한 것 같으니까. 음, 종이에 베끼는 것보다 이쪽이 더 편리하고 짐도 안 늘어나서 좋다.

책 안에는 아인에 대해서도 적혀 있었다. 살짝 놀랐는데, 이 세계에는 '마족' 이라고 불리는 사람들이 있다.

이 '마족' 은 딱히 나쁜 종족이거나 그런 건 아니고, 한없이 사람에 가깝지만 마물 같은 특성을 지닌 자들인 듯하다.

대표적인 종족으로는 뱀파이어, 워울프, 알라우너, 라미아, 오거 등이 있다.

이런 종족들은 딱히 사람을 적대시하지 않는다. 하지만 그렇다고 사이가 좋은 것은 아닌 듯했다. 대부분의 마족은 북쪽에 있는 마왕국 제노아스에서 살고, 사람이 사는 지역에는 거의 접근하지 않는 듯하다.

따로 살며 공존을 한다고 할까, 일부러 간섭하지 않는다고 할까……. 수인들마저 차별을 받기도 할 정도니, 마족은 그보다도 더욱 기피당하고 있는 것인지도 모른다.

재미있었던 것 중 하나가 늑대 수인과 워울프의 차이점이었다. 알기 쉽게 말하자면, 사람의 모습에 늑대 귀와 꼬리가 붙어 있으면 늑대 수인. 사람과 똑같은 크기의 늑대가 직립 보행을 하면서 사람과 똑같이 손가락이 다섯 개면 워울프. 즉, 워울프의 얼굴은 늑대 얼굴 그대로라는 것이다.

그리고 보름달이 되어도 사람으로 변신은 하지 않는다. 옷도 입고 다니고, 말도 제대로 할 줄 아는 듯하다.

음~, 늑대 귀가 있는 사람과 얼굴이 그냥 늑대인 사람이라. 확실히 후자가 더 사람들에게 받아들여지기 힘들 것 같다.

말만 통하면 겉모습이야 무슨 상관일까 싶지만 말이야.

그 외에도 유익족(有翼族), 요정족, 수서족(水棲族), 유각족(有角族), 용인족(龍人族), 엘프, 드워프 등, 이 세계에는 다양한 아인이 있는 듯했다.

수인족만 해도 그 안에서 개, 여우 등등 다양한 종으로 분류되니, 모두 파악을 하기는 어려울 것 같았다.

세계 지도를 보니 이쪽 세계는 꽤 넓었다. 게다가 기후가 뒤죽박죽이다. 북쪽이니 춥다든가, 남쪽이니 덥다든가, 그런 상식이 통하지 않는다.

그것은 이 땅에 깃들어 있는 정령 때문이라고도 하지만, 자세한 사항에 대해서는 알 수 없었다. 애초에 이 세계가 지구와 똑같은 구체일까? 그것조차도 의심스러웠다. 땅 아래를 코끼리나 거북이가 지탱하고 있거나 하지는 않겠지?

이쪽 세계에도 의외로 정확한 지도가 일반화되어 있어 살짝 놀라기도 했다. 기구나 비행기는 없을지라도, 하늘을 나는 마법이나 날개가 있는 아인이 있으니 이상할 건 없는 건가.

앗, 슬슬 시간이 되었다. 더 이상 있다간 추가 요금을 내야 한다. 나는 책을 덮고 길드 2층에 있는 열람실 밖으로 나갔다.

길드의 1층으로 내려와 보니, 몇몇 모험자들이 모여 있거나 의뢰 보드 앞에서 서로 대화를 나누고 있었다. 오늘은 비교적 사람이 많네. 주말이라서 그런가?

나도 의뢰 보드 쪽으로 가서, 뭔가 좋은 의뢰는 없나 하고 가볍게 훑어보았다. 딱히 의뢰를 맡을 생각은 없었지만.

오늘은 에르제가 '컨디션이 안 좋아' 라고 해서, 다 같이 쉬기로 했다. 음, 뭐냐……. 여자애들은 여러모로 참 큰일이다.

'리커버리' 로 고칠 수 없을까 시도해 봤지만 소용없었다. 상태 이상이 아니라는 거겠지? 오히려 정상이기에 아픈 거니까.

그냥 구경할 목적으로 보드를 보고 있는데, 밖에서 시끄럽게 소리치는 소리가 들렸다.

모험자 길드는 대부분 옆에 술집이 붙어 있는데, 대낮부터 영업을 한다. 물론 낮에는 가벼운 식사가 중심이지만, 술을 안 파는 건 아니다.

근처에 있는 '은월' 보다도 큰 숙소가 있는데, 그곳의 숙박객들이 자주 이용하는 듯했다.

그래서 술주정뱅이도 항상 있다. 평범하게 식사를 하고 싶은 사람이라면 술집에 가지 않는다. 당연한 이야기지만.

말은 자세하게 했지만 나도 몇 번 들어가 보지 않았다. 술도 안 마시고, 술주정뱅이도 싫으니까.

그렇기에 밖에서 누가 소리를 질러도, 길드 안의 사람들은 별로 놀라지 않는다. 또 술주정뱅인가. 그냥 그 정도로 생각할 뿐이다. 하지만 검이 서로 맞부딪치는 소리가 들리면 또 얘기가 다르다.

다른 사람들의 뒤를 쫓아 나도 길드 밖으로 나가 보았다. 술집 앞 거리에는 모험자로 보이는 남자 둘이 벌건 얼굴로 서로를 노려보고 있었다. 대머리에 수염을 기른 남자와 모히칸 스타일의 얼굴이 말처럼 긴 남자. 두 사람 모두 칼집에서 빼낸 검을 쥐고 있었다.

"뭐야? 결투인가?"

길에서 검을 빼다니, 이건 단순한 싸움이 아니다. 잘못하면 목숨이 날아갈 수도 있다.

솔직히 말해 결투를 보는 건 이번이 처음은 아니다. 서로 확실히 이름을 밝히고, 결투의 이유를 말하고, 상대도 승낙하면, 아무도 둘 사이에 끼어들지 않는다. 이게 일반적인 결투에 대한 인식인 듯했다.

근데 이건 결투라기보다는 술주정뱅이들이 날뛰는 것에 불과하다. 그 증거로 어느 쪽에도 입회자가 없다.

주변 마을 사람들도 모두 불편한 표정이다. 결투가 아니라면 바로 기사단 대기소에서 마을 순찰 기사가 오겠지.

"……바보 같아. 완전 민폐잖아. 다른 데 가서 하면 될걸."

"누구냐?! 지금 헛소리를 지껄인 자식 누구야?!"

대머리에 수염을 기른 남자가 얼굴을 더욱 벌겋게 물들이면서 이쪽을 돌아보았다. 으악, 들렸나 보다.

내 주변의 구경꾼들이 썰물처럼 사사삭 멀어져 갔다. 말려드는 것만은 사양하겠다는 듯, 굉장히 재빠르다. 으악~, 사람들이 왜 이렇게 차가워.

"너냐?! 우리한테 바보라고 했겠다?!"

"뭐라고?!"

"저기요, 그냥 바보 같다고 했을 뿐, 두 분을 바보라고 하지는 않았어요……."

일단 변명을 해 보았다. 바보라고 생각한 건 맞지만.

"이 자식……. 요즘 길드에 들어온 놈이지? 여자를 몇 명이나 데리고 다니면서 잘난 척하는 그 애송이 맞지? 얼마 전부터 너만 보면 짜증이 밀려 왔어. 이 자식, 인기가 많다고 자랑하냐? 우릴 바보 취급하는 거냐고, 앙?!"

"이봐, 호색한. 모험자라는 건 말야, 목숨을 건 직업이야. 애들 장난이 아니라고! 꼬맹이는 건방지게 길드에 오지 말고 엄마 젖이나 더 먹어!"

"……아, 술에 취해 검을 빼고 날뛰는 게 어른이구나. 참고할게요."

나도 그 말을 들으니 짜증이 밀려와 무심코 비아냥거리는 투로 말했다. 어른이면 애들한테 시비를 걸지 말란 말이야. 그런 사람을 어른답지 못하다고 하는 거 아니었어?

지금까지 싸움을 하던 두 사람의 적대감이 나를 향했다. 아무래도 나를 둘이 같이 제거해야 할 상대라고 인식한 듯하다.

"이 자식……. 배짱 한번 두둑하군. 각오는 돼 있겠지?"

이마에 핏대를 세운 대머리 수염이 이쪽을 노려보았다. 상대는 2미터가 넘는 사람이었기 때문에, 나는 자연히 위를 올려다보게 되었다.

상대는 프로레슬러 같은 근육을 지닌 데다 흉악해 보이기까지 하는 거한이었다. 하지만 조금도 무섭지 않았다. 솔직히 말하면 돌아가신 할아버지한테 혼났을 때가 더 무서웠다.

그래서 그만 웃음을 터뜨렸는데.

"이, 이 자식이!"

역시 나 같은 사람을 상대로는 검을 휘두르기가 망설여졌나 보다. 대신 커다란 왼손 주먹이 내 얼굴을 향해 날아왔다.

응, 잘 보여. 살짝 오른쪽으로 고개를 기울여 그 펀치를 피했다.

상대의 기세를 이용해 그대로 팔을 붙잡아 당긴 뒤, 균형이 무너졌을 때 다리를 걸었다. 주먹을 날린 대머리 수염은 완벽하게 땅을 향해 다이빙했다. 오, 성공이야. 야에에게 배워 두길 잘했어.

"이 자식!"

이번엔 모히칸 머리가 손에 든 검을 휘둘렀다. 위험하게.

"【슬립】."

"크학?!"

전도 마법으로 모히칸을 땅에 구르게 한 뒤, 그 충격으로 땅에 떨어진 검을 주웠다. 들키지 않도록 【모델링】을 사용해 그 검을 엿가락처럼 흐늘흐늘하게 구부러뜨렸다. 물질을 변형해 다시 형태를 만드는 데에는 시간이 걸리지만, 이 정도는 그다지 어렵지 않다.

까랑. 구부린 검을 모히칸의 머리 앞에 던져두었다.

"히, 히이익?!"

겁먹은 목소리를 내며 주저앉은 채 뒤로 이동하는 모히칸. 내가 엄청난 괴력을 지닌 사람처럼 보였겠지.

"으랴아!"

등 뒤에서 다시 일어선 대머리 수염이 이번엔 인정사정없이 검을 휘둘렀다. 앗, 위험해. 살짝 굴러 검을 피한 뒤, 그 자세에서 몸을 낮추고 뒤에서 대머리 수염의 양다리를 걸었다.

"크헉?!"

뒤통수부터 땅에 부딪친 대머리 수염이 그 자리에서 비명을 질렀다. 가벼운 뇌진탕을 일으킨 거겠지. 머리를 엄청나게 바들바들 떨었다. 안 그래도 술에 취했으니까.

땅에 떨어져 구르던 대머리 수염의 검도 마찬가지로 【모델링】을 이용해 완전히 구부러뜨렸다. 대머리 수염의 얼굴이 새파래졌다.

"제, 젠장! 두고 봐라!"

뻔한 대사를 남기고 두 사람은 모두 그 자리에서 도망쳤다.
정말 민폐야. 대낮부터 술에 취해 날뛰다니.
"이봐, 괜찮나?"
"네, 괜찮습니다. 다친 곳은 없으니까요."
걱정해 주는 구경꾼 남자에게 가볍게 손을 흔들어 주었다.
"아니, 그게 아니라……. 저 녀석들은 '강철의 이빨' 과 '독사' 에 속한 녀석들이잖아. 동료들을 데리고 와서 복수를 하는 게 아닐까 해서 말이야."
'강철의 이빨' ? '독사' ? 그게 뭐야?
이야기를 들어 보니 이 일대에서는 꽤나 유명한 모험자 파티라고 한다. 모르겠는데……. 우리는 다른 파티와 거의 교류가 없으니까~. 술집에서 술을 마시지도 않고. 역시 술과 커뮤니케이션은 떼려야 뗄 수 없는 관계인가?
듣건대 '강철의 이빨' 은 거의 대부분이 파란색 랭크가 모인 파티이고, '독사' 도 역시 파란색 랭크라 한다.
우리는 녹색이니 모두 우리보다 상위 랭크가 모인 파티인 셈이다.
길드 랭크는 의뢰를 맡아 해결한 포인트가 쌓이면, 검은색, 보라색, 녹색, 파란색, 빨간색, 은색, 금색 순으로 승격된다. 상위 랭크라고 더 뛰어나다거나 그런 건 아니지만, 당연히 상위 랭크로 가면 갈수록 승격이 어려워진다.
은색 랭크에서 금색 랭크로 올라가는 일은 거의 없다고 한다. 실제로 금색 랭크 모험자는 현재, 세계에 단 한 사람뿐이다. 빨간색에서 은색으로 올라가기 위한 포인트의 양도 어마어마한 듯하다.

그래서 일반적으로는 빨간색 랭크이면 일류 모험자로 대우받는다. 그 바로 아래인 파란색 랭크는 베테랑 모험자라고 할 수 있으려나.

……그 두 사람, 그렇게는 안 보였는데. 약하기도 했고. 물론 랭크가 올라간다고 해서 강하다고는 할 수 없다.

복수라니. 저쪽도 그런 짓을 할 정도로 한가하지는 않겠지. 모험자끼리의 다툼이야 일상다반사이고, 딱히 큰 상처를 입은 것도 아니니 말이다.

나는 그때 그만큼 가볍게 생각을 했었는데.

“토야 님, 대체 무슨 짓을 하셨습니까?”

“아…… 아무 짓도 안…… 한 건 아니지만, 이게 뭐야?”

다음 날, 에르제에 이어 린제도 ‘컨디션이 안 좋다’ 라고 해서, 나는 유미나, 야에와 함께 셋이서 동쪽 숲으로 토벌 의뢰를 하러 왔다.

토벌 대상은 ‘바람 여우’ 라고 해서 ‘*낫족제비’ 라는 현상을

* 낫족제비(かまいたち) : 갑자기 피부에 베인 듯한 상처가 나는 현상. 일본에서는 낫을 든 투명한 족제비 요괴가 벌이는 일이라고 생각해 이런 이름을 붙였다.

일으키는 여우(여우인데 족제비라는 현상을 일으키다니 대체 뭐지?)를 쓰러뜨리는 것이었다.

여우 자체는 별문제 없이 쓰러뜨려 토벌 부위인 꼬리를 잘라 이제 돌아가려는 참이었는데, 거칠어 보이는 모험자 몇 명이 우리를 둘러쌌다.

"여어, 어제는 아주 고마웠다."

우리를 둘러싼 모험자 중에 한 사람은 본 적이 있는 얼굴이었다. 어제 술집 앞에서 날뛰던 그 대머리 수염이다.

어? 이건 그건가? 복수를 하러 온 거?

"아…… 어제 큰 창피를 당했으니, 동료를 잔뜩 이끌고 와서 복수를 하겠다는 건가? 어른답지도 못하고, 한심하기도 하고."

"시끄럽다! 얕보여선 '강철의 이빨' 의 체면이 말이 아니니까 말이다! 우린 빚을 철저히 갚는 주의거든!"

대머리 수염 주변에 있는 남자들도 히죽거리며 무기를 다잡았다. 꽤 사람이 많네. 하나, 둘, 셋, 넷…… 아홉 명인가. 아무래도 '강철의 이빨' 은 나름 멤버가 꽤 많은 파티인 듯하다.

"원한이 있는 상대를 여러 명이 같이 덮치다니, 남자로서, 아니, 인간으로서 쓰레기 같은 부류에 속한 분들이라고 생각하는데요, 어떻게 하실 건가요? 토야 오빠."

유미나, 태연하게 독설을 내뱉다니. 열두 살짜리 어린 여자아이에게 험담을 들은 대머리 수염들이 격노해 얼굴이 새빨개졌거든?

근데 의외로 배짱이 두둑한걸. 엄청 무서워할 줄 알았는데. 역시 일국의 공주님다워.

"음, 이건 정당방위니까, 죽이지만 않으면 조금 거칠게 대해도 문제없지 않을까?"

"그렇겠지요. 소인도 이런 부류의 패거리는 딱 질색입니다."

야에가 칼을 빼낸 뒤, 칼등이 상대를 향하도록 돌려 들었다. 그것을 계기로 '강철의 이빨' 녀석들이 일제히 달려들었다.

재빨리 날린 유미나의 화살이 달려오던 남자의 오른손을 꿰뚫었다.

"크헉?!"

나는 무기를 떨어뜨린 그 녀석에게 단숨에 다가가 손끝으로 상대의 몸을 만졌다.

"【패럴라이즈】."

"흐아악?!"

마법으로 몸이 마비되어 힘이 들어가지 않게 되자, 남자는 그 자리에서 힘없이 쓰러졌다.

"이 자식!"

양손에 손도끼를 든 남자가 그것을 붕붕 휘둘렀지만, 전혀 날카롭지 못했다. 항상 야에와 훈련을 하고 있기 때문인지 움직임이 느려 보였다.

틈을 봐서 가슴 언저리에 가벼운 주먹을 날려 준 뒤, 【패럴라이즈】를 발동시켰다. 조금 전의 그 남자처럼 이 녀석도 힘없이 지면에 쓰러져 버렸다.

【패럴라이즈】는 상대를 무력화하기에 편리한 마법이지만, 약점도 있는데, 먼저 상대를 만져야 한다는 것과, 상대가 마법 효과를 약하게 만드는 부적을 가지고 있을 경우 그 효과가 얼마나 강한지 약한지에 관계없이 발동이 되지 않는다는 것이었다.

물론 가장 효과가 약한 부적조차도 꽤 값이 나가기 때문에 그런 걸 들고 있는 녀석은 없지만.

"【땅이여 꿰뚫어라, 어리석은 자의 나락, 핏폴】."

"으아아아아아아아아아아……!"

"흐아아아아아아아아악……!"

등 뒤를 보니 유미나가 흙 마법으로 땅에 구멍을 뚫어 함정을 만든 참이었다. 떨어지면서 지르는 비명으로 봤을 때 꽤나 깊어 보이는데……. 괜찮으려나?

"쿠허억?!"

"카학?!"

저편에서는 야에가 칼등으로 두 사람을 제압하고, 또 다른 한 사람을 상대하는 중이었다. 이 시점에서 '강철의 이빨' 멤버는 대머리 수염을 비롯해 세 명까지 줄어서, 더 이상 수의 우위를 점하지 못했다.

"이, 이럴 수가……! 우리는 파란색 랭크인데! 왜 이런 꼬맹이들한테……!"

파란색 랭크라. 아저씨들이 몇 년이나 모험자를 하고 있는지는 모르겠지만, 그만큼 오랫동안 계속해 왔으면 그 정도 랭크에는 당연히 올라갈 수 있는 거 아닐까?

여러 명이 간단한 의뢰를 맡으면 포인트는 낮을지 몰라도 안전하니까. 하지만 반대로 말해, 그런 식으론 더 높이 올라가기가 힘들 거라 생각하는데 말이야.

음, 강하고 말고는 랭크와 관계없다는 건가. 적어도 빨간색 랭크 이하는 말이야. 그 이상으로 가려면 그에 걸맞은 실력도 필요할 테니까.

"칵?!"

"꾸웨엑?!"

야에가 나머지 두 사람을 쓰러뜨려, 이제 남은 사람은 대머리 수염 한 명뿐이었다.

"정말 귀찮아. 당신들도 일단은 모험자라는 이름을 내걸고 있잖아? 이런 짓을 하다니, 부끄럽지도 않아?"

"시끄럽다! 애송이 주제에 건방지단 말이다! 이 자식아, 언젠간 죽여 주……!"

"됐어, 입 좀 다물어. 【패럴라이즈】."

"쿠허―――억?!"

더 이상 말하기도 싫어서 【패럴라이즈】로 몸을 마비시켰다. 이런 녀석들은 무슨 말을 해도 소용없다. 어중간하게 물리쳤다간 또 끈질기게 들러붙을 가능성이 있다.

그렇다면 완전히 마음을 꺾어 버려야 한다. 크크크.

"역시 이건 너무 심한 게 아닐까 생각합니다만……?"

고개를 옆으로 돌린 채, 야에가 얼굴을 빨갛게 붉히며 중얼거렸다.

"그래? 떼로 모여 사람을 습격했으니 이 정도는 각오했어야지."

리플렛으로 가는 가도 옆에 기둥을 아홉 개 세우고, 그곳에 알몸이 된 '강철의 이빨' 남자들을 거꾸로 매달았다.

그리고 사람들이 보고 딱 알 수 있도록「우리는 모험자 파티 '강철의 이빨'. 파티원 모집 중」이라는 간판을 세워 주었다.

"자, 치~즈."

찰칵. 이어서 스마트폰의 카메라로 촬영한 사진을【드로잉】으로 종이에 복사했다. 그 복사한 그림을 본 '강철의 이빨' 녀석들은 재갈을 문 채, 눈물을 흘리며 마구 끙끙거렸다.

"우리한테 또 집적거리면 이게 리플렛 마을 전체, 아니, 왕도에까지 뿌려질 거니까 그렇게 알아. 그래도 좋다면 또 우릴 습격하든지. 이게 정말 다행이라는 생각이 들 정도의 벌을 준비해 줄 테니까."

크크크. 일부러 악당처럼 웃으면서 남자들에게 그렇게 말했다. 그리고 상쾌하게 웃으면서 한마디 더.

"……다음엔 면도칼로 끝을 잘라 버릴 거다?"

그 말을 듣자 주르륵 하고 한 사람이 실금을 하고 말았다. 거꾸로 매달려 있었기 때문에 흐르는 그것이 자신의 몸을 적셨다.

역시나 유미나와 야에는 보고 싶지도 않았는지, 계속 등을 돌리고 서 있었다. 등 뒤에서 무슨 일이 벌어지고 있는지는 일단 이해한 듯싶었지만.

"정말 인정사정이 없으시네요. 이렇게까지 할 필요가 있나요?"

"이런 녀석들이니까, 이다음엔 내 약점을 노리려 들 게 뻔해. 너희를 유괴하거나, 인질로 잡거나. 그런 짓은 절대로 하게 두지 않아. 지금 철저하게 짓밟아 놔야 해."

애초에 이 싸움은 내가 원인이 되어 일어난 것이다. 유미나와 여자아이들에게 피해가 가게 할 순 없다. 내 소중한 동료들에게 손을 대면 가만두지 않을 거다. '제압할 생각이거든 철저하게 제압해라'. 할아버지의 가르침이다.

……잠깐. 이 녀석들 말고도 또 다른 파티에 속한 사람이 있었지? 분명히 '독사'라고 했었는데. 설마…….

"윽!【게이트】!"

나는 불길한 예감이 들어 에르제와 린제가 있는 '은월'과 연결되도록【게이트】를 열었다.

유미나와 야에를 데리고 뛰어든【게이트】의 건너편.

'은월' 앞 길거리에는 남자 일곱 명이 기절해 쓰러져 있었다.

쓰러진 사람 중 한 명은 본 기억이 있다. 말처럼 얼굴이 긴 모히칸이다. 그렇다면 이 녀석들이 '독사' 인가.

이게 대체…….

"여어, 어서 와라. 빨리 왔구나."

"여어, 토야."

우리를 맞이한 사람은 '은월' 의 마스터인 도란 씨와 '무기점 웅팔' 의 사장인 바랄 씨였다. 두 사람은 뻗어 있는 남자들 을 옆에 두고, '은월' 앞 벤치에서 느긋하게 장기를 두고 있었다.

"이게 대체 어떻게 된 거죠?"

"응, 이 녀석들이 말이야, 우리가 장기를 두고 있는데, 에르제와 일행을 불러내라고 난리를 피우잖아. 손님들은 몸이 안 좋아 나올 수 없습니다, 돌아가 주십시오, 라고 했는데도 쿵쿵거리며 가게에 들어오는데 얼마나 화가 나던지."

"그래서 가볍게 상대를 해 줬는데, 다 이렇게 뻗어 버린 거야. 정말 한심해. 이런 것들도 모험자인가?"

나는 어안이 벙벙해 쓰러져 있는 '독사' 녀석들을 바라보았다. 둘 다 강했구나. 정말 놀랐다.

둘 다 체구도 좋고, 여관이나 무기 가게는 거친 사람들도 상대해야 하니, 터프하지 않으면 일을 할 수 없기 때문일까.

"근데 이 녀석들은 대체 뭐야?"

"아…… 먼저 시비를 걸었으면서 오히려 저한테 원한을 품은 녀석들이라고 할까…… 에르제를 인질로 잡으려고 한 것 같아요…….”

“뭐야, 쓰레기 자식들이잖아? 더 혼쭐을 내 줄 걸 그랬어.”

도란 씨가 혀를 차고 있을 때, 가게 안에서 미카 누나가 이쪽을 향해 다가왔다. 조금 불쾌한 표정이다. 그야 그렇겠지. 자기 가게 앞에 이런 녀석들이 쓰러져 있으니.

“으앙~, 완전 장사 방해야. 토야, 얼른 좀 치워 줘. 너하고 관계 있는 사람들이지?”

“아, 네, 당장 치울게요.”

거절하는 건 좋은 생각이 아니란 생각이 들어서 나는 【파워 라이즈】를 사용해 뻗은 남자들을 【게이트】 안으로 휙휙 던져 넣었다.

그리고 다시 가도로 나가 ‘강철의 이빨’ 과 마찬가지로 옷을 벗겨 거꾸로 매달았다. 그때에는 모두 정신이 들어 자신들이 얼마나 한심한 모습인지 확인할 수 있게 되었는데.

가도 맞은편에 자신들과 똑같이 옷이 벗겨져 거꾸로 매달린 ‘강철의 이빨’ 의 모습을 보고 얼굴이 새파래졌다.

역시 마찬가지로 간판을 세우고 카메라로 찍은 뒤, 종이에 복사해 한껏 위협을 한 다음 그대로 방치해 두었다.

마구 울면서 아우성쳤지만 내가 알 바 아니다. 반성해라.

나중에 들은 이야기인데, 도란 씨도 바랄 씨도 한때는 모험자로 활동했다고 한다. 최종 랭크는 파란색으로, 빨간색까지는 가지 못한 듯했다. 게다가 둘 다 혼자서 활동했다고 하니,

확실히 강할 만하다.

그 바보들과 같은 랭크라니, 도저히 믿을 수가 없다. 모험자도 최하급에서 최상급까지 정말 다양하구나.

사람은 겉모습만 보고는 모른다…… 아니, 겉모습대로인가……? 붉은 수염의 거한과 곰 같은 남자이니까…….

나는 울부짖는 바보들을 무시하고【게이트】를 통과해 '은월' 로 다시 돌아갔다.

"와, 그런 일이 있었구나."

완전히 몸이 회복된 에르제가 '은월' 의 식당에서 야에와 유미나에게 어제 있었던 이야기에 대해 듣고 있었다.

옆에 앉아 있는 린제는 아직 컨디션이 완벽하게 돌아오진 않은 듯했지만 걱정할 만큼 나쁘지는 않은 듯, 여자아이들과 같이 모여 있었다.

"그래도 그건 정말 대단했습니다. 에르제 님과 린제 님이 위험에 처했을지도 모른다는 걸 깨달았을 때의 토야 님 표정 말입니다."

"굉장히 진지했어요. 무서울 정도로."

그 얘긴 이제 그만해도 괜찮지 않아. 나는 너무 쑥스러워서 과일즙을 순식간에 빨아들였다.

"뭐어~? 우리가 위험할까 봐 걱정했다고? 걱정했어?"

에르제가 심술궂은 미소를 지으며 가까이 다가왔다. 저기 말야…….

"당연히 걱정했지. 두 사람한테 무슨 일이 생겼으면 어쩌나 하는 생각에 제정신이 아니었어. 이번엔 도란 씨가 있어서 다행이었지만, 만약 두 사람한테 무슨 일이 벌어졌으면, 난 절대 그 녀석들을 용서하지 않았을 거야."

"아, 그, 그래……?"

"하읏……."

둘 다 뺨을 새빨갛게 물들이더니 고개를 숙였다.

응? 내가 뭐 이상한 소리라도 했나?

"토야 오빠. 만약 저나 야에 언니가 위험에 처해도 똑같이 걱정해 줄 건가요?"

"당연하잖아? 야에와 유미나도 소중한 동료니까. 무슨 일이 있어도 반드시 구출해 낼 거야."

"그, 그렇습니까……."

"역시 토야 오빠예요!"

야에도 얼굴이 빨개져서는 고개를 숙였고, 유미나는 생글생글 웃으며 이쪽을 바라보았다. 이 분위기는 대체 뭐지? ……그냥 신경 쓰지 말자.

"그, 그러고 보니, 결국 그 두 파티는 해산을 했다고 합니다. 도망치듯이 이 마을을 떠났다더군요."

음, 그거야 그렇겠지. 그렇게 될 거라 생각하고 그런 벌을 준 거니까. 덕분에 내 악명도 널리널리 퍼지게 되었지만.

이걸로 나한테 시비를 거는 녀석들이 줄어들면, 그걸로 만만세라고 할 수 있으려나.

모험자 길드도 그 두 파티에는 나름의 불만이 있었던 듯, 나에게 아무런 말도 하지 않았다. 애초에 길드는 모험자들 사이의 분쟁엔 끼어들지 않는 게 원칙이기도 하니까.

"근데 너도 참 인정사정이 없다."

"다 큰 어른이 울면서 도망갈 정도이니 말입니다……. 사실 조금 오싹했습니다."

"그런 녀석들은 어중간하게 혼내 주면 또 바보 같은 복수를 하려고 할 테니, 타당하다면 타당하다고 할 수 있을지도 모르지만요……."

"글쎄, 과연 어떨까요……?"

린제가 딱딱한 미소를 지었다.

앗, 이건 그건데요? 일종의 본보기라고 할까…… 이것도 좀 말이 험악하네…….

음~, 두 번 다시 이런 일이 벌어지지 않게……. 그래, 우리의 안전을 지키기 위해 녀석들을 정신적으로 혼내 준 것뿐. 절대 기뻐서 한 게 아니거든.

……정말인데?

막간극2 왕도에서의 하루

"토야 오빠를 선택한 이유……요?"

"응응. 한 나라의 공주가 일개 모험자와 결혼을 하다니, 보통은 있을 수 없는 일이잖아. 그러니 결심을 하게 된 결정적인 뭔가가 있나~ 해서. 아니면 정말로 한눈에 반한 거야?"

여관 '은월'의 식당. 맞은편에 앉은 에르제의 질문을 듣고 유미나가 고개를 갸웃하며 생각했다.

설명은 할 수 있지만, 이해해 줄 수 있을지 어떨지 애매하다고 생각했기 때문이다.

에르제 양옆에 앉은 린제와 야에도 흥미롭다는 듯 유미나를 바라보았다.

"으음……. 제가 '마안'을 지니고 있다는 건 알고 계신가요?"

"분명히 '사람의 본질을 꿰뚫는 마안'이지요? 소인은 토야님에게 들어서 알고 있는 것뿐입니다만."

마안이란 무속성 마법 중 하나라는 설도 있다. 자신이 지닌 개인 마법이 눈과 기관에 나타난 것이라는 설이다.

【이그니스】 마법이 눈에 깃들면 '발화의 마안'이 되고, 【패

럴라이즈】 마법이 깃들면 '경직의 마인' 이 된다는 것이다.
유미나도 자신의 마안을 그와 비슷한 것이 아닐까 생각한다.
"제 마안은 '간파의 마안' 이라고 해요. 이건 그 사람이 지닌 영혼의 흐림을 간파해 감각적으로 포착하는 거죠."
"그건 우리가 '좋은 사람 같아' 라든가 '어딘가 의심스러워' 라든가처럼 직감적으로 느끼는 감각과 비슷한, 건가요?"
"네. 그렇게 생각해 주시면 될 것 같아요."
린제의 말을 들은 유미나가 작게 고개를 끄덕였다. 실제로는 조금 달랐지만 지금은 그 정도로만 인식해도 충분하다고 판단했다.
"그걸로 토야 님을 '나쁜 사람이 아니다' 라고 판단했다는 것은 알겠습니다만, 그 외에 결혼을 결심하게 된 결정적인 무언가가 있었는가가 저희가 궁금해 하는 점이옵니다만."
응응, 하고 이번엔 쌍둥이 자매가 고개를 끄덕였다.
"당장 아버지의 목숨이 끊어질 듯한 때에 토야 오빠는 아무렇지도 않은 듯 아버지의 생명을 구해 주셨어요. 마치 그게 당연하다는 듯이요. 실례지만 무슨 꿍꿍이가 있는 게 아닌가 해서, 마안을 사용했는데, 그분에게서는 단 한 조각의 사악함도 느낄 수 없었죠."
"임금님을 구해 줬으니, 무슨 상을 받지 않을까, 임금님과 친해질 수 없을까, 하는 생각을 조금할 수도 있는 거잖아."
"그렇습니다. 물론 그게 목적이 아니었다 할지라도 조금은 그런 생각을 하는 게 당연하지요."

딱히 그게 나쁜 것도 아니다. 사람이라면 누구나 조금씩은 작은 손해와 이득, 이기적인 타산에 따라 움직이게 되어 있다.

유미나는 성내에서 다양한 사람들의 모습을 보아 왔다.

인간성이 다소 모자라는 사람이라도 국가를 짊어지는 인재로서 유능하다면 사용해야만 하는 때도 있다. 자신의 '마안'으로 악한 사람이라는 것을 알았다고 해도, 그것을 이유로 사람을 쉽게 파면할 순 없다. 그것이 가능했다면 바르사 백작은 벌써 오래전에 추방했을 것이다.

그런 답답함을 느끼면서도 국왕, 나아가서는 왕족이라면 깨끗한 사람, 흐린 사람을 모두 활용할 필요가 있다는 사실을 유미나는 어린 나이지만 알고 있었다.

하지만 갑자기 나타난 소년에게서는 깨끗함도 흐릿함도 느낄 수가 없었다. 신기한 소년이라고 생각했다. 그 착해 보이는 얼굴이 자신의 이상형이었던 것도 사실이지만.

"좀 다른 이야기이지만, 현재 이 나라의 왕가에는 남자 계승자가 없어요. 이대로 가면 언젠가 제가 여왕이 될 테고, 배우자로서 남편을 맞이한 뒤 그 사람과의 사이에서 태어나는 아이에게 다음 왕위를 물려주는 게…… 보통이겠죠. 하지만 저는 좋아하지도 않는 사람과 결혼할 생각이 없어요."

이건 벨파스트 왕가의 기질인데, 왕가의 사람들, 특히 남자는 일편단심인 경우가 많다.

이쪽 세계는 기본적으로 일부다처제가 허용되어 있다. 물론 모든 아내를 부양할 만한 재력과 생활력이 있을 때의 이야기다.

그럼에도 불구하고 벨파스트의 국왕과 그 남동생인 오르트린데 공작은 모두 한 사람과만 결혼했다.

공작이야 그렇다 쳐도, 국왕은 후계자를 위해 측실을 들여야 한다는 이야기가 끊임없이 제기되었지만, 국왕은 완고하게 그런 제안들을 물리쳤다.

거슬러 올라가면 그들의 아버지, 즉, 유미나의 할아버지에 해당하는 선대 국왕도 한 여성만을 평생 사랑하여 아들 둘을 낳았을 뿐이었다.

그리고 더 위의 선대도, 또 더 위의 선대도, 최근 몇 대 동안은 외줄 타기 하듯 대를 이어 왔다. 용케도 대가 끊기지 않고 천 년 이상이나 이어져 왔다고 할 만큼 신기한 일이었지만, 이번 대에 이르러서는 남자아이가 태어나지 않고 있어, 어두운 분위기가 왕가를 무겁게 짓누르고 있었다.

"좋아하지도 않는 상대와 결혼을 하게 되는 게 싫어서 토야 씨를 이용했다, 는 건가요?"

린제가 살짝 눈썹을 찌푸렸다.

"아니요, 그런 게 아니에요. 아버지는 제가 원하지 않는 결혼을 시키실 분이 아니에요. 다만, 청혼을 받았을 때 조금 난처한 점이 있어요. 성격이나 취미 등, 정말로 저와 맞지 않는다고 판단해 거절을 해도…… 주변에서 그것을 그대로 받아

들여 줄지 어떨지 알 수 없으니까요."

"……? 아, 그 '마안' 때문이군요?"

"네. 주변 사람들은 제가 '마안'을 통해 그 사람이 결혼 상대로서 적합하지 않다고 판단한 걸로 오해하겠죠. 뭔가 사람으로서의 자질을 의심하고 있다고요. 그렇게 되면 본인뿐만 아니라 친구, 가족, 그 외의 다양한 사람들을 불행하게 만들 수 있어요."

상대가 이 나라의 대귀족이라면 어떻게든 수습할 수 있다. 하지만 상대가 다른 나라의 왕가라면 문제가 발생할 수 있다. 그렇게 되기 전에 상대를 발견하는 게 좋다는 생각을 유미나는 평소부터 해 왔던 게 사실이었다.

"토야 오빠를 처음 봤을 때, 저의 반려는 '이 사람이다'라고 생각했어요. 그게 '마안' 때문인지, 첫눈에 반한 건지, 타산 때문인지는 모르겠어요. 하지만 제가 '좋아'하게 되었다는 것만큼은 사실이에요."

"아무리 그래도 갑자기 결혼이라니, 너무 이르지 않아?"

"그렇게라도 하지 않으면 저와 토야 오빠의 인연은 끊어지고 마니까요. 에르제 언니가 말씀하신 대로 저희는 한 나라의 공주와 일개 모험자. 제가 행동하지 않으면 더 이상 관계를 발전시킬 수 없어요. 남은 건 신분의 차이지만, 요즘엔 점차 그런 건 사소한 것에 불과하다는 생각이 들더라고요."

모든 속성의 마법을 사용하고, '백제'를 그 지배하에 두었다.

그것은 정말 대단한 일이다. 그가 뛰어난 인물이 될 것이라는 건 불을 보듯 뻔했다. 본인에겐 전혀 그런 자각이 없겠지만.

"이것저것을 따져본 뒤에 밀어붙였다는 것이군요."

"그러네요. 하지만 후회는 하지 않아요. 어떻게든 토야 오빠가 절 바라보게 만들겠어요."

"만약에…… 정말 만약에, 요. 토야 씨가 다른 사람을 좋아하게 되면, 어떻게 할 생각이죠?"

린제가 머뭇거리며 물었다. 그 질문에 유미나는 웃으면서 가볍게 대답했다.

"별로 문제될 게 없어요. 다만 그와 거의 비슷할 만큼 저도 사랑을 받을 수 있도록 노력할 거예요. 게다가 저는 토야 오빠를 독점할 생각이 없으니, 애인 한둘쯤이야 상관없어요."

태연하게 그런 말을 하는 나이 어린 소녀를 보고 세 사람은 어안이 벙벙한 표정을 지었다.

"누구 짚이는 사람이라도 있나요?"

"아, 아뇨! 어디까지나 가능성으로서 생각했을 뿐이에요……."

린제가 허둥대며 말을 흐렸다. 새빨개진 그 얼굴을 보고 유미나는 살짝 미소를 지었다.

"반대로 언니들은 토야 오빠를 어떻게 생각하세요?"

"음…… 이상한 것들을 많이 알고 있는 사람이라고 할까. 얼마 전에도 '파렌트'의 아에루 씨한테 편리한 도구 같은 걸 만들어 줬고 말이야."

"에그 슬라이서, 말씀입니까?"

에그 슬라이서. 삶은 달걀 절단기다.

"얼마 전에는 미카 언니를 도와서 '은월' 의 장부를 정리해 줬어요. 한가하다면서. 계산이 굉장히 빨라요. 꽤 고등 교육을 받으신 게 아닐까 생각해요."

"토야 오빠는 이셴 출신이라고 했었는데…… 이셴의 유력 귀족 출신일까요?"

그렇다면 자신과 결혼을 할 때, 신분의 차라는 장애물이 하나 줄어든다. 유미나는 그렇게 생각했지만, 이셴 출신인 야에가 고개를 저으며 그 사실을 부정했다.

"아니, 본인은 이셴 출신이 아니라고 말씀하셨습니다. 게다가 이셴 귀족 중에 '모치즈키' 라는 가문이 있다는 이야기는 들어 보지 못했습니다. 아마도 이셴에서 다른 곳으로 이주한 가문의 출신이 아닐까 생각합니다만."

이 일에 대해 본인에게 물어보면 애매하게 웃을 뿐, 어느 나라에서 왔는지는 설명해 주지 않았다. 그리고 네 사람도 무슨 사정이 있을 거란 생각에 더 이상 자세하게 캐묻지는 않았다.

"이상한 건 잘 알고 있으면서, 전혀 모르는 것도 많아."

"마법에 대한 것도 하나도 몰랐었, 지?"

"말도 다루지 못한다고 하시더군요. 세상물정을 모르는 사람인 것일까요?"

"저도 세상물정을 모르는 사람이라 주눅이 드네요……."

유미나가 살짝 어깨를 떨구자 에르제가 당황해하며 서둘러 위로해 주었다.

"유미나야 왕족이니 충분히 이해할 만하지만, 토야는 좀 다르잖아. 혹시 다른 나라의 왕자님이라든가?"

그런 것치곤 묘하게 서민적인 구석이 많다. 수많은 언밸런스한 모습이 여자아이들 마음속에서 모치즈키 토야라는 인물상을 형성하는 데 영향을 주었다.

"음, 한마디로 말해 이상한 녀석이야."

"이상한 사람, 이에요."

"이상한 도령입니다."

"분명히 이상하긴 하지만, 멋진 분이잖아요."

뺨을 붉히며 미소 짓는 유미나를 본 세 사람은 역시 첫눈에 반했구나 하고 확신했다. 그리고 세 사람 모두 그 마음을 충분히 이해할 만하다고 생각하는 자신에게 작은 당혹감을 느꼈다.

"우엣취이!"

"감기인가?"

뭐지? 갑자기 근질근질거려서…… 누가 내 얘기라도 하나?

걱정스러운 듯 나를 바라본 '은월' 의 주인, 도란 씨에게 일단 아무것도 아니라고 대답했다.

나는 지금 왕도에 와 있다.

가게에 들여놓을 물건을 사려고 하니 【게이트】를 사용해 도와달라고 부탁을 받았기 때문이다. '은월' 뿐만 아니라, '무기점 웅팔' 을 비롯해 몇몇 가게 사장님들이 공동으로 지명한 의뢰였다.

"이야, 왕도에는 좀처럼 오기 힘든데 말이야."

"게다가 당일치기가 가능하다니 정말 좋군."

'웅팔' 의 바랄 씨와 도구점 사장님인 시몬 씨가 마차의 마부석에 앉아 이야기를 하고 있었다.

우리가 탄 마차는 꽤 대형으로, 리플렛에 있는 마차 중에서는 최대급인 모양이었다. 그야, 무기나 식료품을 사서 실으려면 이 정도는 필요하겠지.

그건 그렇고 이상하게 다들 평소와는 달리 들떠 있다. 왕도에 처음 와 보는 것도 아닐 텐데.

마차는 큰길에서 조금 떨어진 다리 앞에 멈춰 섰다. 그곳에는 숙소가 있었는데, 돈을 내면 일시적으로 마차를 맡아 준다고 한다.

어? 마차를 타고 가게를 돌며 물건을 구입하는 거 아니었어?

마차에서 내린 사장님들이 히죽거리며 흐리멍덩한 웃음을 지었다.

"좋~아. 그럼 다섯 시간 후에 이곳에서 집합이다."

"네? 다들 따로 움직이는 거예요? 짐도 있으니 같이 움직이는 게 좋지 않을지……."

도란 씨의 말을 듣고 내가 살짝 놀라자, 도구점의 시몬 씨가 목소리를 낮춰 말을 걸었다.

"토야, 뭘 모르는군. 모처럼 만에 왕도에 왔으니 다들 조금은 자유롭게 즐기고 싶은 거야. 도란 사장도 홀아비니까……. 앗, 미카 씨한테는 비밀이다?"

자유롭게 즐겨? 홀아비……? 어? 설마…… 이건?!

"토야도 갈 텐가? 대낮에도 운영하는 아주 좋은 가게를 알고 있거든."

나도 모르게 꿀꺽하고 침을 삼키고 말았다.

"가다니…… 어, 어딜요?"

"성인 업소."

역시나! 그래서 다들 엄청나게 들떠 있었구나?! 내가 입을 뻐끔뻐끔거리자, 옆에서 바랄 씨도 말을 걸어 왔다.

"어이구, 우리 마눌님들께는 비밀이다? 이것도 의뢰료에 포함되어 있다는 걸 잊지 말아라."

이 인간들이! 그래서 에르제와 여자애들은 떼어놓고 온 거구나. 뭔가 이상하다 싶더라니!

"좋아, 그럼 다섯 시간 후에 집합!"

아저씨들은 훌쩍 큰길로 나가 버렸다. 춤추는 듯한 스텝을 밟을 정도로 좋은 건가? 시몬 씨가 나도 가지 않겠냐고 했지만 거절했다. 이 나라의 공주님과 약혼(임시)한 몸으로서 경망스러운 행동을 할 수는 없다. 왕의 부하들이 남몰래 눈을 번뜩이며 감시하고 있을지도 모르고 말이야.

그런 거야 다 변명이고, 단순히 배짱이 없었을 뿐이지만. 겁쟁이니까.

"다섯 시간 동안 뭘 하지……?"

하다못해 코하쿠라도 데려올 걸 그랬다. 하지만 요 며칠간, 여자아이 네 명에게 엄청나게 시달리는 모습을 봐서 그런지, 오늘 하루 정도는 편히 쉬라는 말이 절로 나왔다.

지금쯤이면 잠겨 있는 내 방의 침대 위에서 푹(늘어져서?) 자고 있겠지.

일단은 왕도를 산책하기로 했다.

리플렛과는 달리 역시나 다양한 인종이 눈에 띄었다. 수인은 물론 이마에 뿔이 달린 사람부터 귀가 뾰족한…… 저 사람들은 게임 등에서 본 적이 있는 엘프인 걸까. 아무튼 그런 종족의 사람들이 드문드문 보였다.

이른바 아인이라고 불리는 종족이 많이 모여든 신흥국 미스미드. 그곳과 우호 관계를 맺으려는 이 나라에 많은 아인이 찾아오는 것은 당연한 일이라면 당연한 일일지도 모른다.

나라에 따라서는 아직 차별을 하는 곳도 있다는 듯하니까.

"음~. 길드에 가서 간단한 의뢰라도 맡아서 할까? 어차피 한가하니까……."

마수 토벌이나 약초 채취 같은 것 외에도, 길드에는 다양한 의뢰가 등록되어 있다. 이삿짐 옮기기, 가게 선전 등도 있고, 별난 것으로는 고양이 찾기 같은 것도 있다. 물론 보수가 낮기 때문에 초심자용 의뢰에 가까운 일용직 알바 같은 개념이다.

고양이 찾기 같은 건 【서치】를 사용하면 금방 찾을 수 있을지도 모르겠어. 아, 근데 【서치】는 유효 범위가 좁으니 찾기가 좀 어려우려나?

왕도의 길드에는 전에도 가 본 적이 있다. 그때는 다 같이 듀라한 토벌을 했었다.

큰길을 계속 걸으니 왕도의 모험자 길드가 보였다. 여전히 리플렛의 길드와는 비교가 안 될 정도로 크다.

길드 옆에는 술집이 병설되어 있었다. 이 술집은 길드 직영점으로 길드 카드를 제시하면 술과 음식을 할인해 준다고 한다. 사용해 본 적은 없지만.

아무튼 간에 모험자들 중에는 거친 사람이 많다. 술주정뱅이와 시비가 붙으면 귀찮아지는 데다, 난 술도 안 마신다. 식사라면 더 맛있는 가게도 많고.

서부극에 나오는 것처럼 앞뒤로 열리고 자동으로 닫히는 '스윙도어' 또는 '웨스턴도어' 라 불리는 문을 통과해 길드 안으로 들어갔다.

의외로 사람이 적다. 이제 열 시가 조금 지났을 뿐이니까. 하루 종일 걸리는 의뢰라면 아침에 의뢰를 받아 출발했을 테니,

의뢰를 끝내고 사람들이 돌아오기엔 아직 이른 시간이다.

일단은 의뢰가 붙어 있는 보드 쪽으로 가 보았다. 나는 현재 녹색 랭크이기 때문에 그 이하, 즉, 검은색, 보라색, 녹색 의뢰만 맡아서 할 수 있다.

녹색 쪽은 토벌 계열이 많고, 그 외에는 왕도 밖으로 나가는 의뢰라서 그냥 패스. 보라색과 검은색에는 짧은 시간에 해결할 수 있는 의뢰가 몇 개인가 있었다.

"아이를 돌보는 건 하기 힘들고……. 지붕 수리는 【모델링】을 사용하면 할 수 있을 것 같기도 한데…… 어?"

오래된 저택 해체 작업, 이라. 힘쓰는 일이라면 【부스트】를 이용해 편하게 할 수 있을지도 모른다.

단, 【부스트】는 지속 시간이 짧으니 어떤 일인가에 따라서는 맞지 않을 수도……. 어차피 근력을 강화해 주는 【파워라이즈】도 있으니, 어떻게든 되겠지.

나는 얼른 해체 작업 의뢰서를 떼어내, 접수처로 가져가기로 했다.

현장은 왕도의 서구(西區)라고 하는 곳으로, 부유층이 많이 사는 지역의 끝 쪽에 위치해 있었다.

도착해 보니 낡은 저택의 해체 작업이 벌써 진행 중이었다. 현장 감독에게 길드에서 왔다고 말하자, 그는 저택 구석에 있는 곳간에서 잡동사니를 모두 꺼내라는 지시를 내렸다.

저택 쪽은 토대가 썩어서 해체하지만, 곳간이라고 할까 창고 쪽은 조금 수리해서 사용할 모양인 듯했다.

이곳의 원래 주인은 죽었기 때문에 곳간 안의 물건은 처분할 예정이라 마구 다루어도 상관없다고 한다. 그럼 얼른 파바박 끝내자……. 근데 시간이 남는 것도 좀 곤란한데. 음, 그냥 대충 하자.

"우와, 곰팡이 냄새."

손수건을 마스크 대신 두르고, 눈에 띄는 것부터 먼저 밖에다 내놨다.

낡은 서랍, 부서진 테이블, 침이 없는 괘종시계, 바닥이 없는 냄비, 다리가 부러진 침대, 팔이 없는 인형, 이가 나간 컵…… 정말 죄다 잡동사니다.

오, 검 발견. 칼집에서 꺼내 보니 깔끔하게 가운데가 부러져 있었다. 아~아.

이 방패도 금이 좀 가 있네. 이 플레이트 메일도 여기저기 찌그러져 있어서 입을 수 없을 것 같고……. 이 배틀액스는 그나마 멀쩡한 편이지만 녹이 잔뜩 슬어서 아무런 가치도 없어 보였다.

정말로 잡동사니를 넣어 놓는 창고로 사용했었구나.

근데 무기나 방어구가 꽤 많네. 원래 주인은 기사 계열 가문 사람이었던 걸까. 갑옷과 검이 몇 개씩이나 굴러다녔다. 꽤 수가 많은데 컬렉터였나? 한 사람이 소장하고 있었던 것치고는 꽤나 많아 보이는데.

덜컥.

"응?"

무슨 소리가 난 듯한……? 밖에서는 해체 작업을 하는 소리가 들려왔지만, 방금 건 창고 안에서 들려온 소리였다. 주변을 둘러보며 귀를 기울였다.

…………………………착각인가. 다시 작업을 시작하자.

일단 눈앞의 낡은 몸거울을 치우려고 걸려 있던 천을 치운 순간, 배틀액스를 치켜들고 등 뒤에서 나를 습격하려는 플레이트 메일이 거울에 비쳐 보였다.

"윽?!"

나를 향해 날아오는 도끼를 옆으로 굴러 피했다. 콰가강! 배틀액스가 엄청난 기세로 나무 바닥을 파괴했다. 크, 큰일 날 뻔했어!

나를 덮친 갑옷의 틈 사이로 검은 안개 같은 것이 수증기처럼 피어올랐다. 조금 전의 갑옷과는 완전히 다른 모습이다.

키기긱…… 하고 삐걱이는 소리를 내면서 플레이트 메일이 이쪽을 바라보았다. 앗, 눈이 마주친 것 같아…….

"으어억?!"

플레이트 메일이 다시 휘두른 배틀액스를 웅크려 피한 뒤,

나는 당황해서 창고 밖으로 뛰쳐나갔다.
철컥, 철컥 하고 플레이트 메일이 날 쫓아오더니, 무턱대고 도끼를 마구 휘둘렀다.
"저, 저게 뭐지?!"
"마, 마물인가?!"
"이봐, 저건 설마…… 리빙아머인가?!"
해체 현장에 있던 아저씨들이 나를 습격하는 갑옷을 보고 깜짝 놀랐다.
길드 열람실에서 읽은 정보를 떠올린 나는 혀를 찼다. 그렇다면 이 녀석은 듀라한과 마찬가지로 언데드인가?!
듀라한보다 리빙아머가 더 약하긴 하다. 하지만 나 혼자 해치울 수 있을지 어떨지…….
아무튼 언데드는 빛 속성의 마법으로 대항해야 한다.
"【빛이여 꿰뚫어라, 성스러운 빛의 창, 샤이닝 재블린】!"
검지와 중지로 리빙아머를 가리킨 뒤, 그곳에서 빛의 창을 발사했다.
똑바로 날아간 빛의 창은 리빙아머의 배를 뚫어 상반신과 하반신을 둘로 나누었다. 그리고 리빙아머를 꿰뚫은 빛의 창은 그대로 뒤에 있던 창고의 벽까지 화려하게 파괴했다. 이런…….
상반신과 하반신이 잘려 나간 그 갑옷에서는 검은 독기가 슈우우우 하고 흘러나왔다. 쓰러뜨린, 건가?
"이봐, 형씨! 대체 뭘 한 거지?!"

"아무 짓도 안 했어요! 갑자기 이 녀석이 움직이더니 습격해 온 거라고요! 왜 리빙아머가 나온 거지……? 무덤이나 전쟁터도 아닌데."

원통한 죽음을 당한 원령이나 망령이 리빙아머를 만들어 낸다고 한다. 그렇기 때문에 전쟁터나 무덤처럼 사람의 원한이 머물러 있을 만한 장소가 필요할 텐데.

"설마……."

"뭐, 짚이는 곳이라도 있나요?"

현장 감독이 무언가가 떠올랐다는 듯이 리빙아머의 잔해를 바라보았다.

"이 저택은 원래 착한 자작의 소유였지. 그런데 그 자작은 나쁜 백작에게 속아 저택은 물론 재산까지 모두 빼앗겼다. 절망에 빠진 그 자작은 가족과 함께 동반 자살을 했다고 하는데……. 설마 그 자작의 원한이……?!"

설마고 뭐고 분명히 그 원한 때문일 게 틀림없다! 아니, 그렇다면? 그 속아 넘어간 자작의 원한으로 인해 리빙아머가 생겨났다는 거야?!

리빙아머는 원한 때문에 생겨나는 것이지만, 본인 그 자체는 아니다. 이 세상에 남은 사념의 찌꺼기 같은 것이다. 우리를 습격하다니, 정말 엉뚱한 공격이지만, 찌꺼기에 불과한 리빙아머에게는 아무런 상관도 없는 일이겠지.

잠깐만? 동반 자살이라면 원한을 품은 마음이 더 남아 있다는 건데…….

불길한 예감에 창고를 돌아보니, 철컥철컥 하고 다른 갑옷 기사가 이쪽을 향해 기어 나오고 있었다. 역시나!

"대체 왜 이런 일이……. 그 속였다는 백작인가를 데리고 오면 멈춰 주려나……?"

"형씨, 그건 불가능해. 그 자작을 속인 백작인가 뭔가는 얼마 전에 처형됐거든. 국가반역죄로!"

그 두꺼비였던 거냐?! 죽어서까지 사람을 귀찮게 하다니! 그런 생각을 하니 속아 넘어간 자작에게 동정심이 들긴 하지만…….

잇달아 창고 안에서 밖으로 나오는 리빙아머.

이거 어쩌지……? 【샤이닝 재블린】을 사용하면 주변에 큰 피해를 줄 가능성이 있으니까.

으으음. ……아, 그렇지, 【인챈트】로 빛 속성의 마법을 부여하면 되는구나. 회복 마법이면 될까?

"【인챈트/큐어힐】."

검에 회복 마법을 부여했다. 그리고 녹이 슨 창을 잇달아 찌르는 리빙아머의 공격을 피한 뒤, 그 팔을 검으로 일도양단했다.

마치 따뜻한 나이프로 버터를 자르듯이, 리빙아머의 팔이 아주 가볍게 잘려 나갔다. 좋아! 효과가 있어!

어? 근데 이거라면 【큐어힐】을 직접 걸면 되는 거 아냐? 아니지, 주문을 외우는 데 시간이 걸리기도 하고, 가까운 거리가 아니면 효과가 없으니 검으로 자르는 게 빠르려나?

뭐, 좋아. 이렇게 된 이상 철저하게 상대해 주겠어.

슬금슬금 밖으로 나온 리빙아머를 바라보면서 나는 검을 고쳐 잡았다.

"뭐야. 왜 그렇게 얼굴이 핼쑥해? 하항, 토야도 역시 남자였다, 그건가. 그래, 어땠지? 몸은 좀 개운해졌나?"

뭔가 착각을 하고 있는 시몬 씨에게 뭐라고 반박할 힘도 없어, 나는 흔들리는 마차 안에서 축 늘어져 있었다.

리빙아머는 모두 해치웠지만, 창고의 벽을 무너뜨린 게 잘못이었다. 리빙아머를 쓰러뜨렸기 때문인지 혼이 나지는 않았지만, 더 피해가 없이 해결할 수 있었을지도 모른다.

근데 뭐 소득이 없었던 건 아니다. 이번 일 덕분에 【인챈트】를 잘 사용해 여러모로 편리한 것을 만들 수 있을 듯하다.

【인챈트】는 일시적으로도, 반영구적으로도 부여할 수 있는 듯한데, 그 방법을 사용하면 막대기에 【라이트】를 【인챈트】해서 형광등처럼 사용할 수 있지 않을까.

아, 근데 계속 켜져 있으면 불편한가? 게다가 【인챈트】된 마법을 기동하는 데에도 마력은 필요하니까.

이번엔 검에 【큐어힐】을 부여했기 때문에, 언제든 마력을 흘리면 언데드용 무기가 된다. 이렇게 자주 사용하는 물건에 마력을 부여해 놓는 건 헛일이 아니라 생각한다.

어? 스마트폰에 【인챈트】가 가능하려나……?

“도착했다~. 도란 씨, 토야, ‘은월’ 이다.”

마부석에 앉은 바랄 씨의 목소리를 듣고 생각이 끊겼다. 느릿하게 마차에서 기어 나온 우리는 쌓여 있던 ‘은월’ 의 짐을 내리기 시작했다. 식료품과 일상용품, 술통 등이다.

“어서 와. 싸게 잘 샀어?”

“그럼. 아, 그렇게 싸진 않았으려, 나? 아무튼 이렇게 많이 사왔으니 당분간은 버티겠지.”

“그래? 왕도도 경기가 안 좋은가?”

미카 누나가 우리를 맞이해 주었다. 마차에 탄 바랄 씨를 배웅하고 일단 가게 안으로 사온 물건을 옮겼다.

하아, 힘들어……. 여러 의미에서.

“그건 그렇고 꽤 시간이 많이 걸렸네? 전이 마법으로 순식간에 갔다 올 수 있는 거 아니었어?”

“응? 아~, 그, 뭐냐, 사, 상품을 찾는 데, 꽤 애를 먹어서 말이다…….”

“그~래……?”

미카 누나가 어물어물 하는 도란 씨를 날카롭게 바라보았다.

딸의 따끔한 시선을 버티지 못하겠는지, 도란 씨는 술통을 짊어지고 재빨리 뒤뜰 창고로 이동했다. 완벽하게 의심을 받고 있잖아…….

“토야. 토야는 어떤 여자랑 놀다 왔어?”

"네?! 전 그런 데 안 갔어요! 아저씨들이 가자고 했는데, 저는 딱 거절……."

헉?!

내가 황망하게 입을 가렸지만, 이미 늦었다. 미카 누나가 씨익 하고 딱 걸렸다는 듯이 웃었다. 당했다!

"역시나. 그런 게 아닐까 생각은 했었어~. 아빠도 계속 혼자 살아왔으니, 그런 거 가지고 막 화를 낼 생각은 없지만……."

오……. 이해심 많은 딸이라 다행이네요, 도란 씨.

"단지, 물건 살 돈을 슬쩍해서 그런 데에다 쓰다니, 너무한 거 아냐? 내가 한 푼이라도 아끼려고 얼마나 고생하는 줄 알아? 그러니까 좀 혼을 내주고 와야겠어."

미카 누나는 아주 상쾌한 미소를 지으며 도란 씨가 있는 뒤뜰로 걸어갔다. 어째서인지 손에 나무 공이를 들고서.

그 후, 뒤뜰에서는 정말 말로 형용할 수 없을 정도로 한심한 목소리가 들려왔지만, 내가 뭐 어떻게 참견할 수 있는 일이 아니다. 자업자득, 자승자박, 스스로 자신의 목을 조른 꼴이다. 도란 씨에게는 미안하지만 나는 먼저 들어가 쉬기로 했다.

문득 카운터 위에 놓여 있던 도란 씨의 가방에서 무슨 광고지 같은 게 삐져나와 있는 게 보였다. 빼 보니 그건 왕도의 성인업소 광고지로, 가게 여자들의 성격, 신체적 특징 등이 적혀 있었는데, 광고지의 알몸 일러스트가 유난히 사실적이고 선정적으로 보였다.

저 아저씨, 대체 뭐 하는 거야……? 이런 걸 가져오면 금방 들킬 게 뻔한데…….

"토야 오빠, 언제 돌아오셨어요?"

"응? 아, 유미나. 조금 전에 도착한 참……."

헉. 나는 손에 들고 있던 광고지를 등 뒤로 숨겼다. 숨기고 나서야 지금 이 행동이 부자연스럽다는 걸 눈치챘지만, 이제 와서 후회해 봐야 소용없다. 애초에 숨길 필요도 없었잖아! 내 것도 아니고! 하지만 지금 들켰다간 틀림없이 오해를 받는다!

"……토야, 뭐 해?"

"아니, 내가 뭘?"

"땀을 엄청나게 흘리고 있습니다만."

"지쳐서, 그렇지."

"왜, 그렇게 말을 떠듬거리, 세요?"

"내, 내가 언제?"

에르제, 야에, 린제의 질문을 받아넘기면서, 나는 슬금슬금 뒷걸음질 쳤다. 네 사람 모두 의심스러운 눈길로 이쪽을 바라보았지만, 지금은 그런 걸 신경 쓸 때가 아니다.

그대로 내 방이 있는 곳을 향해 계단을 오르기 시작했다.

"……왜 뒤로 걸어 계단을 올라가시는 겁니까?"

"이, 이렇게 가야 올라가기가 더 편하거든! 그, 그럼, 난 먼저 잘게! 잘 자!"

"앗, 토야, 잠깐만!!"

계단을 단숨에 뛰어올라갔다. 뒷걸음질로. 내가 무슨 새우인가 뭔가냐?!

"……이상한 녀석이네."

"……이상한 사람, 이에요."

"……정말 이상한 도령입니다."

"확실히 이상하지만, 멋진 분이잖아요?"

계단 아래에서 네 명의 목소리가 들렸지만, 확실하게는 들리지 않았다. 문을 열고 방에 들어가 보니, 코하쿠가 아직 침대 위에서 몸을 둥글게 말고 잠을 자고 있었다.

나도 쓰러지듯이 그 옆에 누웠다. 코하쿠가 잠에서 깨 일어서려고 했지만, 내가 머리를 쓰다듬으며 그냥 더 자게 했다.

하아, 쓸데없는 힘을 너무 많이 썼어…….

이젠 정말 아무것도 하고 싶지 않다. 나는 순식간에 꿈속으로 빨려들어 갔다.

다음 날 아침. 좀처럼 일어나지 않는 나를 깨우러 온 여자아이들이 바닥에 떨어져 있는 광고지를 발견했고, 결국 나는 거의 한 시간 동안 추궁을 당해야 했다. 나는 이제 절대로 그 아저씨들과 남자들끼리만 왕도에 가지 않을 것이라고 마음속으로 다짐했다.

후기

처음 뵙겠습니다, 후유하라 파토라라고 합니다.

이렇게 사람들 눈(?)이 많은 곳에서 이야기하는 건 익숙지 않기 때문에, 비록 글이지만 긴장하고 있흡니다. 앗, 말이 헛나왔다.

으음, 이 소설은 '소설가가 되자' 에서 2013년 4월부터 발표한 작품을 가필 · 수정한 것입니다.

완전히 취미로 쓰던 작품이 독자 여러분 덕분에 이렇듯 책으로 발매되었습니다. 정말 감사합니다.

아직도 책이 나오는 게 취소되는 것은 아닌지 걱정도 되지만, 독자 여러분이 지금 이 후기를 읽어 주시고 계시다면 무사히 간행된 것이겠지요. ……그렇게 생각하고 싶습니다.

『이세계는 스마트폰과 함께.』(기니까 『이세계 스마트폰.』이라고도)는 이것저것 마구 뒤섞은 전골 요리 같은 세계에,

토야라고 하는 소재를 투입한 작품입니다. 거기에 양념을 하기도 하고, 풋내를 제거하기도 하여, 맛을 본 분들이 맛있다고도 해 주시고, 맛없다고도 해 주시는 전골, 예를 들면 뒤죽박죽 전골 같은…… 그것도 좀 그런가.

이렇듯 뒤죽박죽 전골을 식탁에 올릴 생각을 하시다니, 하비 재팬도 참 도전 정신이…… 하는 생각도 들지만, 벌써 만들어 버렸으니 어쩔 수가 없습니다. 이제는 읽어 주신 분들의 입맛에 맞기를 바랄 뿐입니다. 어떠셨나요?

이 뒤죽박죽 전골 안에는 앞으로도 더 다양한 재료를 투입해 갈 생각입니다. 구체적으로 말씀드리면 비밀스러운 메이드라든가, 고스로리(Gothic Lolita) 소녀라든가. 입에 맞으셨다면 앞으로도 부디 이세계 스마트폰을 잘 부탁드립니다.

책으로 발매되면서 인터넷으로 공개된 작품에 세세한 설정을 추가하거나, 삭제하였습니다. 하지만 스토리를 변경하거나, 새로운 메인 캐릭터를 투입하거나, 존재했던 캐릭터를 삭제하지는 않았으니, 인터넷으로 읽어 주셨던 분들도 마음 편히 읽어 주실 수 있으리라 생각합니다.

그러고 보니 이 작품은 작품 제목과 마찬가지로 모두 스마트폰으로만 집필하였고, 컴퓨터는 전혀 사용하지 않았습니다(백업을 할 때 정도만 사용했습니다). 후유하라 파토라는 '스마트폰과 함께.' 를 그대로 실천한 셈이지요.

개인적으로는 키보드로 타자를 치는 것보다 이쪽이 더 빠르고 더 편합니다. 글자 변환을 할 때 오자가 많아 교정을 하는 데 시간이 걸리긴 하지만요.

자칫 물에 빠뜨리거나, 땅에 떨어뜨리면 어떡하나 불안한 마음도 있지만, 현재로써는 아직 괜찮습니다. 슬슬 새 기종으로 바꿔야 하나, 생각하는 중입니다. 워낙 오래도록 사용하기 때문에 배터리가 말이죠…….

하지만 너무 오래 스마트폰으로 글을 쓰면 손목에서부터 손끝까지가 아프기 때문에 왼손으로 글을 적는 처지가 되고 맙니다. 실제로 지금 그렇게 글을 쓰고 있습니다. 아, 글만 보고는 모르나.

음, 그리고 말이죠, 스마트폰으로 소설을 쓰고 있을 때 옆에서 보면 타다다닥 하고 게임을 하는 것처럼밖에 안 보인다는 게 문제네요.

역시 책상에 앉아 커피를 마시면서 노트북을 타다다닥 두드리는 게 멋진 것도 같습니다. 물론 어울리진 않지만요.

1권에서는 큰 활약이 없었던 토야의 스마트폰도 다음 권에서는 (나름대로) 파워업을 하니, 안심하십시오.

마지막으로 감사의 인사를 드리겠습니다. 삽화를 그려 주신 우사츠카 에이지 선생님. 멋진 그림을 그려 주셔서 감사합니다. 앞으로도 잘 부탁드립니다.

출판을 제안해 주신 담당 K 님, 하비 재팬 편집부 여러분, 이번 책을 출판하는 데 도움을 주신 모든 분들께 깊이 감사드립니다.

그리고 항상 '소설가가 되자'에서 작품을 읽어 주시는 독자 여러분, 그리고 지금 이 책을 구입해 주신 독자 여러분, 여기까지 읽어 주신 모든 분께 감사드립니다.

후유하라 파토라

벨파스트의 왕을 살려준 보수로서
왕도에 집을 하사받은 것도 그렇고, 유미나와의 약혼도 그렇고,
조금씩 도망갈 곳을 차단당하고 있는 듯한 느낌을 받는 토야.

이세계는 스마트

후유하라 파토라 illustration■우사츠카 에이지

폰과 함께. 2

2016년 상반기 발매 예정

이세계는 스마트폰과 함께. 1

2016년 01월 19일 제1판 인쇄
2021년 03월 20일 6쇄 발행

지음 후유하라 파토라 | **일러스트** 우사츠카 에이지

옮김 문기업

발행 영상출판미디어(주)
등록번호 제 2002-000003호
주소 21311 인천광역시 부평구 평천로 132 (청천동)
전화 032-505-2973(代) | FAX 032-505-2982

ISBN 979-11-319-3898-0
ISBN 979-11-319-3897-3 (세트)

구매 시 파손된 도서는 구매처에서 교환하실 수 있습니다.
기타 불편사항, 문의사항이 있으신 독자님께서는 노블엔진 홈페이지
[http://novelengine.com] 에서 Q&A 게시판을 이용해 주시기 바랍니다.